夜幕下，我的灵魂在舞蹈，我的梦想在燃烧，我的青春在呐喊。

生活和爱情往往就是一种折磨，让我无法靠近，却又不能远离，在无力的挣扎中，我呻吟着、呐喊着……

——题记

夜幕下

北雁　著

夜幕下，我的灵魂在舞蹈，我的梦想在燃烧，我的青春在呐喊……

暨南大学出版社
JINAN UNIVERSITY PRESS

中国·广州

图书在版编目（CIP）数据

夜幕下／北雁著. —广州：暨南大学出版社，2013.12
ISBN 978－7－5668－0790－8

Ⅰ.①夜…　Ⅱ.①北…　Ⅲ.①长篇小说—中国—当代　Ⅳ.①I247.5

中国版本图书馆CIP数据核字（2013）第235016号

……………………………………………………………………………

夜幕下
著　　者：北　雁

策划编辑：洪小利　杜小陆
责任编辑：杜小陆　张　钊
责任校对：周明恩

地　　址：中国广州暨南大学
电　　话：总编室（8620）85221601
营销部（8620）85225284　85228291　85228292（邮购）
传　　真：（8620）85221583（办公室）　85223774（营销部）
邮　　编：510630
网　　址：http：//www.jnupress.com　http：//press.jnu.edu.cn
排　　版：弓设计
印　　刷：佛山市浩文彩色印刷有限公司
开　　本：787mm×960mm　1/16
印　　张：15.75
字　　数：286千
版　　次：2013年12月第1版
印　　次：2013年12月第1次
定　　价：36.00元

自　序

有些时候，爱情是一种奢望，青春是一种伤痛，生活是一种打击，梦想是一种折磨。

生活在繁华的都市中，每天循规蹈矩地去上班，坐在一个两平方米大的方格子里，卖力卖命又“出卖灵魂”，自由是一种奢望，梦想是一种假设，我不甘于这样的生活，也不甘于内心的孤寂和痛苦，所以不免想呐喊几声。

夜幕下，一个人游荡，让心灵放逐，可当我看到那些在灯红酒绿中狂欢起舞的人们，那些在酒精的促使下醉生梦死的红男绿女，一种无法言说的痛缠绕心头，所以更想呐喊几声。正如小说开篇的小诗中我写道：“我一个人，悄悄地来到这个城市，寂寞我的寂寞，忧伤我的忧伤，我不甘堕落，却在现实的无奈中，灵魂出轨。”很多人，他们放弃了一种孤独去选择另一种孤独，放弃了一种寂寞去选择另一种寂寞，与其这样去不断地放弃，倒不如在孤独和寂寞中呐喊几声，或许那样可以驱散内心的无奈和痛苦，抑或会唤醒更多沉睡的人，一起来呐喊。

曾在一本书上看到这样一个故事：1890年，挪威著名画家爱德华·蒙克开始着手创作他一生中最重要的以讴歌“生命、爱情和死亡”为基本主题的系列作品“生命组画”，以揭示人类“世纪末”的忧虑与恐惧。其中在1893年所作的重要代表作品之一的油画《呐喊》，是这套组画中最为强烈和最富刺激性的一幅。蒙克自己曾叙述了这幅画的由来：“一天晚上我沿着小路漫步，路的一边是城市，另一边在我的下方是峡湾。我又累又病，停步朝峡湾那一边眺望，太阳正落山，云被染得红红的，像血一样。我感到一声刺耳的尖叫穿过天地间；我仿佛可以听到这一尖叫的声音。我画下了这幅画——画了那些像真的血一样的云。那些色彩在尖叫，这就是‘生命组画’中的这幅《呐喊》。”在这幅画上，蒙克以极度夸张的笔法，描绘了一个变了形的尖叫的人物形象，把人类极端的孤独和苦闷，以及那种在无垠宇宙面前的恐惧之情，表现得淋漓尽致。我想，生活中无处不存在呐喊，可到底是谁在呐喊呢？在城市的夜幕下，我看到那些忧郁中带着绝望的眼神，听到那些让人心碎的呻吟声，我想她们也在呐喊，也在挣扎。呐喊者，命运往往是悲惨的，但也只有通过呐喊，才可以找到生命的价值和生活的意义。

鲁迅先生在谈到《呐喊》时说："在我自己，本以为现在是已经并非一个切迫而不能已于言的人了，但或者也还未能忘怀于当日自己的寂寞的悲哀罢，所以有时候仍不免呐喊几声，聊以慰藉那在寂寞里奔驰的猛士，使他不惮于前驱。至于我的喊声是勇猛或是悲哀，是可憎或是可笑，那倒是不暇顾及的……至于自己，却也并不愿将自以为苦的寂寞，再来传染给也如我那年轻时候似的正做着好梦的青年。"在夜幕下的呐喊声中，我想有愤怒，有寂寞，有痛苦，也有悲哀。因为，不呐喊的生命，就永远只能在那个寂寞的角落悲叹了，抑或今世就在沉默中沦落下去，万劫不复。鲁迅先生说："这寂寞又一天一天地长大起来，如大毒蛇，缠住了我的灵魂了。"我认为，寂寞如烈酒，让无数痴男傻女醉生梦死，灵魂出窍。

呐喊，也是为了证明另一种生命的存在。余杰在《铁屋中的呐喊》中喊出了另一种声音。那种呐喊使人想起了"五四"，让人们想起了20世纪80年代的天空，而且字里行间滚动的是更为惨烈、更为激越、更为悲壮的情愫。如今的这个时代，谁又站出来呐喊呢？这是一个娱乐的时代，很多人的生活和生命都被娱乐化了。追赶潮流是这个时代人的一大通病，正是因为这样，很多人一时间迷失了方向，失去了自我。生活即便是一片黑暗，只要有一个人在黑暗中摸索，我想他的人生就充满意义，且一定能摆脱黑暗找到光明的所在。

夜幕下，在这个我仅仅生活了几个月的城市中，大街上的霓虹灯和按摩店里的小姐一样很温柔亦很寂寞，我守望着这个城市的喧嚣和内心的孤寂，这是一种因爱和痛而产生的心理落差。我早已习惯了一个人夜色中行走，想去哪里就去哪里，自由自在。黑夜可以包容我的一切，而且必要的时候，我亦可以呐喊几声，以释放我心中因对世间冷情而产生的孤寂和愁闷。

有时，我一个人常常会想，人为什么而活着？我为什么而存在？也许正如哲学大师罗素在95岁高龄时写下的一句话："对爱情的渴望，对知识的追求，对人类苦难不可遏制的同情心，这三种纯洁无比强烈的激情支配着我的一生。"人这一生，必须有一个支撑自己可以存活的理由或力量，这样的生命才会更有意义。

写一本关于"滥情"的书，是我一直以来的梦想，为此我也呐喊了数年。也许是看到、听到了无数滥情的故事，所以别有一番感慨，想用笔把那些故事编织起来，凝结成一本书，开启我追寻梦想的大门。这不是我写的第一部小说，相信也不会是最后一部。数年前，我就写过一部长达十万字的乡土情爱小说，是一笔一画写在三个笔记本上的，成稿后一直藏在抽屉里。我把它喻为“被青春遗忘的文字”，偶尔也会翻几页，随后便立即合上，当然这也有文字粗糙羞于见人的原因，但更多的是因为我每看一次，就痛苦和失望一次，它里面承载着我年少时对苦难生活的深深体悟和难言之痛，我怕看到真实的过去，即便是小说，可一旦注入了自己太多的情感，我也就不仅仅把它当小说看了。有些太过真实又痛苦的过去，最好还是不要去回忆的好，因为很多痛苦的往事都需要流着泪去遗忘。

这些年来，我从未放下手中稚嫩的笔，也写了许许多多的“垃圾”文字，不是藏在抽屉最下面，就是储存在电脑硬盘最隐蔽的文件夹里，一直未敢露面，就如同一个少女羞于见人。可这次，我却又想公之于世，曾经的少女应该也长大了，也该出来晒晒太阳了，而且说不定也还能光艳照人，即便火一把就死，也比躲在角落哭泣要好。我把那些“被青春遗忘的文字”比作少女，也许并不恰当，但我很喜欢这样的比喻，因为那些文字和少女的确有着一样的清纯和羞涩，文字的拙劣和稚嫩也羞于见人，在这点上文字和少女没有任何差别。我认为，文字和梦想一样，不燃烧就会毁灭。

这部小说在痛苦的折磨中终于写完了，粗略统计了一下，字数有28万多，前前后后总共用了二十多天时间。当完成整部小说最后一个字时，已是那天凌晨两点钟了。我一个人站在窗前，心生一阵凄凉，微微的痛瞬间将我吞噬。我不知道写这篇小说有什么意义，也许又将是藏在电脑硬盘里的文字，可我一直觉得内心有一种召唤，让我为之而奋战和充满力量。午夜里，往事如潮水般汹涌澎湃，很多零碎的记忆在我的心里碰撞着，刺痛了我的每一根神经，在痛苦中我呐喊，我也想喊出另一种声音，这可能吗？

这部小说的名字，我原本想过好几个，“G城，今夜不眠”“和三个女人的糊涂爱”“染血的玫瑰”“被爱情遗忘的青春”，但最后我还是选择了“夜幕下”。

在这短短的二十多天时间里，每一天对我来说都是漫长的，我一个人和一群熟悉又陌生的人常常对话到天亮，黑夜殆尽，黎明即到，我却疲惫不堪地睡去。睁开眼的时候，我才发现，消失的并不是黑夜，而是时光，那些让我感到可怕的时光。

生活和爱情往往就是一种折磨，让我无法靠近，却又不能远离，在无力的挣扎中，我呻吟着、呐喊着……这种呐喊，是一种无奈，是一种选择，是一种妥协，也是一种抗争。

夜幕下，我的灵魂在舞蹈，我的梦想在燃烧，我的青春在呐喊……

2009年6月25日于港城

目　录

引子　藏在日记本里的爱情

打开那泛黄的日记本，我看到这样一首诗：

深夜
在灯红酒绿的迷醉中
我一个人
悄悄地来到这个城市
寂寞我的寂寞
忧伤我的忧伤
我不甘堕落
却在现实的无奈中
灵魂出轨

我的梦想在燃烧
我的爱情在破碎
张开双臂
我拥抱着这个城市的伤痛
在无数个不眠的深夜
把悲痛酿成毒酒
灌入心中
让邪念死亡
我不知道
谁还在坚守那份贞洁
黑夜里
我独自找寻

寂寞犹如夏夜的蚊子

不是被我拍死
就是狠狠地咬我一口
让我奇痒难忍
忧伤却如烈酒
在一次又一次沉醉中
撕心裂肺地喊出
爱的誓言

夜深了
疯狂的情歌唱起
赤裸的身躯登场
在柔情蜜语的诱惑中
不知谁爱上了谁
谁又爱上了伤痛
那些醉生梦死的人们
在肉体的摩擦中
享受着今生今世的欢快
一声呐喊
高潮退去
夜晚悄悄告别
可我还在街巷徘徊

浮生若梦
泪水浇灌了黑夜
不眠的我
青春是种无奈
爱情是种伤悲
漂泊的脚步
疲惫的心灵
在夜的寂寞里游离

我燃烧着
我挣扎着
我默哀着

生命是一种抉择
带着所有的痛与悲
与这个城市告别

这是我在湛江时在一个伤痛的夜晚写下的诗歌，现在重新翻开日记本，一个人慢慢读来，不禁感慨万千，心久久都不能平静。

坐在驶离这座城市的车上，多少有些难过，为那些难以忘记的人和事，为那些永难忘却的悲与痛，为那些瞬间离开我的生命，为我深爱却不能去爱的她……一个小小的日记本，却零乱地记着我在湛江一年的喜乐哀愁。

我挖空心思地去回忆，这一年到底发生了什么？记忆慢慢苏醒，一切又隐隐约约地回到了一年前，心中却有种说不出的凄凉和悲怆之感。

这一切，应从一年前的那一天说起……

2009 年 7 月

1 像梦一样的初遇

告别了那份厮守三年的刻骨铭心的爱情，我突然感觉心里空荡荡的，那挥之不去的孤独和寂寞随时都有可能将我吞噬。为了逃避内心的伤痛和孤寂，我选择离开喧嚣的广州，搭上前往湛江的车。我希望在这个大陆最南端的城市里，穿行在异乡的陌生和未知的新鲜之中，可以尽情地享受碧海蓝天，找寻内心的那一份安静，治疗我内心巨大的情伤。

告别了林一梦，我企图彻底走出爱情的牢狱，做一个自由自在的人，不再受任何东西的羁绊，在一个陌生的城市里好好享受剩余的青春时光。遥想三年前，林一梦走进我的生活，带给我前所未有的快乐，可这浪漫的三年过去了，却把同等的伤痛还给了我。我也终于明白了“爱一个人有多深，痛就有多深”的道理，可现在说来为时已晚。虽说林一梦彻彻底底地背叛了我，跟着一个比她大十岁的男人走了，但是我无法去恨她，毕竟我不能给她真正需要的未来。所以，我们以友情的态度，冷静而又理智地结束了三年的爱情，这算是一个比较完美的结局。既然现实中的爱情是残缺的，那么就让它在记忆中永恒完美吧。

林一梦离开我之后，没过几天，我也决然地辞去了报社的编辑工作。我不想把大把的青春时光浪费在“咬文嚼字”上，平时对我凶巴巴的那个老女人在我离开的那一天终于对我客气了几句，当然她也知道，如果再不对我客气点，那就是等我对她不客气了。辞了工作，我整日如同一只流浪狗一样游走在广州的大街小巷。我突然发现，除了林一梦，在广州我竟然没有一个算得上朋友的人。为了守护爱情，我远离了那些原本可以成为朋友的人，可如今爱情也没了，我也就只剩下伤痛和疲惫了。于是，我有了一种冲动，想离开这个让我伤痛的城市，也想从对林一梦抱有一线回心转意的期望中得以彻底地解脱。

凭着自己三年的工作经验，不到一周时间便被一家北京传媒公司暂时收留。总经理亲自面谈之后，说最近在湛江和国内一家知名通信企业签订了为期一年的合同，在那边现在有公司的两个同事，但工作量比较大，所以想把我外派到那边去，主要工作还是新闻编辑策划，这和我以前在报社的工作相差无几。一想到驻外，我想也没想就答应了，至于原因我也就不想多提了。

就这样，我搭上了去湛江的客车，从这个让我伤痛的城市出发。在车上，望着车窗外矗立的建筑物，我心里默默地说："广州，暂且再见！"我想：一年后，我将以另一种面貌重新杀回来，我要在这个让我伤痛的城市中崛起。短暂的离别只是为了修复心灵的伤痛。

车在夜色中前进，我的心也渐渐平静了。乘务员介绍，广州到湛江的车程大约需要五个小时。晚上六点才出发，到湛江，至少也是十一二点了，幸好公司提前安排了住所，不然我只身一人到一个完全陌生的地方，而且是晚上十一二点，据多年在城市生活的经验判断，估计会遇到很多麻烦事。我想了一会儿，也就懒得去想了，反正"车到山前必有路"，管它个三七二十一。车内除了电视机发出的光，什么也看不见，还不如睡一会儿，也好打发无聊的时间，于是我调低了座椅，躺着睡更舒服一点。

不一会儿，我就迷迷糊糊地进入了梦乡，我又梦见了林一梦……

一个女孩子的尖叫声把我从梦中唤醒，睁开眼，我才发现她就坐在我旁边，原来我们坐同一排。我从上车以来一直想东想西，也没有注意她长什么模样，印象中只知她是一个女的。从她的叫声判断，应该是受到了惊吓，难道她熟睡中做了噩梦？

女乘务员走过来问她怎么回事，她轻轻地说"没什么，不好意思"，但我看不清她的脸，猜想她一定为自己刚才的唐突喊叫而羞红了脸。随后，车里又恢复了安静，不知不觉我又回到了梦里。

也不知过了多久，胳膊上一阵剧痛，让我从梦中突然惊醒。虽然没有抓住把柄，但我可以判断就是她刚才狠狠地掐了我一下。突然被人弄醒，而且是被暗算，我有些来气，正准备理论一番。可我还未开口，她就骂道："你这个流氓，最好放规矩点，不然我……"她的话弄得我丈二和尚摸不着头脑，心想：我怎么就不规矩了，何况我刚才在睡觉，也没有怎么着，这不是血口喷人吗？我火气上来了，反问道："姑娘，你说话文明点，我怎么了？"

这时，轮到她结结巴巴了。

"你，你这人就是……"

这让我想起来和林一梦在一起的时候，她常常有这种发怒没词的情况，往往是我宣告彻底胜利的时候。

她哼了一声，毫不客气地说："你最好放尊重点，不然我就……"

我也没有明白怎么回事，一时也来了气，追问道："我怎么了？姑娘，你说清楚点，好不好?”

她气得结结巴巴地说：“你……你……非礼我?”

我终于有些明白了，也许是我在梦里“非礼”了她。但我又想不起来到底干了什么，也不知该怎么回答，便缓和了语气说：“那对不起了!”

不过说完这句话，我就彻底后悔了，这不是我承认了自己的行为吗？弄不好她又反咬一口。

果不出我所料，她哼了一句，不屑一顾地说：“早承认就是了。”

我傻了眼，这完全是自己给自己上了圈套。心想，承认了又怎么了，何况我也不知道干了什么，这么泼辣的女人我还不想碰呢。不过，这一切都在黑暗中进行，我根本没有看清她的脸。

车到阳江，女乘务员用甜美的声音宣布：停车休息五分钟。

乘客们陆续下了车，或出去透透风，或上洗手间。这时，车内的灯亮了，但我还是没有打算睁开眼，此时睡意正浓。何况，就五分钟，估计下了车马上就要上车，我也懒得动了。

我坐在靠人行道的座位上，她坐在车窗边，她要出去，必须要我让一下才行。我躺着不动，她便拍着我的手臂说：“让一下!”

这时，我睁开了眼，本想借此机会把刚才的局面扭转，不过借着灯光看到她美丽粉嫩的脸，我立即改变了下贱的想法，用“好男不跟女斗”的想法为自己解脱，所以不自愿地从座位上站了起来。

看见她下了车，车内就剩下我一人，觉得怪无聊的，于是也跟着她下了车。

阳江的夜风真凉爽!

我一下车就打了几个冷战。原来从一个狭小的空间里突然走出来，吸几口新鲜的空气也是如此美妙的事，难怪车里的人都下去了。借着昏暗的灯光，我又看见了她，这让我想起了林一梦，她离开的时候也是夜晚，留给我的是她的背影。

想到林一梦，我的心又一次痛了起来，虽说已经分道扬镳了，但是每逢想起和她在一起的时候，我总是十分痴迷、留恋和怀念。三年的痴恋，却还是被那个比她大十岁的男人优越的生活条件所取代。林一梦除了在床上外，在生活中是一个完全传统的女人，她需要过有房子有车子有保障的生活，绝对不会和一个她所深爱的男人风餐露宿，她把生活置于爱情之上。她认为，一切爱情离开了生活都是空话和谎言。面对爱情，她完全是一个现实主义者。我却恰恰相反，我是一个爱情的空想主义者。我认为爱情之所以是爱情，就是因为高于世俗的生活，是人的一种追求，也许一辈子都无法实现。正因为如此，我们谁都没有怪谁，爱也是一种选择，她有选择放弃的理由，就是她需要一个像家的地方。我也有选择被她放弃的理由，就是她所需要的一个小小的家，我却怎么都不能满足她。于是乎，我的爱情，就断送在房子上了。

不知为什么，就在这短暂的几分钟时间内，我的脑海中全是林一梦的影子。直至女乘务员提醒我上车时，我才发现就我一个人在夜色中沉默。匆忙上了车，坐回自己的座位上，心情还是十分低落。我发现她斜躺着，戴着耳塞，闭着眼睛，不知道是在听歌还是睡觉。但可以肯定的是，她刚上车，应该没有睡着，或许她就是用这种方法来打发无聊的时间。

这时，我突然想起了自己的包里有个MP4，听听歌打发时间也许是个不错的选择。

可打开MP4，那首《亲爱的你怎么不在我身边》，这一刻却触摸了我内心最柔软的地方。以前听过无数次，可从来没有被感动过，只是当一首好听的歌听听罢了。现在，一字一句都让我有种想抱头痛哭的冲动。

这里的空气很新鲜
这里的小吃很特别
这里的 Latte 不像水
这里的夜景很有感觉
在一万英尺的天边
在有港口 View 的房间
在讨价还价的商店
在凌晨喧闹的三四点
可是亲爱的你怎么不在我身边
我们有多少时间能浪费
电话再甜美传真再安慰
也不足以应付不能拥抱你的遥远
我的亲爱的你怎么不在我身边
一个人过一天像过一年
海的那一边乌云一整片
我很想为了你快乐一点
可是亲爱的
你怎么不在身边
……

我把歌曲调成单曲循环播放模式，接连听了五六次，不知不觉脸上有一股冰凉的液体，我伸手轻轻地抹掉。于是，我取下耳塞，把 MP4 放回到背包里，闭着眼睛躺着，又不知什么时候睡着了。

睡得迷迷糊糊的，感觉有人抓着我的手，我随即渐渐地清醒过来，原来还是她。她看见我醒了，便说："请把你的手放好。"

我看着她，不明白怎么回事，说："我的手好好的，又怎么了？"

她这次没有打算和我争吵，淡淡地说："你是不是经常这样吃女孩子的豆腐？"

听到这话，我先是一愣，心想一个姑娘家怎么说出这么不得体的话来。不过，此时我完全清醒了，此话关系到一个男人的"贞节"问题，刚才明明是她抓着我的手，反而说我吃她豆腐，这不是栽赃诬陷吗？

"姑娘，你怎么说话呢，这关系到我的贞节问题。"

她一听，"扑哧"一下笑出声来，并没有正面回答我的问题。歪着脑袋，撅着嘴巴问我："你有什么贞节啊？"

被她这么一问，我才发现自己用错了词，但想后悔已来不及了，所以只有硬着头皮设法补救了。

"我……我……贞节就是清白，知道吗？你不能玷污我的清白。"

"哦，哦，抱歉，我第一次听说。"她没有直接回答我的问题，语气中有否定我解释的成分。

我气急败坏地说："真倒霉，看来我这次真是遇到大克星了。"

她听我这样说，随后又嘻嘻地笑了起来。

车在黑暗中前进，我们许久都没有说话，主要是我还在为刚才自己的措辞错误而耿耿于怀，怎么说也算半个文学小青年，可就这样输给一个无名小女子，越想越不甘心，可在这种情况下，我只有用保持沉默来维护自己的脸面和自尊。

这时，我的手机响了。我一看是个陌生的电话号码，以为是有人打错了电话，就匆匆挂断了。过了一分钟，又打了过来，我便接了。

"请问你是江枫吗？我是北京野火传媒的，来接你的，你到了吗？"电话那边一个男的用蹩脚的普通话问我。

"哦，我是，那谢谢你了，可能还要一会儿吧，我也不知道具体到哪儿了……"

电话那边的男子唠唠叨叨，叫我问问周围的人，然后给他发个短信，说他在车站外面等着接我。

我挂掉了电话，正想着要不要问问她，她却主动找上门来了。

“第一次来湛江啊?”她侧过头问我。

“哦，是，怎么了，不像吗?”我都不知道自己为何冒出这句话。

“没怎么啊，就是问问，干吗这么敏感?”

我敏感吗?我自己都有些怀疑了。

我趁机转移话题，也装作随意地问道：“你是本地人吧，我们现在到哪儿了?”

“还有二十分钟就到了吧。”她擦了擦玻璃窗，看了一下窗外说。

“你的眼睛带有红外线功能吧，这么黑你也能看得见?”我终于找到了机会来损她一句。

她回头看了看我，有些生气地说：“你这人真是好心没好报。”

看见她生气的样子，我心里却美滋滋的，有种说不出的快感。

果然，没过几分钟，车进了湛江市区，看着外面的路灯，我有些欣慰。五个多小时的黑暗，让我有些绝望了，黑暗过后的光明，让人格外振奋。同时，我心里默默地念道：“湛江，我来了!”

女乘务员甜美的声音又响起来了：“亲爱的乘客们，车已进站，请您带上您的行李……”

车里的灯亮了，我从座位上站起来，伸了一下懒腰，取下自己的行李。看见她有些吃力地去拿自己的行李，我便顺手帮她也拿了下来，她向我笑了笑，说了声“谢谢”。

“不用客气。”我也顺口回答。

我们俩等所有人下了车才起身，在过道里，本来我是想让她先走的，她却让我，我们俩都彼此相让，又同时迈开了脚步，所以又撞在了一起，她的头撞到了我的胸膛，她很快退了回去。

我做了一个优雅的绅士动作，微笑着说：“美女，请!”

她于是咯咯地笑了一下，移步走向车门，我跟在她的后面。

下了车，我们两个人如老朋友一样，有说有笑地走出了车站。

这时我的电话又响了，我一看是刚才打电话的那个同事打来的。接通后我们俩说了半天，原来他就站在离我不到十米的地方。

一看，是个身材微胖的青年小伙，戴着黑框眼镜，不过和电话中他苍老的声音有很大的反差。

他跑到我面前热情地说：“你就是江枫吧，我叫‘无用才’，欢迎欢迎。”

他看见我有些疑惑，便又解释了一遍：“口天吴，红运的‘运’，天才的‘才’，吴运才。”

听了吴运才这样介绍自己的名字，我和她都笑了起来。

吴运才这才发现我旁边站着一个楚楚动人的大美女，便问道：“这位美女是……”

我还没有回答，她却主动介绍说：“我叫刘可敏。”

吴运才还是很疑惑地看着我，在我耳旁悄悄地问：“兄弟，你和她是？”

我笑了笑，大声说：“和我同坐一排，是我的大克星。”

刘可敏听我这样说，也和我默契地笑了起来。

我和吴运才一边走一边聊，也没顾得上和她说话。

走到马路对面，刘可敏说：“我要走了，再见。”

我也向她礼貌地挥了挥手，看着她搭上的士走了。

2 缘　分

湛江的夜晚真凉爽，凉凉的海风吹在脸上，让我有些陶醉。

等刘可敏走后，吴运才就迫不及待地向我打探道：“兄弟，这女孩真漂亮，你们俩真是刚刚认识的吗?”

“是的。”我回答道。天下的男人都是色狼。看来这点在吴运才身上，不到一分钟就得到了验证。

“那你有她的联系方式吗?”吴运才接着问。

不过吴运才这么一说，我才想起刚才刘可敏说的“再见”，或许就是“今生再也不能见”了。

即便这样，我也从来没有想过要和她联系，何况一个男人向一个陌生的女孩子索要联系方式，往往会让女孩子产生不好的联想。在我看来，这是最没有水准的追求方式。情感这种事，主动出击固然很重要，但也需要缘分。没有缘分，即便走在一起，终究还是要分开。我和林一梦，就是典型的“有缘无分”的那种。我怎么又想起她来了，看来我这辈子也很难从与她分手的阴影中走出来了。

吴运才拦了一辆的士，不到十分钟，就把我们拉到住宿楼附近。一下车，我的心里凉了一大截。四周漆黑一片，连个路灯都没有，这哪里是城市，简直和我们乡下差不多。我突然有一种感觉，来湛江可能又是我一次完全错误的选择。

吴运才看我站着不动，便说：“兄弟，是不是有些失望，和我第一次来的感觉差不多。”他顺手拿起我的行李，在前面带路。

不过，失望归失望，但是我怎么知道他第一次的感觉呢？这话说得让我感觉很亲切，但有些不明所以然。

看着的士驶向黑暗，我们也走向了住所。绕过好几个窄巷，终于到了宿舍楼下，借着微弱的灯光，我看见大门的旁边有一个垃圾池。心想：从垃圾池的位置看，住这里的人素质有多高也可窥见一二了。

听吴运才介绍，我们住在七楼，算是最高层。不过楼道里只有几个灯，有的楼梯只能在黑暗中摸索了。

我们俩摸索着到了七楼，他打开门，我终于看到了我们的宿舍。有一个和我们年纪差不多的男子光着身体从浴室里走了出来，只是和我打了一声招呼，就走进了他的房间。初次见面，怎么也得相互介绍一下，不过看他这副德行，就让我大失所望。听吴运才介绍，“他叫陈军，和我一起来湛江的”。

吴运才招呼我坐了下来，便走进陈军的房间。

我一个人坐在客厅里，一看是两室一厅，心想我们三个人怎么住，总不能叫我和一个陌生的男人同住一房，这是我最不能接受的。当初来的时候也没有详细询问过，除了悔恨我也无话可说。

吴运才从陈军的房间里走了出来，又热情地说：“兄弟，今晚我们俩只能同睡一张床了，明天再给你买床去。”

我心里虽是十万个不乐意，但是目前这种情况只能接受了，不过吴运才的热情，倒让我多少也有些安慰。任何人都无法拒绝别人的热情，尤其是刚到一个陌生的地方。

本打算下楼去吃夜宵，可时间已过了十二点，而且第二天要去公司报到，所以我们就决定早早睡了。

可躺在床上，和吴运才说了一些乱七八糟的事，他总是提起那个叫刘可敏的女孩，也让我心里着实乐呵了。看来这世间真有男人一旦离开了女人就无法生活了。我们之间的谈话无外乎就是政治、女人和性，天下所有的男人之间的谈话最津津乐道的莫过于此。谈到两点多，吴运才终于睡着了，可我却怎么都无法入睡，一来是在车上睡了一会儿，二来是到了这个陌生的地方，更重要的一点是，我的肚子在咕咕叫，饥饿的滋味真是让人难以忍受。

我蜷缩着身躯，到了凌晨四点多，才有些困倦。

来湛江的第一个夜晚，竟然是在饥饿和失眠的煎熬中度过，这完全出乎我的意料。

睁开眼，已经到了第二天早晨。不过，离上班的时间还有一个小时，为了做好充分的准备，我便提前起床了，觉得脑袋里嗡嗡地响个不停，一夜的煎熬让我精神萎靡。我跑到洗手间，用冷水冲了冲，终于有些精神了。

不久，他们俩也先后起床了。洗漱完毕，我们便一道出了门。

在一家早餐店，我们要了三碗米粉，可端上来却让我大失所望：一是实在不好吃，二是每碗价格高达五元，三是老板态度很不热情。陈军是湖南人，吃过地地道道的米粉，对我说：“这地方就是这样，什么都贵，但不好吃。”吴运才在旁边安慰我说：“随便凑合一下就好了。”

我也点了点头，吃了几口便匆匆离开，虽然昨晚就已经很饿了，但是看到那样的米粉我实在没有胃口。

走在大街上，我终于见识了真正的湛江，这和网上所介绍的有着巨大的差别。我想，不知是哪个缺德的家伙如此糊弄人，以致让我对湛江有了天堂般的向往，来到湛江却发现似乎走向了地狱。

还记得读过一本书，上面是这样说的，“要看一座城市的文明，就看这座城市的交通；要看一座城市的美丽，就看这座城市里生活的少女”。我眼前的湛江，大街脏而乱，无法形容。很多大街上连红绿灯都没有，摩的横冲直撞，稍不留神，人和车相撞的可能性高达80%以上。其次，随便看一眼，实在也没有养眼的美女，不过风姿绰约、穿得极少的少妇级女人倒是随处可见。从女人的装饰打扮可以看出，这个城市是如此开放。一座城市的开放程度，可以从生活在这个城市里的女人的穿着打扮窥探一二。就在上班的路上，不到一公里远吧，看到无数个像按摩女打扮的女人，真让我大开眼界。

吴运才边走边调侃道：“兄弟，见了大世面吧，估计你待上一段时间后，怎么都不想离开湛江了，就这些妖艳的女人，也会让你难以割舍。”

陈军听了后，露出腼腆的笑容，也附和着说：“那确实！”

看来，要拉近男人之间的距离，恐怕只有通过谈论女人和性来作为手段了。即便是性格内向的男人，一旦说起这个话题，总会有很多感慨和肺腑之言，所以男人通过评价女人来获取同志般的信任，从而达到心灵上的沟通，这是我发现的人际交往的一个秘密。

就这样一路笑谈，我走向一个完全陌生的公司去上班。

和这个陌生城市的缘分，也算是正式开始了。

3 为了工作

工作，是为了生活，也是为了理想。可生活常让我有走投无路之感，理想永远停留在孤独的梦中。别人从工作中寻找自己的价值，我却用工作来麻痹自己。

我是一个没有远大理想的人，知足者常乐，每天有一瓶小酒，一碟凉菜，然后有两三个狐朋狗友一起享用，就已经很知足了。钱，对我来说那是身外之物，我最讨厌这个世上那些因为钱而丧尽天良或不要命的人，我认为那是天底下最可怜也最可悲之人。

至于女人，我总是觉得近看不得远离不得，需要的时候一起谈谈情说说爱，可最好不要当真，当然我这不是亵渎女人。我曾经告诉过别人，我的“共产主义理想”是在一个隐逸之地，种两亩草地，养几十只羊，然后娶个老婆，生个孩子，就这样一辈子就很知足了。可有人听了，总觉得那是一种荒唐之言，不过从心底，我一直在为这个理想而奋斗。

可每天面对工作的时候，我的理想就开始破碎，我终究逃不出世俗的牢笼，只能卑微且苟且偷生地活着。

当我站在这家号称“老大哥”公司的办公大楼外，我算是真实地看到了“传说”中的大型企业，也看到了梦中那些号称上层社会中白领和金领级别的人。我总是认为，这一切都是神秘的，都是我所不能企及的。如今，我却要在这里上班，不知该感到庆幸还是感到无奈。庆幸我有这样的机遇，无奈的是这不是我所真正期望的工作。来湛江，我仅仅是为了逃避爱情的创伤，逃避生活。原本骨子里有些吊儿郎当的我，每天却要装得一本正经，像个翩翩公子，想起来那简直就是一种莫大的痛苦。

吴运才推了我一把，说：“兄弟，你怎么了，第一天来这里就发呆。”

我从幻想中回到现实，跟着吴运才走了进去，不过推开公司的玻璃大门，也没有顾忌后面有人，所以直接冲向了大厅。结果玻璃门反弹回去，撞了刚进门的一个女人，不知她说了句什么话，我也没有听清。陈军在我旁边说：

“这是国企，要注意形象。”经他这么一说，我真想跑到镜子前看看，自己到底是个什么样。不过说起形象，我总是感觉有些陌生。活到二十多岁，着实也没有注意过自己的形象，这也遭到了林一梦多次不厌其烦的批评。

刚到大厅，正准备随同他们乘电梯上楼，我却被保安拦住了。原来，欲进入此楼，必须到前台登记，然后领了“来访证”方可进入办公大楼。就这样我又走向了前台，一看是个二流的美女，我向她说明了来意，可要登记必须有身份证，不幸的是我根本没带在身上。所以，不管我怎么说，她就是不同意，还摆出了她唯一且不可侵犯的理由：这是公司的规定！

吴运才见我没去，又返了回来，看我和前台小姐僵持在那里。于是向前台说明了来意，并以他的名义确保我不是可疑的犯罪分子之后，我才顺利进了办公大楼。心想：来工作也要办理这么多手续，真不愧是国企，就是牛。这才是第一天，往后的日子，或许将面对更多的麻烦，当时我就这么想。

办公室在十二楼，是整栋大楼的最高层，也是这个公司有头有脸的人办公和消遣的地方。凡是能在十二楼工作的人，在某种程度上，就代表着一种至高无上的权力。所以，去十二楼的人往往会被其他的人刮目相看，因为那些人不是老总就是副总，就连最低级别打扫卫生的阿姨，也和某位领导有着亲戚的关系，所以没人能够得罪得起。排在倒数第二的就是前台小姐了，据说也是某名牌大学的本科生，可想而知，这地方真是藏龙卧虎。

不过，走进那扇门时，我却没有丝毫的自豪和不适，大概也是因为我压根就没有把这里当成自己想要生根发芽的地方吧。至于什么领导和权威，又与我何干，何况我受命来此地，只是协助他们工作而已，干好了继续，干不好就走人，这没有什么大不了。领导是他们的领导，只要我不做出格的事，完成自己每天的日常工作，何必把自己搞得像个古代的一介草民，见了领导犹如见了皇上，装出一副毕恭毕敬、畏首畏尾的可怜相。做人，必先保持基本的人格，这才是做一个正派人的前提。

前台小姐看到我这个陌生人，微笑着向吴运才问道：“这又是新来的吗？”

吴运才这家伙抓住机会就和人家套近乎，说：“小娟，这位是我新来的同事，以后你要多多关照。”好像前台小姐也是一个领导一样，我弄不明白要她照顾我什么。

他们两人黏在一起絮叨个不停，似乎几年不见一样，那种亲密实在让人感到有些奇怪。

说了一会儿，小娟发现我站在一旁看着他们，便微笑着说：“你同事是哪里人，长得好帅。”

听到有人说我帅，这算是第一次。我一直以丑名扬天下，相貌丑且不说，满嘴丑话更是一绝。不过，可能这也是初次见面对别人的一种友好的表示和肯定，比如大街上卖菜的阿姨看见我经常喊什么“靓仔”，好话可以间接产生经济效益。

我向她微微一笑：“你不但美貌如花，而且气质非凡，挺有范儿的。”虽然这话里有调侃的味道，但她的确是那种美貌和气质并存的女孩子。她长得清秀，身材苗条，凹凸有致，配上那套职业装，站在那里典型的一模特儿，让人既想靠近，却又望而却步。

小娟听我如此赞赏她，也露出了洁白的牙齿，向吴运才说：“看来你同事的口才也不错。”

我补充说：“难道我就不是你的同事吗？”

小娟甜甜地一笑说：“哦，当然，当然是。”

这时，上班铃声响了，所有的人都必须要回到自己的工作岗位上，在我离开的那一瞬间，我看到小娟温柔的眼神，直觉告诉我，今后或许和她要发生点什么。

走进办公室，我才发现这个所谓最高权威的地方，竟然也有如此狭小的地方。大约也就是十几平方米吧，里面摆了四张电脑桌，剩下的地方只能来回走人了。幸好光线还比较充足，不至于很压抑，不然这么小的一个地方，长时间高强度地工作，估计会憋出几个精神病患者来。

陈军已经坐在电脑前一本正经地工作了，他好像没有看到我们进去一样。或许，在有些地方，人际关系就是如此简单，除了工作，彼此都是陌生人。吴运才安排我坐在一张桌子前，叫我看看资料，等一会儿公司负责领导来了就会安排我的具体工作。

我的桌上连电脑也没有，只有几本企业的杂志和报纸，看了看也觉得没有什么意思。可就这样一等，等了大约两个小时，才看到一个男的走了进来。看起来有四十多岁的样子，戴着眼镜，着装整洁，显然一个白领上司的模样。

吴运才站起来向我介绍道：“这是综合部的林总。”

我急忙站起来，和他握手。

“你就是江枫吗？欢迎你到我们公司来，听说你是作家协会的？”林总握住我的手说。

我没有多说，只是客气地说：“谢谢，希望您多多指导！”

林总又补充说：“我们这边现在新闻宣传的压力比较大，你有什么需求尽管向我说。”

我点了点头，然后他就走了出去，说找人给我配备一台电脑和其他办公用品。

不一会儿，走进来一个二十多岁的年轻人，来到我面前，直接问道："你就是江枫吧？"

看他横冲直撞的模样，我有点反感，不过还是礼貌性地点了点头。

他又说："林总安排我带你去申请办公用品，你跟我走吧。"

听他的语气，似乎很不友好，但凡一看见这种人，我就十分讨厌。他走出了办公室，我也随后跟着去了十楼综合管理处。填表、签字、领器材，一切还算比较顺利，不到几分钟就办妥了，领到了一台电脑和一些文件资料夹等东西。

在回来的路上，我问了句："你怎么称呼呢？"

他却冷漠地说："我叫李成伟。"看他那小样，我也不想多问什么了，于是我们俩就乘电梯从十楼到办公室，一路上没有说一句话。

他帮我安装好了电脑，调试了以后，便走出了办公室。

吴运才看他走出去后，对我说："李成伟比较挑剔，什么事都爱抓毛病，你以后要多注意点。"

我刚坐下来打开电脑没多久，早上下班铃声就响了。

一想，以前在报社，常遇到加班的倒霉事，一天上下班基本上就没有时间概念。领导常说"今日事，今日毕"，可长期以来，发现总有很多事干不完，所以对下班铃声已经失去了敏感度。要是哪天不加班，那简直就是烧高香等来的。可在这家国有企业就完全不同，下班铃声一响，所有的员工都快步赶到电梯门口，所以在楼道里站满了人。一看，真是靓女帅哥无数，光看着那些穿着工作服漂亮的女人，我想我也完全有理由留在这里奋斗一年半载。

费了好大劲挤进了电梯，才发现除了我们三个男的都是美女，这也算是我来湛江第一次近距离地接触女人。几个女人叽叽喳喳闹个不停，说的都是我不大懂的粤语，或许是越南语也完全有可能，就我们三个保持沉默。从吴运才的眼神中，我可以察觉他正在专注着一个漂亮女人的胸部，我的心里开始偷偷地笑。

走出公司的大门，确保她们听不到我们的评论时，我才说："兄弟，你看什么呢？"

吴运才不无感慨地说："刚才那女的那玩意好大，我以前怎么就没有见过呢？"

我正想说他头发长见识短，不料陈军却说："那你去摸一摸啊。"于是我们三个男人都笑翻了天，以致走在我们前面数十米的两个女的都回头看我们。

本来可以在公司订餐，但是为了欢迎我的加盟，吴运才提议去饭店吃，那样可以一边吃饭一边继续聊天。

选来选去，最终在一家没有名字的街边小店吃盒饭，环境自然就不用多说，苍蝇蚂蚁只要不在菜里看到，就闭着眼睛吃了。“不干不净，吃了没病”，从穷乡僻壤走出来的我，对这些见怪不怪了，所以也就无所谓。只有一点好处，就是价钱还比较适中，但等老板端上菜之后，才发现价钱和质量是成正比的。

陈军看到菜上来了抓起筷子就吃，显得没有一点绅士风度。我看着菜不动筷子，吴运才在旁边说：“兄弟，随便吃点，晚上我们自己做饭吃。”于是，我也拿起筷子，狼吞虎咽地吃起来，卫生不卫生，那是填饱了肚子之后考虑的事。

饭后，我和吴运才去二手市场给我买床，陈军便直接去宿舍午休。

这时，湛江的摩的派上了用场，三块钱就把我们运送到了二手市场，要是在广州绝对没有这种便利。看来，有时交通的混乱，也可以给人带来诸多的便利。摩的师傅的热情好客确实也让我感动，把我们拉到地方，还帮我找好了卖主。

不过，看了几家卖二手床的，也都没有满意的，所以摩的师傅也等不及了，临走的时候还递给我一张名片，说上面有他的电话，保准随叫随到。送走了摩的师傅，我们俩也自由了。吴运才极其热情地给我介绍周围的情况，哪里有好吃的，哪里是美女的集散地，哪里可以去潇洒，他似乎都摸得一清二楚，我不得不佩服他在这方面的敏感度和研究调查。

在一家店铺，吴运才带我走了进去，也许是店老板是一个打扮得比较性感的女人的原因。凡是有性感女人存在的地方，吴运才必去造访。即便是给我买张床，他也绝对不会放过这个机会。后来吴运才还说出让我瞠目结舌的话：“我爱看女人，绝对超过爱我自己，爱搞女人，可以超越世界上任何一个男人。”

女店老板一番好听的话，终于奏效了，吴运才二话不说便决定买了一张新床，比我们刚才看过的同类次的高二十多块钱，这让我怀疑到底是我买还是他买。不过既然他已经帮我决定了，所以我也没有什么可说的，虽然心里是十万个不同意。女老板吩咐伙计帮我们搬运后，便和吴运才大侃了起来。不一会儿，女老板连电话号码都给了他，希望他以后多多关照生意。没过十分钟，两人就成了亲密的姐弟关系，我又一次见识了吴运才的交际能力，看来语言的障碍不是交际的主要问题，关键是敢不敢开口、能不能放得开。

回来的路上，我夸赞吴运才交际能力强，不愧是新时代的男人。

吴运才一时来了兴致，向我神秘地说：“我敢保证，这女人不到半个月就能搞到手，一个月就能上床。”

对他的这种太过自信甚至有些自负的行为，我表示怀疑。吴运才看我不相信，便和我打赌，说如果他说的话不能兑现，就请我到湛江最高级的五星级酒店去大吃大喝一顿。看他认真的样子，我觉得有些好笑，反正这样的打赌输赢对我来说，都是无所谓。不过听他如此说，我想这以后一定好戏连台了。

折腾了半个多小时，我们终于把床搬进了宿舍，可是只有两间房，三张床，意味着有两个人必须睡在同一个房间里。可我最怕和别人睡在一起，倒不是介意什么，记得上学的时候还是七八个人睡在一起，可是现在工作了，我总想有一个属于自己的空间，既不想去打扰别人，也不想被人打扰。

吴运才征求我意见，我便找了个借口。吴运才倒也畅快，他便和陈军搬到一个较大一点的房间，让我一个人独享小房间。不过有个前提，就是他若带女人回来，我必须要腾出床供他享用。不过一想：他也没有女朋友，就当是他说的笑话，我也不用去想那么多，先住进去再说，以后的事以后再说吧。

独自整理好床铺，一个人躺在床上，看着天花板，心想我终于有了属于自己的空间，也许就在这里将实现我人生的追求。可又一想：我的追求到底是什么，我自己也不知道。湛江，仅是我生命中的一个驿站，我是一个将要流浪远方的人，何处落脚，何时停止流浪的脚步，这些都是未知数。不过，又想我已经不是这样任性妄为的年龄了，年迈的父母还每日面朝黄土背朝天地干活，他们把所有的希望都寄托在我的身上。可惜现实中的我，却什么都不能给他们，哪怕是常回家看看也好，陪他们坐坐也罢。想到这，我的情绪降落到最低点，甚至觉得我应该立刻离开这个城市，然后奔赴大西北，在那片养育了我二十多年的黄土地上扎根，为家乡贡献我的绵薄之力。但是，我不能，有太多的原因，我也很难说清楚，只是总迈不开奔向故乡的脚步。我总觉得，家是用来衣锦还乡的，可“衣锦”二字，总是让我惆怅，让我逃避。我虽然没有犯罪，但我一直在逃避，逃避生活，逃避爱情，甚至逃避自己。说到逃避，我又想起了林一梦，往往在我最心痛的时候会想起她，不是牵挂，也不是思恋，只是常常会想起她。

下午上班，林总到办公室询问了一些具体情况，算是领导对我这个新员工的特殊关照吧。不过，他刚刚走没多久，就有人吩咐我开始做事了。李成伟用 QQ 传来了一些资料，叫我抓住亮点写一篇 1 500 字左右的新闻稿，还特别要求下班之前交付。我心想：就他发的资料，还不到 50 字，怎么说也要了解情况，两三个小时写一篇稿件是没有问题，但是质量用什么来保证。如果只是复制和粘贴，就算是一篇稿件，我觉得大可没有必要这样。但是，这是工作任务，不写也不行。就这样硬着头皮写，挖空心思地写。我这人一专心起来，往往会忘记周围的一切，竟然没有发现文娟站在我身后。当文娟忍不住发出笑声时，我才发觉身后有个人，不禁吓了一跳。

文娟笑着说：“你干吗那么紧张，我是来给你送会议记录本的。”

我立刻缓解了紧张的心情，笑着说：“谢谢，领导。”

文娟听我这样称呼她，更是得意了，还说：“那以后就要听领导的话。”

“看来我只有这样了。”我笑着回答。

吴运才看见文娟和我说话，也耐不住寂寞地说：“美女，你是不是看上我们兄弟了，要不要我牵线搭桥?”

看来文娟和他们已经很熟悉了，所以也不在乎他这样说了。文娟随口而说：“那不劳您了，再说这么近也用不着你。”

吴运才来了劲，对着文娟说：“那你可不要后悔。”

文娟并没有理睬他，转向我说：“江枫，把你的 QQ 和电话号码写给我，我要登记在我们公司的内部联系册里。”

文娟看了我写在纸上的字，说：“江枫，你的字真漂亮!”

听她真心夸赞，我便说：“谢谢美女赏识。”

吴运才大声感叹了一下，明显话里有话地说：“唉，有缘千里来相会，无缘对面不相识啊。”

文娟似乎也听出了弦外之音，拿起一份报纸正要打他的头，吴运才双手忙举起来说：“美女，美女，我投降。”

眼看一场无聊的打斗即将开始，“林总来了”，陈军的话及时制止了这一切行为的进行。

文娟立即装出若无其事的样子，从办公室走出去，不过这完全是陈军的一句谎话。文娟走出去发现并没有林总，折回来站在门口对着陈军说了句“大骗子”就走了。

刚才的这一幕，实在让我不敢想象。我原本以为在这里工作的人，都是一本正经的，却不知他们的行为和装扮有着巨大的反差。在这些高级写字楼里的人，并不是我以前所想象的那么严肃和敬业，在工作之中也会发生这么有意思的事情。相比那些在私企工作的人，每天以老板为上，生怕被老板抓到一点蛛丝马迹而克扣工资或干脆被打发走人。说心里话，这种工作环境也是我所期望的，我不太喜欢天天被领导盯着转，那样倒不如在大街上摆地摊更刺激更爽快。

不过几分钟，文娟就通过 QQ 加了我，然后我们就东拉西扯地聊起来，我才知道她真名字叫谢文娟，是地地道道的湛江人。至于其他都是一些废话，却又句句充满暧昧的调侃。我一直想不通，现在的人不知道怎么都变成这个样了，男女之间总喜欢说一些暧昧的话，在公共场合也常见一些暧昧的动作，是这个时代开放的结果，还是人内心本身的孤寂而产生的吸引，我也很难说清楚，但似乎这是一种通病，在任何时间任何地方都可以看见。我一向拒绝说些不三不四的暧昧话，可是别人当真这样的时候，我也就同流合污了，甚至渐渐地发现说暧昧话不但可以调节人际关系，还可以多少满足自己内心的虚荣，所以也就不知不觉地说一些连自己都觉得十分肉麻的话。

和谢文娟认识不到几个小时，可是通过网络聊天，我们似乎就成了如胶似漆的好朋友了。说到此，我又想起来中午买床时吴运才和那个女老板之间不也是如此吗？其实那女的看起来也就是二十多岁，我真怕吴运才和我的打赌结果是我输了，那样我将对爱情以及女人彻底失去念想了。

4 无聊的周末

一晃一周时间很快过去了。

我每天的工作，就是复印机和打字机的完美结合，不过这些动作都是对着电脑操作，无非就是每天坐在电脑前，在网络上搜索些资料，然后东拉西扯写一些毫无意义的文章，把这些文章发在公司的网站上，然后供那些白痴的员工和领导无聊的时候阅读，美其名曰企业文化。在我看来，有些鬼扯淡。

我们三个人，说白了就是这家公司和我们所在的公司达成一种“协议”，我们公司拿了人家的钱，为了节约成本，然后让我们三个人驻扎在这家国企做新闻宣传，还美其名曰是为了宣传企业文化，当然这背后还有说不清的利益关系，比如说这家公司的负责人和我们公司的某一个人有着某种亲密的关系，所以我们公司才有这样的机会。至于我们三个人，完全就是这家公司拿钱收买的作假的机器。每天的工作，我们就是不断地“出卖”自己的智慧。仅仅一周时间，我就看透了这一切，不过这似乎也不是我所关心的事。

每周双休日，有大把的时间可以玩，所以我的心情也特别好。星期五下班前，文娟在 QQ 上问我周末去哪儿玩，我说就在家睡觉。她还埋怨了几句，说男人都是这样，一有时间就睡觉。我心想：男人怎么了，过自己想过的生活也不可以吗？和她闲聊了几句，便匆匆关了 QQ，免得影响我的心情。

下班后，我们三个人一改往日买菜做饭的习惯，一致决定到外面餐馆大吃一顿，算是改善一下生活。陈军建议去吃湘菜，他是湖南人，湘菜就最适合他口味，而吴运才说周末不适合吃湘菜，最好去吃烧烤。至于我，两个都不嫌弃，也都不是很钟情，随便他们了。最终，在吴运才的坚持下，我们去吃烧烤。

我们沿着大街走了几分钟，便看到街边有很多烧烤店，坐着许许多多的光着膀子的男人。一条街，烟熏火燎的，却热闹非凡。

我们选择了一家人比较少的烧烤店找了个座位坐下，三四个服务员簇拥过来，一边询问一边推荐，不一会儿就点了一大堆，不过我连一句话都没有说，因为我对烧烤也没有什么研究，不知道什么最好吃。不过说起吃，陈军似乎很在行，总是要一些我听起来连名字都很陌生的菜。在湛江，海边好吃的东西多的是，可我这个北方佬，连大海都没有看过，更不用说吃海边的东西了。

刚点完菜，老板还未离开，啤酒妹就过来了，能说会道就不用提了，而是她穿得太过“火辣”，让人看了实在难以心平气和。我想：推销啤酒也有必要这样出卖自己的身体吗？不过她们可能不这么认为，因为她们有好身材和好姿色何不让色男们一饱眼福呢？好身材，也是她们的一大资本。看来，这世间靠身体赚钱的不仅仅是朴实的劳动人民，还有这些亮出身材来的啤酒妹，以及那些从事色情行业的女郎们。

吴运才和啤酒妹扯东扯西，结果还是在啤酒妹的推销下，买了六瓶啤酒，一瓶三块多钱的青岛啤酒竟然卖到了六块，看来这生意的确不错。啤酒妹高兴地走了，吴运才只是看着她火辣的身体垂涎三尺。

几杯冰啤酒下肚，觉得日子过得真惬意。

烧烤也端上来了，除了烤鸡腿和蔬菜，其余的全是我从来没有见过的，我问他们俩这是什么好吃的。

陈军憨笑着说：“这是生蚝和青口螺，多吃这些东西有好处。”

我不解地问：“这有什么好处？”

吴运才说：“兄弟啊，你是真不知道还是假不知道啊？生蚝可以壮阳的。”

结果他说话的声音太大了，招来旁边一桌几个女孩子侧过脸看，随后又一哄而笑。

吴运才漫不经心地说：“看什么，我说的是实话啊，老板的点菜单不就明明白白写着嘛。”

于是我接着说：“兄弟，那你要多吃点，你不是还和我打赌吗？一定要保持好身体才行，不然怎么身经百战而不倒呢？”

吴运才一挥手说：“放心好了，就那女的三个也不成问题。”看来，男人的性功能强也是一大资本。

吴运才喜欢喝酒，酒量却不是很大，才喝了一瓶啤酒，就满脸通红，开始说胡话了。

陈军不解地问：“你们打什么赌？我怎么不知道。”

吴运才哈哈一笑说：“这是秘密，到时候你等着看热闹就是了。”

醉话莫当真。不过他这么说，我还是很意外。看来他当真了，我真不知道这场打赌将怎么收场。不管结果怎样，都不是我想看到的。

烧烤吃完了，酒也喝完了，一结账，才知道我们三个人竟然吃了两百多块钱，这时吴运才大手一挥说："我请客！"不过，就在这样的小地摊，动辄也要两百多，而且似乎没有吃到什么，湛江人民的消费水平也让我有所见识了。

吴运才一路狂歌，时不时左右晃几下，看来真有些醉了。路过一家发廊，有个穿得极少却又十分性感的女人拉客，吴运才含糊不清地说："靓妹，明晚我来，我一定来。"

听见吴运才和她搭话，那女人真上前来拉住吴运才，欲往发廊里面拉，结果被我和陈军挡住了。那女的说了一句话，我们俩都没有听懂，但从她生气的样子来看，绝对不是好话。听不懂，就当是一阵风算了，要反击也没有办法找个理由。

我们俩把吴运才连拖带拉地送到宿舍，丢在床上，算是完成了任务。

陈军去洗澡，我一个人来到屋子，没有开灯，喝了酒特别清醒，我倚窗远望，这个城市的霓虹灯闪烁不停，大街上车辆川流不息，外面的热闹和屋内的清静，外面的光明和屋内的黑暗，形成鲜明的对比。在这片刻的宁静中，我的心也变得十分平静，我又想起了和林一梦在一起的无数个日日夜夜……

这时，手机短信息的铃声打破了宁静，我走到门口打开灯，拿起手机一看，原来是谢文娟发来的短信。她问："周末了，你干什么呢？"

于是，我简短地回复："没干什么，在外面吃了点东西，刚回来。"

她又发来："你是不是有什么心事？每天看见你好像并不怎么高兴？"

"我没有什么，你现在在干什么？"我想转移话题。

"你是不是不想告诉我啊？我躺在床上。"

"没有，那你早些睡吧！"

"你是不是觉得我很烦？"

"没有，我觉得你很可爱。"

"真的吗？"

我实在不知道怎么回答了，就干脆不回了。而且从参加工作，基本上就告别了"拇指传情"的时代，也没有心思发短信，宁可打个电话三言两语说清楚，也不愿意写短信，大概这也是年龄的问题吧。

过了许久，她又发来一条附带表情的短信："我讨厌你！"

看了看短信，我突然觉得，第一次见到她时的直觉或许是正确的。

周末的日子简单而又无聊，除了吃饭、睡觉就是上网、看电视，再也没有别的事情可干。前两项但凡是人每天都必须要做，可后两项是我最不想干的。电脑那是上班时的工具，一天八小时分秒不离电脑，这绝对是超负荷地用电脑，我不想这大半生的时间都浪费在电脑前面。高科技让我们这个时代快速奔跑，可是处于亚健康的人也是日趋增多，电脑可以说是缩短寿命的“杀手”。至于看电视，每次打开电视，翻来覆去地看了一遍又一遍，往往都让我失望至极，不是性广告就是一些让人恶心的节目，所以也没有多大意思。所以，从周末起床的那一刻起，我的心就空荡荡的，上班的时候还多少有些盼头，从周一就开始盼着周末的到来。当真到了周末，我却无所事事。我不怕忙，但我最怕闲下来，因为人一闲，往往就不会有什么好兆头。

早晨洗漱完毕，躺在客厅的沙发上，思考着该怎么打发这无聊的时间。

这时，吴运才从房间里走出来，打扮得西装革履的，我怀疑他是不是昨晚喝酒喝糊涂了，把周末当成了上班日。

“兄弟，你这是干什么去，今天是周末。”我想提醒他。

吴运才嘿嘿一笑，说：“我知道，今天我要见一个重要的人。”

他的话让我产生了怀疑，他在这地方也不过是三个多月，以前好像也没有说有什么朋友。

“你图谋不轨吧，有什么事从实招来。”

“这是秘密。”吴运才诡秘地笑了一下，便匆匆出了门。

我一个人躺在沙发上发呆，却不知道要干什么，又打开了电视。电视播什么，我不知道，因为我在想我自己的事。

以前和林一梦在一起的时候，或许这个时候我还抱着她白皙性感的身体躺在床上，说不定也会干些坏事，然后又接着睡觉。林一梦常告诫我，周末是属于她的日子，我无条件地接受她的指示，她有着至高无上的权力。我和林一梦的关系，就是单纯的被统治者和统治者的关系。除了在床上我有主动权外，其余的时候我基本上就是过着奴隶般的生活。虽说我也反抗过几次，但最后都以我的妥协而告终。我每次妥协后付出的代价就是人身自由又缩小了一些，所以我总是避免正面的交锋，常搞一些恶作剧，比如说一些鬼故事，吓得她抱着我不敢动，我就趁机获得一些好处。可如今，我独自躺在这个陌生的地方，而林一梦或许正和另一个男人缠绵悱恻，想到这里，我的心又开始剧烈地疼起来。为了尽量不去想林一梦，我便拿起遥控器，把注意力集中到电视上。

陈军揉着眼睛从房间走出来，只穿着黑色的内裤，但他的皮肤和内裤也相差无几，他也没有看我一眼，便直冲进了厕所。

我看了差不多有十几分钟的电视，正想关掉电视去房间里上网。陈军才从厕所里走出来，问我去哪里玩，我说不知道，他便又回了他的房间。我总是觉得和他之间有着莫大的隔阂，似乎我们就是生活在不同时代的两个人。可奇怪的是，我们却生活在同一个屋檐下。

回到房间，打开电脑，我一下子登录了三个 QQ，不一会儿便热火朝天地聊起来。在网上，人往往很难做到真诚，虽然我平日里不怎么和一些无聊的人胡搅蛮缠，主要是因为第一次上网被骗的经历，所以我对网络总是抱有很大的质疑，甚至曾一度深恶痛绝。

刚接触网络，记得有一个扬州的女孩子，和我聊得很好，她甚至说喜欢我。当时年幼无知，加之从来没有想到过网上还可以骗人，所以害得我写了好几份情意绵绵的情书。可聊了差不多半年后，我竟然发现她原来是一个三十多岁的少妇，因为和老公关系不好便开始网恋。所以，我的大学毕业论文选题就是关于“网恋的后遗症”的探讨，主要剖析网恋的成因以及造成的后果，得出了一个结论：网络并没有什么错，只是现如今人心叵测，利用网络欺骗爱情，导致一些人对互联网有偏见，这也是人性缺失的体现。

可今天实在太无聊，所以也就加入了网络“捉迷藏”的游戏。我简直就是一个变色龙，面对不同的网友，自己就成了不同的角色，以致往往因为发错了信息而解释大半天。当然，也有自己的老同学，主要就是聊些彼此的工作和女朋友的话题，所以我把加同学的那个 QQ 干脆隐身了。其他两个，上面都是我所不认识的人，也不知道什么时候加上去的，也不知道到底谁加谁的，凡是和陌生人聊天，都是无聊之人，所以就说一些无聊的话。

当然，我只对女网友感兴趣，大概也是异性相吸同性相斥的原因吧，我可不想和一个陌生的男人在网上胡扯。当然，其中也有很多比较真诚的网友，动不动就把电话留给我，可我常常不会去记，因为我知道自己不会给一个陌生的女人打电话说无聊的话，也许是太爱面子吧，我总觉得那是最无聊的事。

其中有一个女网友问了我一个十分尖锐的问题，我们讨论了一个多小时都没有得出一个正确的答案。

她问：“很多女人，为什么一旦爱上了一个男人往往就变成了贱货？”

这个问题，或许应该去问女人，但她却来问我，着实让我郁闷了起来。

“你是女人，那你应该问自己。”我这样回复。

“因为我不知道，我也不是贱货，所以才问你嘛。”

“我不是女人，就更不知道了，所以我也无法回答你。”

“那你可以把自己想象成女人啊。”

她说这么无聊的话，真是让我肝肠冒火，可又不知该怎么回答，干脆就不去理睬了。

两个多小时过去了，感觉有些疲惫，便匆匆关掉了 QQ，又想何必去计较那些问题呢，我唯一的愿望就是打发时间，时间过去了，这不正是我所想要的结果吗？

下午，一个人在房间憋得实在难受，便独自来到大街上。

来湛江一周多时间了，可我总是迷路。以前我常常以自己的方向感极强而在女孩子面前卖弄过好多次。可是，在这个城市，我却常常迷路，也许是我内心失去了方向吧。

沿着大街一直走，看到了一家书店，我便走了进去。

书店不大，书架上也没有多少书，也没有什么我所喜欢的书，不是幼儿教育就是养生保健方面的书，还有一些教发财走捷径一夜成功的书，转了两圈，我便走了出来。

又一个人晃晃悠悠走了许久，直至一条河挡住了去路，我抬起头后，竟然不知道自己走了多远，也不知自己身处何方，只看到眼前无数川流不息的车辆和人。我一个人站在河边，却不知该去向何方。反正已经不知道走到哪里了，就沿着河边走吧，反正这地方摩的也多，实在走不回去就干脆找摩的了。

路过一个大商场，我看到下面有间 KFC，便走了进去。

服务员的礼貌和热情让我感觉又回到了大城市，里面卫生环境很好，可以说是一个很好的休闲之地，坐在里面可以享受那份特有的宁静。要了一杯咖啡和几个鸡块，找了一个无人的角落，便坐下来静静地享受。因为只有在 KFC 里，即便是坐上一整天，也绝对不会有人用鄙夷的目光看着你。记得有一年的春节没有回家，我每天去得最多的不是麦当劳就是肯德基。

喝着咖啡，吃着鸡块，慢慢地咀嚼，我突然觉得，人生其实怪无聊的，有无数人把大吃大喝一顿当作一种享受。可对我来说，几块钱的盒饭和几千元的宴席没有什么差别，只要能填饱肚子就行了。

就在我胡思乱想的时候，走进来一男一女，坐在我的对面，看起来也不像是对情侣，倒像是一对兄妹。女的挺漂亮，男的也不俗，不过他们之间似乎没有太多的话，从坐下来就没有说过几句话。男的背对着我，我抬头就可以看见女的，我每次抬头都正好和她的目光相撞，那种默契只有和林一梦相见时才有，以致我的心开始扑腾扑腾地跳个不停，人也胡思乱想起来。

我一个人低头默默地喝咖啡，坐了一会儿，便去了趟洗手间，在我折回来路过他们桌旁时，那女孩不小心把一杯咖啡打倒泼到了我身上，我心想：这下可惨了，我刚从苹果专卖店选购来一条裤子，就这样毁在她的手里了。

男的一看，急忙说："对不起，对不起。"连忙拿起 KFC 的专用纸递给我。

又对着女的抱怨道："娜娜，你怎么这么不小心呢？"

那女的看了看我，低声地说："对不起。"

我本来心里很不爽，但还是忍住了，转念一想，不就是一杯咖啡吗，洗了就什么问题都没了。

“看来你让我这懒人也要勤劳一会儿了。”我勉强露出了笑容。

男的又说：“兄弟，你这可是名牌啊，实在抱歉，你看……”又看了一眼女的说：“我妹妹她不怎么懂事，你就别计较了。”

我已经彻底扭转了自己的心情，便慷慨地说：“这有什么，何况她也是不小心的嘛。”

不过，我心里总感觉她好像是故意泼到我身上的。

男的笑着说：“我叫路宁远，请问兄弟怎么称呼？”

我也笑着说：“我叫江枫。”

路宁远对着我说：“哥们，看来我们挺有缘的，今天我请客，算是对你的小小补偿了。”

我推辞了一下，但盛情难却，便和他们坐在一起。

“这是我表妹叶丽娜。”路宁远又向我介绍。

我冲着叶丽娜笑了笑。

她露出洁白的牙齿说：“今天真是对不起啊。”

“都过去了，你就不要放在心上，我也经常把东西泼在自己衣服上。”为了让她安心，我安慰道。

路宁远对着我说：“江兄，今天你这个朋友我交定了，听你的口音也是北方人吧？”

我点了点头，心想就这么认识一个朋友，浪费一条裤子也算值了。

原来路宁远和叶丽娜都是西安人，路宁远在湛江一家大公司上班，据他介绍说和我所在的公司直线距离不到一公里路，所以以后有机会在一起玩了。叶丽娜还在湖南长沙读大学，有空就跟着旅游团过来闲玩了。

因为我读的大学也是在长沙，对那座城市非常熟悉，所以这样一来我就和叶丽娜有很多话题了，不过说得最多的就是黄兴南路步行街的热闹、坡子街的小吃和岳麓山的风光。也许每个在长沙生活的人都常去这些地方，聊起来，路宁远只有旁听的份了。由于他们是西安人，也算是西北老乡了，说的话和我老家的差不多，所以我们三个几句普通话几句家乡话，很快就成了无话不谈的好朋友。

从肯德基里走出来，路宁远邀请我和他们一起去玩，反正周末也没有什么事可干，何况他来湛江也快一年了，所以我和叶丽娜无论去哪儿，他都能当导游了。

这一天，我虽然没事闷得慌，但我也怕影响他们，也许就是人家的一句客气话，再说认识还不到一个小时。

路宁远好像看出了我的心事，便拍着我的肩膀说：“咱们西北人一向做事干脆利落，从不拖拖拉拉，就不要想那么多了。何况你在，也可以帮我们拍拍照，如果你没什么重要事就跟我们走吧。”

叶丽娜也对我说：“你要是不去就是怪罪我弄脏了你的裤子。”

我笑着说：“看来我只有恭敬不如从命了。”

路宁远向我们推荐说：“湛江就这么大，也没有什么特别好玩的，是去公园、海边，还是?”

叶丽娜拍着手说：“去海边，去海边。”

路宁远看了看我说：“江枫，你呢?”

我说：“可以啊，我也没有见过大海。”

路宁远说：“那我们就去金沙湾海边吹吹海风吧。”

于是，我们三人搭上一辆的士，向海边奔去。

我心中默默地说：“大海，我终于来了!”

5 相约在海边

第一次看到大海，我的心情何止是激动。我感觉自己就如同一个井底之蛙突然跳上了井，海边的一切都让我觉得新奇。我似乎感到了自己的心在飞，终于可以逃离钢筋混凝土铸造的钢筋森林了，终于可以在蓝天、白云、大海之中敞开我的胸怀了。

我的心在奔放，人却站在海边，一动不动。

相比之下，叶丽娜却完全是另一种表现，她三下五除二脱下了鞋子，就直冲向了大海。可刚向前迈出几步，海浪冲过来，她又狂笑着往回跑。从她的狂喜中，可以感知一个从未见过大海的人，是多么地向往和热爱大海。任何一个从未见过大海的人，或许在心中对大海都有着某种难以言说的崇拜和憧憬。不过，路宁远倒显得十分平静，从他的表情里看不出一点兴奋和激动。

在海浪冲向沙滩时，叶丽娜一边往回跑，一边对着我们喊："大头哥，你快来啊！"她的笑声让我想起我的童年，好久都没听过那种自然而又开心的笑声了。

"大头哥，她是说你吗，宁远？"我问站在我身旁的路宁远。

"是啊，这丫头从来就是这样，天性顽劣，她的馊主意很多，你可要防着呢！"路宁远无心地说，显然他已完全不把我当成外人了。

在我这几年的流浪生涯中，并不是我有地域偏见，但我确实觉得南方人和北方人有着很大的差别，至于文化、饮食很多方面就不用说了，就从朋友关系这点上，北方人很容易称兄道弟，可与南方人一起生活数年，或许永远都是陌路人。所以，我的交友观都有很大的改变，当有一个南方人和我寒暄和套近乎并把我当成他的朋友时，我总是保持着怀疑的态度。

"你看她玩得多开心啊！"我有些羡慕叶丽娜的快乐。

初到大海，不脱下鞋子赤脚在海滩上走走，那就算白来一趟。于是，我也像叶丽娜一样，赤脚在海滩上走，沙滩是柔软的，海水是温暖的。海浪一高一低，每次冲过来时，冲洗着我的双脚，也让我感知了大海的力量。

路宁远说这里其实不过是一个海湾，真正的大海要比眼前所见的更加壮观，站在海边会有惊涛骇浪、波涛汹涌之观。可在哪里能看到这样的大海呢？路宁远说“东海岛”。于是，东海岛又成了一个让我向往的神秘地方。

不过，当我在金沙湾海边赤脚行走的时候，我的心是满足的。因为我知道，我脚下的海水来自大海，海风也来自大海。倘若我乘一艘船，从这里出发，一定可以驶向我所期待的大海。大海到底有多大，我这个土生土长的“井底之蛙”无从知道。只要这里的水来自大海，只要这里和大海一脉相连，我就认为我已经见了大海。

看到大海，且能在大海边赤脚行走的人，无疑是幸福的，因为有的人或许一辈子只有在电视上才能看到大海，可那毕竟不同。没有身临其境，是很难感受到大海的魅力的。

虽说是周末，虽说金沙湾海边风景独好，可是人不是很多，而且来这里的人大都坐在海边看风景，就三五个光着屁股的小孩子在海水中玩，最让人惹眼的自然就是叶丽娜了。她的美貌让人折服，站在海边，完全是一道靓丽的风景，更何况她笑个不停，跑来跑去玩个不停，感染了海边乏味的气氛。几个年轻的小伙子，也相继来到海边，跃身跳进了大海。看来，“美女效应”在任何地方任何场合都是存在的。

我看着叶丽娜很开心的样子，便逗着说：“美女啊，怎么说今天你也该去游泳。”

叶丽娜边跑边说：“我不会啊，要不你来？”

“我是旱鸭子啊，不然怎么也要给你表现一下。”我笑着说。

“我看你是怕弄湿了自己的名牌衣服吧。”看来她还没有忘记这档子事。

“都被你弄成那样了，我就大人不计小人过。”我不屑一顾地说。

“是吗？那我帮你洗洗。”说时迟，那时快，叶丽娜趁我毫无防备之时，便拍水向我进攻。

路宁远看见叶丽娜想弄湿我的衣服，便喊道：“江枫，你快跑，不然就成落汤鸡了。”

我对着叶丽娜说：“我喊一、二、三，要是你不停下来，我就开始反击。”

“你来啊，谁怕谁？”叶丽娜看来铁定了心想要和我大战一场了。

我也没来得及喊就开始向她进攻了，我们俩的水战招来无数人的欢呼声和加油声。可我们俩完全没有顾忌别人看我们的笑话，还是不停地向对方进攻。

路宁远看见我们打水战，便跑过来劝，可谁知他一靠近，叶丽娜把进攻的目标对准了他，他也没来得及躲闪，衣服全部被淋湿了。

经过几个回合，也没有分出胜负，虽然我们三个人的衣服都淋湿了，依旧站在海水中傻笑个不停。

在海边，和叶丽娜打水战，不需要顾忌脸面，也不需要谦恭客气，这不正是我所需要的生活吗？可是，这样的生活就如同一个梦，我觉得瞬间就会失去。

我们三个人狼狈不堪地来到岸边，所有的人都露出会心的微笑。

路宁远跑去给我们买干毛巾了。

眼前的叶丽娜，却让我有了另一番幻想。她浑身湿透了，可依旧笑得像花一样。不过，单薄的湿衣服贴在她的身上，她身体的曲线明显可见。尤其是她的胸前，透过白色的衣服，粉红色的内衣清晰可见，我的脸一下子滚烫起来。

叶丽娜察觉到我看她，羞红了脸，但却装作毫不在乎地说："眼睛不要那么色色的，好不好？"

我"啊"一声，就再也没有说什么。

我们俩都陷入了片刻的沉默，想躲避对方的目光，可偏偏每次都撞在一起。

几分钟就好比是几十年，路宁远的到来解救了沉默和尴尬的我们。

我们拿起毛巾，似乎又忘记了刚才那尴尬的一幕，有说有笑完全当没有这回事一样。

由于衣服湿透了，再怎么擦也是白擦，于是我们便匆匆告别了。临走时，叶丽娜说："我还要一段时间才离开，改天再一起玩。"

送走了他们俩，我一个人站在街边，顿时打了一个冷战，才发现我浑身一阵冰冷。

这一天，无疑是我来湛江过得最美好的一天，是特别的，也是难忘的，因为他，也因为她。世间原本有很多事就是一种巧合，却在无数的巧合中，生活才充满了精彩，人生才有了意义。

6 又一次巧遇

这几天，上班的时候比较清静，工作量也不大，每天就是东拉西扯说些废话，复制、粘贴，写几篇毫无意义的新闻稿，然后就完事了。

不过，林总似乎对我还不错，好几次走进办公室来“关心”一下我，跟我说有什么需要就找他，多少让我有些感动，即便是他的一句话，我都有一种卖命的理由。唯独那个李成伟，永远是那个鸟样，不过他那鸟人，我也懒得去理睬。每次正面交锋几乎都是在我的冷言寡欲中，让他知趣而退。

文娟这几天也对我爱理不理的，这姑娘可能是生理周期来了。有好几次我主动和她套近乎，但她依旧一副冰冷冷的表情，让我觉得没有意思，就懒得去理了。何况我也没有得罪她，我还是我，可她却不是我初见时的她了。女人的善变是最让人头疼的事，连苏格拉底都遭到老婆的虐待，看来男人的聪明和讨好女人并不成正比。时髦的说法就是，IQ 再高没用，只有 EQ 高才行。可不幸的是，自认为 IQ 不错的我，偏偏 EQ 几乎为零。所以，对文娟这种女人，我只能等待，等她哪一天心情好了，或许就可以扭转我们之间尴尬的关系。

吴运才每天看起来很忙，但忙什么，我不大得知。每天看见他不是上网聊天就是接电话，但我可以肯定的是他绝对不是因为工作而忙。至于陈军，他每天除了完成工作大概就是玩玩网游，因为我和他似乎就是两个时代的人，也没有太多的交流，他干什么我也不大注意。

下班后，为了改善生活，我们准备相约吃川菜。可还未走出办公室，我就接到了叶丽娜的电话。

“江枫，你在干什么？今晚我哥去赴宴了，你陪我吃饭，好不好嘛？”她在电话那边略带撒娇地说。

“我……我可能……”我想找一个比较合适的理由拒绝。

“我已经在路上了，估计最多二十分钟到，就在你公司门口见。”她没给我找借口的机会，就匆匆挂断了电话。

吴运才对着我说："兄弟，有美女找你啊？"

我把情况向他说了一下，吴运才倒是理解，慷慨地说："陪美女是大事，可不能耽误，改天我们再聚，何况今天我也有事。"说完，他诡秘地向我笑了笑。

所以，就这样我又回到了办公室，开始等待叶丽娜。

一下班，这个拥有几百人的办公大楼人去楼空，就剩下桌子板凳摆在那里，这里也许只能成为每个人每天八小时的记忆，剩下的时间每个人都走向了属于自己的家——一个安放心灵的港湾，可我在这个城市什么都没有，真是一人吃饱，全家不饿也不愁。想到此，心情不免有些失落，幸好叶丽娜快到了，让我多少有些期待。

约莫十分钟后，我便走出了办公室，一个人乘电梯下楼。按照惯例，这里除了保安，再也不会有什么人。所以我一个人在电梯里哼着小曲，心情也彻底放松了。可是，电梯却在八楼停住了，我想，也许是保安在巡查。

电梯门打开，眼睛的余光中发现是一个女的，不过我也没有多看一眼，伸手按了关闭按钮，眼睛依旧盯着显示楼层的数字。我想，这大概是很多人乘坐电梯的习惯，很少去关注那些上上下下的人。

"你……你是？"一个熟悉的声音在耳边响起。

我把目光转向了她，这时我们几乎同时惊叫了一声。

"江……江枫。"

"大克星。"

此美女正是我来湛江车上遇到的刘可敏，不过她在这里像幽灵一样出现，的确让我大吃一惊。

"原来是你，你怎么会在这儿？"刘可敏惊讶地问我。

"我还想问你怎么在这里呢。"我也惊讶地问她。

"我在这里上班啊。"

"你在这上班？这也太巧了吧！"

"怎么了？你不会也在这里上班吧？"

"不幸被你言中了。"

"真的吗？那我怎么没有看到你啊？"

"这个不需要造假吧，何况就是来上班，国企我就不能来了？"

"我不是那个意思，我的意思是……"

刘可敏想说什么，但没有说出口。随后吐了一下舌头，笑着说："看来，怎么也躲不过你！"

"是我躲不过你才对，你可是我的克星。"

今天的刘可敏，和我在车上所见的截然不同。化了淡淡的妆，一身职业装打扮，往那里一站，亭亭玉立，有些脱俗的美。她那妩媚的眼神，稍微动一下，就可以把我的魂勾过去。也许，是因为我们有过那么一次难忘的旅途，所以她的美丽，只能短暂地停留在我们惊讶的谈论之后了。

“你怎么现在才下班?”她问我。

“我没事就多待了一会儿，那你呢?”

“我有些杂事处理了一下……”

我们就这样你一句我一句地闲聊，虽然走出了办公大楼，但是她也完全没有离开的意思，还要了我的住址和电话，说是有时间找我一起玩，且说能和我再次相遇也算是有缘。不过，她的美丽吸引了我，所以我只顾着欣赏她，说话时不免有些心不在焉。

在离开的时候，她又诡秘地说了一句：“干吗一直那样看我，好像从来没有见过一样。”

我急忙笑着说：“你今天又是另一种美，所以我只有重新认识你了。”

刘可敏听我说她美丽，用故作怀疑的眼神问道：“是真的吗?”

“你这样是逼着我说假话吗?”

这时，我们俩又哈哈大笑了起来。

“在一个公司上班，有机会让你见识一下，不然我这个克星白当了。”刘可敏调皮地说。

“不过，我倒是不怕，奉陪到底!”

本来，她说要打算请客，算是让湛江人民的热情好客在我心中留一个好印象，但是她今天也预约了朋友，所以只能改日了。

就这样，她一步三回头地和我说再见，然后搭乘一辆摩的，像风一样走了。

7 爱如潮水

每次和刘可敏交谈，我完全可以敞开心扉，从来不需要掩饰什么，让我觉得谈话是一件十分愉快的事。望着她在摩的上远去的背影，突然发觉有些淡淡的依恋。

就在我目不转睛地望着她离去的方向时，叶丽娜突然从我身后跳出来，吓了我一跳。

“你看什么?”叶丽娜拍着我的肩膀说。

“没看什么，你什么时候到的，我怎么不知道。”

“刚到，你今天打算请我吃什么?”

“不会吧，大美女，我可没有说要请你吃什么?”

“那你总不能厚着脸皮叫我这个美女请你吧?”

“这倒也是。”我寻思着说。

“我要吃小吃，你带我去吧。”她直截了当地说。

“看来，宁远不在，我只能尽你哥的义务了，不过有个条件……”

叶丽娜睁大眼睛望着我，谨慎地问道：“什么条件?”

“吃饭的时候可不能把东西弄到别人身上，那我可不负责。”我笑着说。

“那次完全是个意外，是万分之一的可能，你只能认倒霉了。”

“是吗? 那天，我怎么觉得你好像是故意的呢?”我用怀疑的眼神望着她。

“好了，江枫哥，就算我故意的好吧，是我看到你这个大帅哥，所以就略施小计了。”

“果然，终于穿帮了吧。”

叶丽娜拉起我的手说：“您帅哥不计美女过，过去的就一笔勾销了吧。”

我还想好好教导她一番，结果她牵起我的手就往前跑，我也跟着她跑。

于是，我们两个人手牵手，我只觉得好像牵了一个妹妹的手，我有理由哄她开心，让她高兴，完全没有意识到我牵着和我年龄相差无几的大美女。这在别人看来，我们肯定是一对情侣。

我们牵手沿着大街走了好久，叶丽娜也没有放开我的手，我觉得这样不妥，要是路宁远看到，一定会把我这个朋友当成色狼的。

我提醒叶丽娜："大美女，我们这样牵着手，你不怕别人误会吗？"

"我有什么可怕的呢？走自己的路，让瞎子去瞧吧！"她的手还是紧紧地拉住我。

"这话经典，是你独创的吗？"

"当然，我这么聪慧的美女，说句这样的话不算什么吧？"

"又开始臭美了，那要不要给你申请一个专利？"

"那就看你的了。"叶丽娜笑着说。

我们手牵着手，我能明显地感觉她的手很柔软很细腻，不觉让我有些想入非非。自从和林一梦分手后，我就再也没有触摸过女孩子的手了，却不知在这不经意间，我有幸牵着一双玉手，更重要的是我面前的这个女孩子是个十足的美女。

我们手牵手在大街上有说有笑，从路过男人羡慕和嫉妒的眼神中，我多少也算满足了自己的虚荣心。

就这样，我们来到了城中村小吃一条街，找了一家比较干净的烧烤店，坐了下来。

叶丽娜负责点菜，我只要了两瓶啤酒。

不一会儿，美食陆续端了上来。面对美食的诱惑，叶丽娜完全忘记了要保持淑女形象，拿起烤牛肉和烤羊肉串拼命地往嘴里塞，也根本不顾及我看她的狂吃而发出淡淡的笑。她从我手中抢过酒杯，一杯啤酒一饮而尽，还高呼："酒肉穿肠过，幸福心中流！"

我听了觉得好笑，便故意逗她。"什么'性福'啊？"

我想，中国古人真是伟大，竟然造出了无数个同音词，而且可以一词多用，不同场合说同一句话，完全可以产生不同的效果，以致今天我们的语言如此丰富多彩，让人浮想联翩。

叶丽娜听我故意提高语调问，且把"幸福"二字理解为"性福"，脸上泛起阵阵红晕，看来有些羞红，不过很快被她化解了。

"所谓性福，就是来自人性本质的幸福。孔夫子不是说'食、色，性也'吗？有美食享用，当然就称之为性福了。"叶丽娜不慌不忙地解释道。

我们就这样你一言我一语地乱侃，不知不觉过了将近一个小时。原本，我只要了两瓶啤酒，可叶丽娜也要喝，又要了两瓶，结果她喝得比我还多。酒过三巡，叶丽娜有些微醉，话也渐渐多了起来，时不时将手搭在我肩上，和我称兄道弟地热情起来。本来她貌美出众，就坐在那里，想必也能招来无数色狼的眼睛，经她这么一折腾，更加成为食客的焦点。可叶丽娜全然不顾忌这些，让我开始有些担忧，我怕她开始闹腾，那我也就不好收场了。

吃饱了，也喝足了，我招手喊老板过来付钱走人，然后搀扶着叶丽娜尽快离开。

叶丽娜怎么也不让我付款，她打开自己的钱包丢了一张百元大钞，顺口便说："不用找了。"

看来，叶丽娜真是有些醉了。

我正想拒绝她这种"富二代"的无理无耻行为，可老板娘却热情地说："靓女，谢谢，谢谢。"

不过是她出钱，我一个大男人总不能把她说出去的话又收回来，所以也就硬着头皮拉着叶丽娜离开了。

叶丽娜走路有些踉跄，所以我只好扶着她。因为她一会儿向东一会儿向西，所以我只有揽住她的腰固定重心。她的腰很细，甚至比林一梦的腰还要细，真是个"小蛮腰"。我这样近距离地贴着她的身体，能闻到她身体上散发出来的香味，我脑海中开始冒出犯罪的念头。不过，这种不良的念头很快就被我扼杀在萌芽状态了，我只想把她当成妹妹，今晚我是帮路宁远照顾她。

我们穿过大街，走在一条林荫小路上，叶丽娜看来彻底醉了，她的身体很沉，时不时往下蹲，所以我只有牢牢地抱住她的腰。

走了没有几步，我猝不及防，她突然往下一蹲，我只抓着她的衣服，结果她的上身全部裸露出来。粉红色的罩杯，白皙的肌肤，直叫我目瞪口呆。幸好路上没有什么人，我急忙帮她把衣服穿好。不过，她胸前的纽扣却掉了两个，在我帮她整理衣服的时候，一不小心碰到了她胸前的两座"小山"，我感到有一阵眩晕，很想抓住好好揉弄一番，可我还是强忍住了。我用拳头狠狠地敲了几下自己的额头，终于有些清醒了，帮她整理好衣服，把她从地上抱起来。

叶丽娜继续说着醉话，不过也不怎么大吵大闹了，就是脚步不太稳，所以我只好搀扶着她走。

可走到小路的尽头，我却不知要带她去哪里。带她到我的宿舍有些远尚且不说，重要的是她这种模样也不能带她去。于是，我便决定带她去附近小区的公园内，等她酒醒了，然后打电话叫路宁远来接她。

这一路上，我几乎背着她到了公园。然后找了一张长凳，便把她放在上面，让她一个人躺下。此时我的额头已经冒汗了。

"江枫哥，你过来抱抱我，我冷！"不知叶丽娜说醉话，还是装醉，一时让我有些怀疑。

“哦，你躺躺吧，一会儿就没事了。”我安慰她说。

她抓住我的手，我坐在她的身旁，她却抱住了我的腰，所以我只有拍着她的背哄她。

我们俩的行为，别人看了，绝对是两个刚坠入爱河的情侣的举措，可事实上我们才认识几天而已，确切地说，这才第二次见面。这样的行为，是不是有些太荒唐。可有些事，就是如此巧合，该来的时候挡也挡不住，不该来的时候等也没用。不过我抱着叶丽娜，却想起了刘可敏，觉得这一切简直就是梦，却总是出现在我的生活之中。

也许是夜晚有些凉，叶丽娜抱得我更紧了，我明显地感受到她凸起的胸部贴着我的胸部，我的下半身也禁不住她性感的身体的诱惑，开始有些不安分了。我想只要是男人，在这种情况下，大都会有此反应，也属于一种本能反应吧。

叶丽娜迷糊地说：“江枫哥，你怎么不说话呢?”

“你要我说什么呢?”

“你给我讲个……故事，好不好?”

“我没有什么故事可讲啊。”以前和林一梦欢愉之后，她常常躺在我怀中叫我给她讲故事，那时往往是我最痛苦的时候。我生来就是一个不会讲故事的人，而且也是一个十分健忘的人，看过的故事不到两小时就忘得一干二净了。所以一提到讲故事，我便有些恐惧。别人患什么精神分裂症，我却患了“讲故事恐惧症”，以致和林一梦亲热后，我就提前找很多借口为自己开脱。

“那你给我唱首歌，好吗?”叶丽娜继续哀求道。

“我也不怎么会唱歌，你要听什么歌?”

“唱一个嘛，唱一个。”叶丽娜催促道。

我想来想去，也不知道唱什么，不过最近听过张信哲的《爱如潮水》，感觉不错，尤其是看她现在微醉的状态，也让我想起了歌词中一句“我再也不愿见你在深夜里买醉”很有感触，于是便轻轻地唱了起来。

不在乎你心里还有谁
请让我给你安慰
不论结局是喜是悲
走过千山万水
在我心里你永远是那么美
……
爱如潮水她将你我包围

我再也不愿见你在深夜里买醉
不愿别的男人见识你的妩媚
你该知道这样会让我心碎
答应我你从此不在深夜里徘徊
不要轻易尝试放纵的滋味
你可知道这样会让我心碎

我只是喜欢听歌，很少唱歌，主要是因为自己的乌鸦嗓子喇叭口，怕一唱歌就影响听众的情绪。这首歌虽然听了几百遍，但是我也不能完整地唱下来，所以就这样想起什么唱什么。

叶丽娜听我唱完了，急忙拍手鼓掌，这让我觉得她并没有醉，不知为什么我一直怀疑这个。

就在这时，叶丽娜突然翻起身来，抱住我用她的湿滑的嘴堵住了我的口。

她的唇很软，很湿，很滑，她激烈的吻让我更加无处躲避，我只有双手按着她的腰。

大约过了十多秒钟，我轻轻地推了推她。

她停了下来，轻轻地说："江枫哥，我喜欢你。"

这种突来的幸福让我不知所措，也让我有些自我陶醉。叶丽娜的美貌完全可以折服任何一个男人，而她却把这种幸福给了我。我心存感激，也为之感动，但是我也深知，喜欢并不是那么轻易就能说出口，也需要长时间的考验。即便是我和林一梦三年的感情，也就那么一句话而匆匆结束了。我开始有些怀疑感情，也开始拒绝自己靠近爱情。

"你没有说醉话吧，丽娜？"我问道。

她又吻了吻我，用她纯净的眼神告诉我这不是梦。

记得在一本书上看到过，一个女子愿意跟你接吻，并不代表她爱你。我不知道叶丽娜吻我，是真的爱我，还是她太寂寞。

此时，我想了想，对她很认真地说："丽娜，你真的很好，也很漂亮，即便我们认识几天，但是我已经把宁远和你当成我最好的朋友，就好像亲人一样，你就如同我的妹妹。但是，你或许不知道，我是有缺点的，而且可能是你所不能接受的，更何况我不能给你什么，就连陪伴在你身边也很难，你想过这些吗？"

叶丽娜对着我深情地说："江枫哥，我不想这些，我就想和你在一起，从见你那一刻起，我就喜欢你，知道吗？我相信一见钟情。"

"你这些话，让我很感动，哥我也是刚刚和交往三年的女友分手，我更明白感情不是一场游戏，而是需要彼此付出，如果太过草率，会伤害到对方的。”

叶丽娜沉默了一会儿，继续抱着我，轻轻地说：“不知为什么，我从见你那一刻起，我就觉得离不开你。”

“任何人或许都会有这种感觉，但那毕竟是一时的，至于能不能离开，还需要时间去检验。说心里话，哥真的很喜欢你，打心底里喜欢，但正因为如此，哥也不想伤害你。”

叶丽娜紧紧地抱住我说：“江枫哥，你真好。”

我们的谈话被叶丽娜的手机铃声打断了，她一看是宁远打来的便接了。

叶丽娜说：“我和江枫哥在一起，你不要担心，玩会儿就回去。”

叶丽娜说完，把电话给我，示意我接电话。

“江枫，麻烦你了，我这里有几个客户走不开，你就帮我照顾一下娜娜。”路宁远在电话那边说。

“没问题，你不要这么客气了。”我也不知道该说什么。

因为路宁远还在陪客户，所以没有多说就匆匆挂了电话。

叶丽娜又抱住了我的腰，嘴里嘟囔着责怪路宁远道：“到这时才想起我，真是的。”

我笑着说：“傻丫头，你没工作不知道生活不易啊，你要理解你哥。”

叶丽娜不说话了，我也不知该说什么。她胸部贴着我的胸，随着呼吸一高一低，我的下半身又开始有反应了。

过了一会儿，叶丽娜轻轻地说：“江枫哥，你是不是对我一点感觉都没有？”

“啊，不是……是……不是……”我被她的突如其来的问话扰乱了思维，说话开始语无伦次。

叶丽娜咯咯地笑了起来，灯光下看到她迷人的笑，我的心绪飞扬，只感到浓浓的幸福包裹着我，让我有些透不过气来。

她给我讲了很多关于她家和童年的往事。她父母都是西安有头有脸的知识分子，她也算是家里唯一的小公主，可以说从生下来那一天起就过着衣食无忧的生活。还说有很多男孩子都给她写情书，可她就是没有感觉，所以感情世界里一直处于真空状态。经她这么一说，我突然觉得自己就是一个罪人，因为我是一个女孩子一生中遇到的第一个男人，或许将要改变她的感情世界，稍有不慎，或许她就会痛苦一生。

她也问了我许多关于感情的事，我都一五一十地讲给了她听。因为我觉得我必须要坦白，这样才能让她把对爱情的幻想变成现实，在现实中或许她才能有更好的抉择。

从心底里，我是喜欢她的，喜欢她的自然和真实，喜欢她在我面前从不伪装，喜欢和她在一起快快乐乐，但是经历过情感折磨的我，明白这并不是爱情，或许只是向爱情靠拢。

晚上十点多了，公园里的人渐渐少了，我拉起叶丽娜的手说："今天，我先带你回去，不然宁远会担心的。"

"他才不会担心呢!"叶丽娜虽然这样说，但还是站起来抱住我吻了一下。

我帮她整理了一下衣服，由于前面两个纽扣没了，所以里面的罩杯还是露了出来。我笑着说："你这样春光乍泄，被人看到了一定说我欺侮你。"

"江枫哥，你说什么呢，讨厌!"

我们俩并没有因为刚才的一切而有所变化，还是手牵手一路有说有笑，也许，这就是我所期望的吧。

送她到住所，路宁远还没有回来，我便匆匆离开了。

8 情感的漩涡

在回来的路上，一个人穿过霓虹灯闪烁的街市，看到那些狭小房间里无数个充满欲望的眼神在等待着猎物，一个个时髦性感的女郎在撩拨她们裙裤的瞬间，摆出数种充满诱惑的姿态。唉，这真是一个充满欲望的夜晚，一个疯狂的时代。

夜来了，这个城市又渐渐地苏醒了。

夜是流动的一切，夜让这个城市变得暧昧。

此时的我，隐隐约约地听到爱情在无力地呐喊，爱情在痛苦地叫嚣。在这个城市，在欲望面前，爱情离我们越来越远。

我一个人回到宿舍，吴运才和陈军还没有回来，我没有开灯。站在窗前，望着这个城市，有些看不透它的真实。

我心中想着刚才发生的一切，要是几年前，有这样的事情，也许我会兴奋，会站到楼顶上高呼，会激动得一夜难眠，但此时的我，却怎么也不能摆脱那种对情感的无奈和恐惧。

对于叶丽娜的表白，我心存感激，也是真心地喜欢她，但这都不代表爱情。或许，她对我也只是一时好感，她的情感是炽烈的，就好像一团青春的烈火，燃烧着我。可是我知道自己是一块冰，会把她的温度降到零度以下，她的一切幻想终将变成泡影，以致她自动放弃。但是，我又是如此不舍，我想时刻看到她高兴的表情，看到她可爱的模样，且不愿她受任何委屈和伤害。在我们之间，我的情感游移在爱情、友情甚至莫名其妙的亲情之间，可我不知该偏向哪一种。我的心就如同悬浮在空气中的尘埃，自感永不能落地，也无法找寻到心的归宿。即便爱情就在我身边，但我感觉它依旧离我很远很远……

这几天，每天一下班就和叶丽娜泡在一起，所以很少在宿舍里，也不知道吴运才和陈军每天在忙什么。

如今，上班的时候差不多就是等时间消逝，下了班叶丽娜就会早早在门口等我。不是东逛逛就是西转转，也让我突然间发现这个城市原来有很多好玩的地方。这个城市的夜生活原来如此美好，看来有了美女相伴，风景或许还是那些风景，但是感觉上就完全不一样了。

一晃又到了周五，晚上和叶丽娜亲热之后，送她回到了住所，碰到了路宁远，他还是那样热情，丝毫没有因为我和叶丽娜在一起鬼混而对我冷言冷语。打心底里，我甚至希望他对我不客气点，那样或许我心里会更好受一点。离开时，宁远送我出来。

“兄弟，说实话，你和我表妹怎么回事?”路宁远很坦然地问我。

但是，我也不知道该怎么回答，我也不知道这算不算谈恋爱，就身体接触而言，已到了“零距离”阶段，但是心理上我更愿意承认她只是一个小妹妹，我就如同一个大哥爱一个小妹一样。

“我也确实很难说清楚。”

“我看她八成是喜欢上你了，不知道你是怎么想的?”

坦诚是对待友谊的最基本原则。我把我自己内心最真实的想法全部告诉了路宁远，也和他说了最近我们之间的交往尺度。我认为，这是一份介于亲情、友情和爱情之间的感情，连我自己都觉得十分矛盾，我也很难说清楚自己该怎么对待这样的感情，但我的所作所为从来都不想对叶丽娜造成任何伤害，哪怕只是一点点。

路宁远听了我的话，点了点头说：“兄弟啊，你倒是个糊涂的明白人，可是我那表妹，从小娇生惯养，所以可能和你不一样了。不过我看得出，她很在乎你，甚至都超过了我这个当表哥的。”

我开始有些犹豫，主要是因为我陷入了一种情感的漩涡之中，连自己都无法自拔了。

路宁远又说：“不过，你们的事我不管，只是希望最后不要伤害到彼此，那样我也很难堪，我们还是兄弟、哥们儿，希望不要受你们情感的事影响。”

路宁远的大度和理解让我心存感激，我也想即便叶丽娜不喜欢我了，但我还是会像大哥一样去爱护她。

和路宁远告别后，我搭摩的很快就回到了宿舍。

9 短信也疯狂

十几分钟后，我回到了宿舍。

等我打开大门时，看见吴运才和一个女的坐在沙发上聊天，不过那女的有似曾相识之感。

走过去，我和女的打了声招呼，对吴运才说："兄弟，哪里的美女？怎么也不介绍一下？"

那女的抢先说："你不认识我了啊，你的床都是从我那买的！"

我这才想起来，看来吴运才的如意算盘得逞了，我笑着说："原来是你啊，我睡在你的床上面老是做噩梦。"

那女的笑着说："不会吧，这应该和床没有关系吧？"

"当然有关系了，怎么就没有关系呢？你说呢，兄弟！"

吴运才听我话中有话，连忙对着那女的说："当然有，说明睡在你的床上有幻想症！"

我哈哈一笑说："怎么叫睡在你的床上，是睡在她出售的床上。"

吴运才接着说："对对对，兄弟说得对。"

"你还没有介绍她叫什么名字呢！"我对着吴运才说。

"我叫肖红。"也许是经常和陌生人打交道，所以她看起来很健谈。

"断肠'销魂'，这名字好听。"我笑着说。

吴运才听出了我话里有话，急忙转移话题说："兄弟啊，你最近晚上干什么去了？"

我笑着说："这也是秘密。"随后便走进了自己的房间。

关上门，一个人躺在床上，我心里有些难受，看来这个叫肖红的女人还是被吴运才弄到手了，也许我的那些担忧将会变成一个个可怕的现实。想来想去，这就是生活，这也是人生，年轻时不折腾就算白活了一次，等到老去的时候想折腾也是心有余而力不足了。管好自己，我也管不了别人。

叶丽娜发来短信，我立即回复。她又发来，我又回复，就这样用短信交流着我们才分隔一个小时的思念，也让我想起了上大学那会，每天晚上睡觉前差不多就是靠“拇指传情”来度过，看来这种感觉又来了。

吴运才送走了肖红，顺便买了两瓶啤酒，敲开门喊道：“兄弟，出来喝酒。”

我这人没有什么特殊嗜好，唯独对酒有所偏好。虽不胜酒力，喝不到三瓶就醉了，但是每次聚餐我总喜欢喝点酒，李白斗酒诗百篇，我是好酒如好色。女色可以不看，但是好酒不能不喝。所以，有人提起喝酒，第一个投赞成票的就是我，所以素来就有“酒鬼”之美名。

先干了一杯，吴运才对我说：“兄弟，肖红这女人长得咋样？”

“你不会真想兑现你的誓言吧？”我边喝酒边问道。

“不过，肖红挺好的，我倒是真有些喜欢她了。”吴运才似乎很认真的样子。

不过，他这么一说，倒把我逗乐了，一口酒喷了出来。

“你别激动嘛。”吴运才对着我说。

“不，不是，我只是觉得有些蹊跷。”我继续说。

“她人很温柔，而且身材也好，我就喜欢她那样的。”

“你到底是喜欢她还是她的身体？”

“这有什么区别吗？她和她的身体当然不能分离。”

他这么一说，我确实感到我的想法是多么的幼稚可笑。一个人和她的身体是不可分割的，既然喜欢当然就是指所有了。

我没有再问什么，只是举起酒杯说：“兄弟，祝贺你，终于找到了归宿。”

这时，陈军从卧室走出来，笑着说：“谁找到归宿了？”

吴运才愣了一下，说：“当然是我了，还能是谁？”

我笑而不谈，继续喝我的酒。此时，我脑海中浮现出林一梦、叶丽娜、谢文娟和刘可敏四个女人的面孔，最美的记忆却定格在和刘可敏的两次相遇中。也许是我们从来都是陌生人，但是我们却又如此巧合地相逢，所以才给我留下了最深的记忆。

我是一个热爱自由的人，也向往大自然，所以总觉得一切因缘都不可强求，顺其自然为最好。在感情世界中，我宁可相信一见钟情，也不会相信死缠烂打终成鸳鸯双飞。因为一见钟情是发自内心最真实的情感，而死缠烂打所争取来的不是爱情，而是相互的折磨，这就好比是一场战斗，是有人胜利有人投降才达成的结局。所以，刘可敏给我的印象是深刻的，也是永恒的，更是挥之不去的。

宁静夏夜，月明如洗。

我倚窗而立，犹如一个已至垂暮的老人，望着这个让我捉摸不透的黑夜，只有感叹时光匆匆，人生苦短。窗外，树叶被夜风吹得沙沙作响，城市的喧嚣消逝，此时此刻，我只想一个人静静地站在窗前，享受那份宁静。

我不想就这样做一天和尚撞一天钟，可是我又能做什么呢？现在的我，已经失去了战斗的激情，感情受挫，事业不顺，我却始终找不到一条出路，感觉自己就如同迷路的孩子，始终找不到家的方向。

人生需要一个方向，可是我却迷失了方向。想起电视剧里许三多的生存哲学：不放弃、不抛弃。做人不要太过复杂，应该简单些、简单些、再简单些。做事不要急于求成，从起点出发，一步一个脚印向成功迈进，学会享受人生的孤寂之美。可这只能停留在想的阶段，我从来不知道如何去做。我甚至觉得自己就是21世纪一个典型的空想主义者，可是这个时代不需要空想，而是需要实干的人。太多的想法，注定了我永远生活在梦幻的世界中，人生真如一场梦。

不知为何，我突然想到了这些，当我从思绪中回到现实中，不觉有些自嘲。也许是因为这一切都来得太突然了，让我有些难以接受。

手机短信响了，我打开一看，是叶丽娜发来的短信。信息的内容是："我睡不着，你说怎么办？"

我确实也不知道该怎么办，失眠是初恋者的一大痛苦。想当年，我也有过失眠的煎熬，我就用读书来打发无数个美好的夜晚，因为有太多的失眠之夜，天长日久，我发现自己竟读了很多书。

但对于叶丽娜的问题，我不知道该怎么回答，想到了有人告诉我的一个秘方。说是只要失眠的时候从1数到100就睡着了，可我数过几次，数到了300不但没有睡着，反而更加清醒了，很多方法我都试过，就是不奏效。

我发短信告诉了叶丽娜，发现自己也有些累了，便躺在床上。

手机又响了，看来我今晚只有等叶丽娜睡着了，我才能安睡。

"江枫哥，我想你，你想我吗？"

"我也是，你早些睡觉吧。"我快速回复了短信。

自工作以来，我很少发短信，甚至觉得发短信是一件很烦心的事，通话一分钟就能说清楚的事，短信却要发几十条才能说明白。但谈恋爱时，短信却不可少，因为有的话只有通过短信才能表达那份思念。

"我想你陪着我睡，好吗？"叶丽娜显然是在诱惑我。

"我也想，但是这不可能啊，你就不怕我？……"我想，只要是人大概都能看明白我这条短信的意思。

“你想怎样?”叶丽娜还是穷追不舍。

“我干坏事啊。”我开始有些放肆。

“我才不怕，我学过跆拳道，你敢?”叶丽娜显然不知道我也是武术世家出身，她竟用跆拳道来吓唬我。

“我可是学过老鹰抓小鸡，所以你还是乖乖服从吧。”

“我这里有些冷，你抱着我睡好不好?”叶丽娜转移了话题。

看到她发来的短信，我浑身开始充血，尤其是下半身有了强烈的反应。我顿时沉浸在和叶丽娜的缠绵的想象中，她那柔滑的肌肤，丰满的胸部，圆润的臀部，还有她那诱人的……想到这里，我开始有些控制不住了，要是叶丽娜在我身边，我一定会……

短信又来了，“你是不是睡了？我也累了，我们一起睡吧。”

我想满足一下，便发了一条任何男人在床上都想说也最想听女人回答说“OK”的话：“丽娜，我想要你!”

短信成功发送，我的心开始担忧，怕自己的形象就因这条短信而毁于一旦。等待是痛苦的，也是漫长的，好不容易等到她发来短信，我急忙打开。

“亲爱的，我给你，明天就给你。好了，早些睡吧，你明天还要上班。”

我又重复看了一遍，心里热血沸腾，她明天就能给我吗？是她美丽的身体吗？想到这，我开始有些兴奋，看来她真是愿意付出一切。又一想，这似乎有些太快了，毕竟我们才认识几天啊，这是什么啊，我是在做梦吗？这个世界，真是太疯狂了!

但又一想，爱是不分时间长短的，我只能这样暂且安慰自己。何况，那些搞一夜情的，认识不到十分钟就完全有可能上床，甚至爱得死去活来。想到此，我们毕竟也有过几次亲密的接触，其实也不算什么。

想到明天就可以和叶丽娜缠绵在一起，我心里美滋滋的。

10 暧昧是一种时尚

早晨上班，路过前台时，和文娟打了个招呼，这也算是一种礼貌。因为凡是在这里上班的人，都似乎有这种习惯，甭管认识不认识，都要表现出自己很绅士很淑女的一面，经过这些天的锻炼，我也开始有些习惯了。

看来文娟今天的心情不错，也对我没有什么敌意了，满脸甜甜地笑着对我说："早啊，江枫。"

我也向她会心一笑，便快步走进了办公室。

打开电脑，登录了QQ、MSN、飞信，还有公司信息管理平台，因为一到这里，这些就是获得信息的渠道，人与人之间的对话和交流全部由这些代替了。幸好科技的发展，电脑硬件飞速发展，不然非卡死不行，我把一切准备就绪，却不知道要干什么。

因为每天就那些破事，如果认真干不用三个小时就干完了，只有李成伟那种鸟人总是喜欢教训和指导别人来满足自己。来到这里之后，我发现，即便是在国企，依然有很多人在这里混日子，说白了也就是公司养着，自己不干事，来这里只是浪费国家的资源。我想：要是可能，我觉得今后所有的办公完全可以在家里进行，完全没有必要每天监视上下班，这样也可以节约很多社会资源。有人拿出企业文化来做文章，我帮人家做了几年的企业文化，却发现那是空的。在很多人的眼里，其实只有利益才是根本，一个公司蓬勃发展的时候，企业文化显得很重要，可面临倒闭的时候，也就没有什么企业文化可言了。也许，这是偏激之言，但当我看到这个所谓的国企无数人在上班时间玩游戏混日子时，我还是坚持自己的观点。

QQ头像在闪动，我打开一看，是文娟发来的消息。

其实，她就在办公室外面，我在里面说话她都能听见，但是我们之间的交流却这样进行，这就是信息化带给我们生活的变化。

"你最近怎么不理我了？"她问我。

"我没有，我倒觉得是你不理我。"我回复。

“你这边有朋友吗？”她转移话题。

“刚来，你说有没有？”我心想，这不是废话吗？

“你有没有女朋友？”她怎么对这个那么感兴趣。

“这个嘛？真不好说。”我想忽悠她一下。

“为什么啊？这有什么不好说的吗？”

“关键是我还不知道人家同意不。”

“那你问了吗？你要勇敢点。”

“是吗？那我就真该问问了！”

“她在哪里？”

“近在眼前，远在天边。”

其实，我本来不喜欢男女同事之间说一些暧昧的话，但实在无聊，说说也无妨，这样也可以打发时间。

“是吗？她叫什么名字，能告诉我吗？”

“她……她啊，好像我忘记了，我问问再说。”

“晕，你怎么连她名字都不知道，该不会是我们公司的吧？”

“你这次猜对了，算你聪明。”

等了一会儿，我听见有人喊她，所以她的 QQ 也立刻隐身了。

原则上，公司只允许用 QQ 发送文件和谈工作之事，但这是没有界限的，我也为提出这条意见的人感到幼稚可笑，他或她的确是一个聪明的蠢蛋。

文娟又上线了，她发来消息：“她叫什么？”

“我说了，你不要太过惊讶，我怕你心脏承受不了。”

“放心好了，我也是身经百战。”

“她好像叫谢……文……娟。”我故意把她的名字用省略号隔开，这样为了让她读起来更加特别。

“真的吗？那恭喜你了。”她好像对我的忽悠毫不在乎，看来我又遇到了一个情场老手。

“不过，不知道人家心里怎么想？”

“放心好了，她已经同意了。”

虽说这或许就是网络上常见的恶心话，但是当我知道她就坐在外面和我聊天，而且说这样的话时，我心里甭提多高兴了。要不是上班时间，我甚至想冲出办公室抱住她，狂呼几声。

“不过，人家有一个小小的要求。”她又发来信息。

“什么要求？不会是想……”本来，我想她可能会发“去死吧”等之类的话。结果她发来消息却说：“叫你答应，中午请她吃饭。”

“就这要求，一顿饭就换来一个女朋友，怎么说也赚了。”

“人家是认真的，你可不能戏耍。”

“我也是认真的。”话虽是这么说，却从未放在心上。因为现在的年轻人之间说这些，简直太习以为常了。有人爆料，某一个企业里男女同事之间的聊天记录，全是些赤裸裸的性语言。相比之下，我们就逊色多了。

吴运才看见我笑得乐开了花，跑过来悄声问道：“兄弟，你有什么好事？”

我急忙关掉对话框，心平气和地说：“我能有什么好事，还是你说说你的好事吧。”

吴运才用手摸着脖子说：“我是真有些喜欢她了。”

我仍然质疑道：“问题的关键是你喜欢她的人还是她火爆的身材？”

“这是不能分割的。”吴运才还想继续发表他的言论。

文娟走进来，拿了几张报纸放在我桌旁，她每天就干这些事，算是本职工作。

“谢谢，美女。”我笑着对她说，全然没有把刚才网上的聊天当回事。

她脸微微有些红，看我的眼睛也是情深款款，不过很快把视线转向了吴运才，问：“你们神神秘秘的，说什么呢？”

吴运才看了看我，笑着答道：“这是我们男人之间的秘密。”

文娟抡起拳头想打吴运才，嘴里骂骂咧咧地道：“我就知道你嘴里没有什么好话。”

我开始拿文娟取笑：“你这么个大美女，怎么这么喜欢用暴力征服男人，以后怎么嫁人啊？”

文娟的脸一片通红，对着我说：“你担心什么？”

“我担心什么？你难道不知道吗？”我开始反问。

这种反问，暗示着我和她关系非同一般。

陈军听出了言外之意，便笑着说：“看来你们俩关系不浅啊。”

听陈军冷不丁地说了一句，我还真有些奇怪，平时即便我们谈得热火朝天，他总是保持着沉默。不过，也对，凡是提起女人的话题，陈军还是很感兴趣的。

文娟见我们三个都忽悠她，便装作生气的样子走出了办公室。我们三个都大笑起来，算是对胜利的庆祝。

不过，她又发来一条信息，是一个心碎了的 QQ 表情，我也厚颜无耻地发了一朵玫瑰和一个亲吻的表情。想起来，现实中，即便是林一梦，都没有收到我送的玫瑰花，我对玫瑰生来就有排斥之感，花虽好看，但是刺往往很伤人，所以送女友玫瑰，在送了爱的同时，也等于用爱去伤害她。

当初林一梦听了我的解释，简直佩服得五体投地，说世间再也找不出像我这样把玫瑰当作敌人一样的男人了。不过，在网络上，送一朵玫瑰那简直就是轻而易举的事，甚至有人做了很多漂亮的玫瑰花动画图片，有的人也是抱着“送人玫瑰，手留余香”的心态，所以玫瑰花在互联网上泛滥，爱情在网络或真实或虚幻的世界中变得如此不靠谱。有很多人在网上表达自己的爱，但是如果有人相信这种虚幻的爱，除非他或她是一个十足的傻瓜。

在中午下班之前，文娟再也没有给我发任何信息，她的 QQ 也“潜水”了。看来，这种暧昧的聊天，下班时间一到就彻底结束了。

11 男人到底爱什么

一看时间，剩下几分钟就下班了，于是我开始整理东西。

下班后，吴运才和陈军急急忙忙地走了，可能也是赶到食堂去抢占座位，完事后回家继续他们的游戏大战吧，因为这就是他们的生活。

可我总是喜欢等到人少的时候才走，然后去公司食堂，反正每次都有饭吃，何况我发现越到后面阿姨打的菜和饭就越多，所以我大概也就成了食堂阿姨打发剩菜剩饭的重点培养对象了。所以，每次我到食堂，那个胖胖的阿姨总和我寒暄几句，然后把所有好吃的剩饭剩菜一个劲地往我的饭盆里打，每次都是我说几声"好了、好了"她才罢休。所以，一下班我就在天涯社区、黑马乐园、华声论坛、碧海银沙等网上云游十几分钟，然后才到楼下食堂吃饭。

我正在华声论坛里贴图板块看一些养眼的美女图片，文娟推开办公室门走了进来，不过她又顺手关了门，我感到她这次肯定是来者不善，所以也有所提防，要是她来个突然袭击我也好应付。

她走到我办公桌旁边，义正词严地说："你是不是经常拿女孩子寻开心？"

我虽然明白是怎么回事，但还是装傻。

"请问大美女，此话怎讲？"

"你想抵赖，是不是？"

"您说的话我好像不怎么明白，大美女。"我看她语气有些缓和，很不想破坏这种轻松的谈话氛围。

她这次没有继续接我的话，而是脸渐渐地逼近我，离我只有十厘米，按说这个距离已经超过了两人亲密的范围，可她还是继续向我靠近。

我急忙说："你……你想怎么样？"

她的这一招我确实没有料到，按照逻辑，一个女孩子，应该不会做出如此举措，可这个逻辑用在文娟的身上，显然是没有逻辑可言了。

我看没有办法，干脆闭上眼睛，看她能把我怎么样。

她轻轻地吻了一下我的脸颊，然后一笑说：“请我吃饭，别想不承认。”

我装作陶醉的模样，轻轻地用手一抹，对着她说：“你要是愿意，可以再来一次。”

文娟带着命令的口气对我说：“想得美，请我吃饭!”

就这样我和她坐电梯到了食堂，看来很多人都吃完了，就剩下几个人在食堂。

我说：“我可是穷汉，只能请你吃萝卜白菜了，所以你不要后悔。”

文娟说：“别那么小气好不好，不就是一个盒饭吗?”

“盒饭怎么了? 那也要钱啊。”我继续教训她。

她撅起小嘴嘟囔道：“看，看，看你那葛朗台的样。”

我们走到那个胖阿姨负责打饭的窗口，我对着她笑了一下，阿姨二话不说，拿起饭盒就开始给我打饭。如果是别人，她肯定要问吃什么，但我喜欢吃什么她也知道了，所以就免去了问话。

我接着说：“阿姨，给我打两份吧。”

胖阿姨对着我一笑说：“带女朋友来了啊?”

一看我们胸前的牌照，我想她也知道我们是同事，但她这么说，一定是故意的。

我笑着回答：“不是，我路上捡的。”

文娟用手狠狠地掐了我一下，阿姨看见了又笑着说：“果然被我猜中了。”

我们端着饭找了一个靠窗的座位坐下来，这时我倒是客气起来了，不知道这算不算是中国式的虚伪。

“大美女，你跟着我只能吃这个了，委屈你了。”我说道。

文娟却好奇地问我：“你怎么和那个阿姨那么熟啊? 我来了一年多了都不熟。”

我开始吹起牛来，“我是什么人嘛，何况人和人之间熟不熟悉，并不完全取决于时间。”

“是吗?”文娟反问道。

“当然是了，你看我和你，不也就是认识二十来天吧。”说了这话，我感觉有些不对劲，这不是向她暗示，我们可以谈情说爱了吗?

文娟默默地点了点头，好像在思考着什么。

“你怎么了?”我看她那表情，所以有些不解。

“没怎么，这饭好吃。”文娟答非所问，看得出她心里一定想其他的事了。

我们俩就这样边吃边聊，她似乎对我的家庭以及过去很感兴趣，可这些也是我最不想回答的，所以往往就敷衍过去了。

文娟除了她天生的好身材和面貌俊秀外，并不是我所喜欢的类型，但她要和我亲热也是我绝对不会拒绝的那种。此时，更让我感兴趣的是她胸前的两座小山，丰满又结实，因她穿着低领的短袖，所以能明显地看到胸前的那一道沟壑，就在我近距离美美地欣赏这一幕时，文娟突然抬起了头。

她发觉我看她那里，也显得有些不自然，脸突然像一个红柿子。但她也没有说什么，于是我们就这样默默地吃饭，直至吃完都没再讲一句话。

一路上，我们也只是说了几句无聊的话，我开始为刚才的好色行为后悔了起来，怎么说我也算半个正人君子，可怎么就沦落到这个地步。不过，我又想起了叶丽娜昨天晚上说的话，她今天要把自己“献”给我，这想起来都让我热血沸腾。所以，文娟这边我也就没有去多想。

到了办公室，我一个人就想着晚上怎么和叶丽娜缠绵，这才是我迫不及待的事。

文娟上线和我主动说话，她发了三个表情后，便直言不讳地问：“你们男人是不是都喜欢女人的身体?”

“我想是，要不然那也就麻烦了。”

“你喜欢我吗?”她直接问我。

“挺喜欢的。”我不知道该怎么回答，顺便肯定了一下。我想，这总比说不喜欢她要好一点吧。

“那你喜欢我还是喜欢我的身体?”她这样问，让我想起了我也是这样问吴运才的，但果真叫我回答，我却不知道说什么。

我沉默了一会儿，便说：“可不可以不谈这个问题，我要午休了。”

她又发了一个心碎了的QQ表情，然后就“潜水”了。

我趴在办公桌上很快睡着了。

在梦中，我看到林一梦、叶丽娜、谢文娟和刘可敏四个女人穿着很性感的衣服站成一排，好像是叫我去选择，而且只能选择一个。可她们四个都是美女，而且各有特点，林一梦风姿绰约，叶丽娜温柔可亲，谢文娟性感美丽，刘可敏妩媚优雅，就在我站在她们前面不知道要走向谁时，我从梦中惊醒了，原来是外面下起了大雨。

我揉了揉眼睛，又继续做白日梦了。我想：假如这几个女人（当然刘可敏除外，我和她只见过两次面）真要我去选择，我到底该怎么选择？这或许比一道高考数学选择题更难做。

记得当年参加高考数学考试时，其中有一道数学题我没有把握，最后便用抓阄的方法选择了A，结果我很幸运地选择正确了，那就是5分，当年我参加高考成绩比重本线仅仅超了2分，要不是那道题或许我考上理想的大学都只能等到下一回了。可是，面对女人，我能这样选择吗？

下午上班的时候，差不多所有的时间我都在思考这个比较严肃的问题。有时候选择比放弃更难，林一梦离开了我，我反倒心平气和，因为我知道我必须去面对，可是如今叫我去选择属于自己的爱情，这个世界上最难的事也莫过于此吧。

12 爱上你的忧郁

好不容易等到下班时间，今天我是第一个冲到电梯门口，但是进了电梯，却让我心生恼火。从 12 楼到 1 楼，几乎每层都停，只有二楼和三楼的人大概早知道下来人已经满了，所以就走下去了。

走出公司，我拨通了叶丽娜的电话，听到她显得很兴奋地说："亲爱的，你现在到哪了，我已经出门了。"

听见她如此愉快，更加助长了我的欲望，看来今晚我可以和她好好缠绵了。也许是因为从和林一梦分手后一直处于性饥渴的状态，所以生理的需求超越了情感的需求，从得到叶丽娜的允诺后，我就一直幻想着和她在一起的情形。

不到五分钟，我看到一辆的士飞驰而来，停在了我的旁边，叶丽娜从的士中走出来。

前两天，她的打扮完全是典型的学生装，可今天她却穿着白色吊带衣衫，下身穿着黑色超短裙，上半身差不多全部露了出来，胸部高高的，一看就想伸手摸过去。

她看我目不转睛地盯着她看，便在我面前转了一圈。

"我今天漂亮吗?"叶丽娜问道。

"你今天真的太美了，让我有些……"我不知该怎么说。

"有些什么啊，你是不是又想歪主意?"她的眼神有些咄咄逼人。

我装出委屈的样子说："在您面前，我哪敢啊。"

"这还差不多。"她说着便给我一个深深的拥抱，我只感觉到她胸前紧紧地贴着我的胸膛，我下半身三秒之后就有了反应。

但是，这是下班高峰期，路上人来人去，车来车往，为了不影响湛江的市容，我们还是分开了，然后拦了一辆的士，不到十分钟就来到了金沙湾海边。

海风凉凉的，吹得我的心有些痒痒的，也有些陶醉。

海边人出奇地少，这样更加适合我们俩在海边尽情地玩。我牵着叶丽娜的手，漫步在沙滩上。走了一会儿，她要求我背着她，这我倒是很情愿，一来她体重比较轻，二来我背着她能够明显地感到她和我“零距离”的接触，她胸前那两个小宝贝紧紧地贴着我的背，那个美啊直叫我想死。于是，我蹲下，她便爬上了我的背。

叶丽娜在我的背上像个小孩子一样喊着，一会儿叫我跑，一会儿叫我转向，所以，折腾了一会儿，我确实感到有些累了，也是因为长期的办公室工作导致身体素质迅速下滑。

看我上气不接下气，叶丽娜从背上跳下来了，拿起石头打水漂，从她的一举一动中我看到十多年前的自己，她带给我的快乐是刻骨铭心的，因为它可以让我返老还童，可以让我懂得生活的美好。

叶丽娜玩了一会儿，大概也有些累了吧，便说：“你给我唱那首‘我的爱，请全部带走’的歌，好吗?”

我想了想，说：“你说的是什么歌啊，我怎么不知道?”

叶丽娜哼哼啦啦地唱了几句，我才知道原来是说张雨生的《大海》，她只记住了其中的一句歌词，便把歌名都忘了。

从那遥远海边，慢慢消失的你
本来模糊的脸，竟然慢慢清晰
想要说些什么，又不知从何说起
只有把它放在心底
茫然走在海边，看那潮来潮去
徒劳无功，想把每朵浪花记清
想要说声爱你，却被吹散在风里
……
如果大海能够带走我的哀愁
就像带走每条河流
所有受过的伤
所有流过的泪
我的爱
请全部带走
……

先是我一个人唱，叶丽娜举起两只手左右摇摆，直到唱到“如果大海能够带走我的哀愁”那句，叶丽娜也疯狂地唱起来了，唱完最后一句她便装作断了气的人一样躺在了沙滩上。看来她疯起来比谁都厉害，她从来就不怕弄脏衣服，想怎样就怎样，也许这就是她每天看起来很快乐的原因吧。一个人要是能彻底放得开，想要快乐也就不是什么问题了。

我本来想用手去拉她，结果被她用劲一拉，我蹲在了她身边。

坐在她的身边，用手摸着她细腻柔滑的胳膊，看着她柔情似水的目光，我感觉自己这块冰将彻底被她融化掉了。

叶丽娜翻身起来，一头靠着我的肩膀，对着我问："江枫哥，你为什么看起来总是很不快乐?"

我摸了摸她的脸蛋说："我没有，大概我一直就是这样子吧。"

她倔强地说："不，我总觉得我可以让你很快乐的，但我无论怎样你看起来还是不怎么快乐。"

我想了想说："你不懂，笑和哭一样，都是需要代价的。"

她偏着头说："是吗？怎么说?"

我便开始胡扯："当你哭的时候你付出的代价是眼泪，但当你笑的时候，也许以别人的哭为代价。"

"那我可不可以不想别人，只为自己而活呢?"她又问。

"那是十分自私的行为，何况我们每个人都是离不开群体而独立存在的。"

本想来谈情说爱，偏偏却说这么深奥的话题，我甚至怀疑自己也患了轻度的精神分裂症。

叶丽娜似懂非懂地点了点头，她转移了话题问："那人与人之间为什么会产生爱呢?"

这个问题我确实从来没有想过，不过她这么一问，倒勾起了我无数的遐思。

海风吹过来，我看到叶丽娜的发丝在我眼前飘动，我紧紧地搂了一下她，便说："也许是因为孤独吧。"

叶丽娜继续享受着我的搂抱，许久后才说："江枫哥，那你是先喜欢上我的身体还是我这个人?"

我的头脑又发热了，怎么所有的女人都会问这个问题，也许这是所有男人最害怕回答的问题。

我看了看她说："我可不可以不回答你?"

她也没有说什么，我们彼此沉默了一会儿，她轻轻地对我说："江枫哥，你知道我为什么会那么快喜欢上你吗?"

我看了看她，但没有直接去问。

“因为当我第一眼看到你的时候，是你那忧郁而又深邃的眼神，让我无法逃避。”

我又看了看她，想从她那里得到一个确切的答案。

“你知道吗？你的忧郁足可以让我的热情冷却，继而被你深深吸引。我从你的眼神中，看出了很多的无奈，但是无奈的背后，却有一种难以言说的力量。”

说心里话，我从来没有听到过别人如此剖析我，以前做了好事最多也就是被人夸赞几句，但是那都是很肤浅的，就像一阵风，吹过之后就什么也不会留下。可她这样说，我却无话可说，我知道她是真懂我的。

我在她的额头吻了一下，算是一种感激。

13 爱的代价

我们沉默了，静静地听着海的声音。

过了一会儿，叶丽娜紧紧地抱了抱我，便给我讲起了她过去的故事。

她讲的时候很平静，也很淡然。她没有向我诉说，也没有乞求我的怜悯，而是如同一个老人讲述孩童时伤心的故事一样，没有哭泣，但是我却热泪盈眶。

她家在西安市算是好家境，父亲是政府机关的公务员，母亲是医院的医生，所以从她生下来那天起，她就从来没有吃过苦、受过罪。她又是家中唯一的女儿，所以她就理所当然地成了父母的掌上明珠，被父母宠着、爱着，甚至惯着。

可在那年，确切说是离高考还有不到半年时间，她这个被所有人都夸赞听话的好孩子，却爱上了来自乡下的在他们班借读的一个男孩子，当时她父母知道后极力反对，她便以不回家来要挟他们，所以他们也没有办法。那个男孩子从乡下来，自幼失去了母亲，父亲为了赚钱供他读书，在一家私人煤矿干地下活，也就是那种随时都有可能连命都丢掉的活，但是迫于生活的无奈，那也是没有办法的办法了。所以，她常常把从家里拿的钱省下来，想真心实意地帮助他。但是，那个男孩子比较好强，从来不接受别人的馈赠，也拒绝别人的同情，正是因为他那样，所以她更加喜欢他，总是找很多借口接近那个男孩子，起初他拒绝，但是她的行动也感动了他，所以他们就渐渐地相爱了。

讲到这里，叶丽娜向我看了看，我明显地看见她的眼角滚动着泪花。

后来，那个男孩子也真正地爱上了她，这是她为了爱不惜一切所换来的结果。她比较早熟，加之她母亲是医生，所以她也知道很多性方面的知识，但正是因为知道的多，所以一直就有种想去冒险的想法。再后来，他们每天一起学习，一起上课，因为他们所读的学校学生多，校内宿舍有限，允许学生到外面租房住。那个男孩子一直在外面住，这样就方便了他们经常在一起。

在一个雷雨交加的夜晚，她没有回家，留在了他的宿舍里。就那样，十八岁的他们做了青春时代最不该做的事，但她从来没有怪他，因为是她诱惑他，是她比他更需要。

可是，毕竟年轻，有很多事她并不知道。两个月后，她发现自己竟然怀孕了，而且是她母亲逼着她去医院检查的。

当她母亲知道这一切后，除了对她的愤怒，把所有的怨恨对准了那个男孩子。那个男孩子知道后，就吓得离开了学校，接连两周都没有回来，她也被母亲逼着去医院做了流产手术。

可当她再次回到学校时，那个男孩子却永远地离开了她，据说是服了在大街上买的老鼠药自杀了。学校为了他们的名誉便把这事压了下来，就以那个男孩子生病而亡给了他父亲两万元。他父亲是一个老实巴交的农民，所以没有吵也没有闹，一个生命就那样默默地离开了人世。可她永远也忘不了他父亲那双粗糙的手拿着两万块钱泪如雨点一样的情形，她认为自己就是一个罪人，不但失去了她所爱的那个男孩，更重要的是她的爱断送了一条人命。

这时，叶丽娜对着我问："江枫哥，你说我是不是一个罪人？"

我不知道该怎么回答，但我知道她并不是一个罪人。

"你不是罪人，只是有的事你永远不能预测和控制结果，正如爱，或许有时就是一种伤害。"

叶丽娜却又淡淡地说："要是当初我不喜欢他，或许他就不会那样了。"

我安慰道："不要想那么多了，过去的就让它过去吧，并不是你的错。"

叶丽娜的故事，无疑对我是一种深深的教诲和反思，让我突然明白爱真的需要代价。

叶丽娜对我说："江枫哥，这个故事在我心里藏了几年了，我从来都没有对任何人说起过，包括我表哥他也不知道。"

叶丽娜这样说，让我很感动，至少我在她心里，是能够带给她安全的人，也是她最可信的人。但我也有些许担忧，我怕正因为如此，我会不知不觉伤害到她。

"你知道吗？你和他都有一双让人难以忘记的眼睛，所以我第一次看到你，我的心就彻底被你的眼睛吸引过去了。"

我想让她尽快地忘记这一切，我也不知道她说的那个男孩子叫什么，我甚至都不想多问一句，因为那是她曾经的伤痛，她需要尽快忘记，需要重新开始，于是我转移了话题。

"你那天把咖啡弄在我身上，是不是故意的？"

叶丽娜看了看我，咯咯一笑。

“看你个小精灵，我早就猜测你肯定是故意的。”我有些怜爱地骂道。

“那怎么了，不然我怎么认识你?”叶丽娜问道。

我轻轻地在她额头吻了一下，算是表示我并没有怪罪她，也是为了让她感到我爱她。

黄昏别离，黑夜来了。

景物模糊了，街灯也亮了，可我们依旧默默地坐着，我的心也开始有些疼痛，为白天那些邪念而悔恨，为叶丽娜的往事而难过。

我对着她说：“娜娜，我们回去吧，天黑了，这里也不安全，而且你一定饿坏了吧。”

叶丽娜默默地点了点头，我们便站了起来。

我牵着她的手在观海长廊上走，路过一片避光的树荫，树旁边有一个供游人休息的木椅，叶丽娜又拉着我坐下了。

“我不想走，你再抱抱我，好吗?”叶丽娜有些撒娇。

听说海边晚上挺乱的，我心里有些担忧，但是面对叶丽娜我却无法拒绝。

我坐在木椅上，她坐在我的腿上。

坐了没多久，她便开始吻我，我也回应着她香甜的吻。

开始由淡淡的吻转化成激烈的吻，她也时不时发出急促的呼吸声，看来她有些欲罢不能了，所以我想就此让她平静下来，便不再做过激的动作了。

叶丽娜却完全沉浸在那种美好的享受中，她突然在我耳边轻轻地说：“江枫哥，你要我，好不好?”

我摇了摇她的头，认真地说：“娜娜，你听话，不要激动了，冷静下来。”

叶丽娜紧紧地抱住我说：“你要我吧，我不需要你负任何责任，我只想和你在一起。”

听了她的话，我理智上还保持着底线，就是不能为了贪图一时享受而伤害她，但是我的身体却不由自主地起了变化。叶丽娜骑在我的腿上，也许是感觉到了我的变化，所以一只手抓住了我那里，另一只手拉着我的手伸向了她的私密地带。

当我的手触摸到她柔软的两个小宝贝时，我几乎失去了反抗力。在我的触摸中，叶丽娜开始小声地叫了起来。更让我不可思议的是，当我的手伸向她的黑森林地带时，我竟然发现她原来没有穿内裤。

我只是轻轻地触摸了一下，她呼吸急促又小声地叫了一声，而且她那里已经完全成了一片“湿地”。

她用手牢牢地抓着我那里，我甚至感觉有些微痛，嘴靠近我耳边急促地说：“江枫哥，要我，我也想要你。”

就在这时，叶丽娜的电话响了起来。

响了十多秒，我们便停止了亲密，我帮她从包里拿出手机，一看是路宁远打来的，我说："是你表哥的。"

叶丽娜接通了电话，对着话筒明显有些生气，显然是因为电话破坏了我们之间的亲密。

挂了电话，她有些生气地说："真够烦，到现在才想起我这个妹。"

我安慰了几句，说宁远肯定也是很忙，所以就没有时间陪她。然后我就哄着她去吃晚饭了。

14 快乐无极限

在解放西路一家川菜馆吃饱喝足，随后我又陪她逛了一个小时的街。

就这样已经到了十一点多了，叶丽娜完全没有回去的意思。我怕玩得太晚了不安全，就对她说："娜娜，我先送你回去，明天我们再玩，好吗?"

"没有明天了，我不想回去。"叶丽娜这样一说，我也没有明白其中的意思，愣住了。

她对着我说："明天早上的票，我就要回长沙了。"

我有些惊讶地说："怎么那么快？你不多玩几天吗?"

叶丽娜看着我的表情，突然笑着说："看来你不想让我离开，是吧?"

我拼命地点了点头说："是的，我不想让你离开。"

叶丽娜突然又有些怨恨路宁远，"就是他，恨不得把我尽快赶走，那样他就可以和他的逍遥妹妹亲热了。"

我听她这么一说，便问道："你哥有女朋友了吗？我怎么不知道。"

叶丽娜气哄哄地说："最近被一个女的把魂都勾去了，所以就不理我了。"

我却笑了起来，"你是不是妒忌了?"

叶丽娜笑着说："我才没有呢，谁稀罕。"

我走过去搂着她的腰说："不要嘛，我陪着你还不行吗?"

她突然转身停住脚步对我说："是你说的，可不能反悔?"

我这才明白，她刚才那些举措，都是为了等我上钩，心中不禁感叹：这个聪明的女人，真是让我既爱又舍不得离开。

因为明天早上她就要走，而且我要上班，根本就没有时间送她，所以今晚就当作为她饯行了。于是，我带着她去了沃尔玛，在化妆品专卖区对她说："我没有什么送你的，这里的化妆品你随便挑!"

她装出认真的样子对我说："真的？你不要后悔了。"

我拍着胸膛慷慨地说："我后悔过吗?"

我们俩在化妆品区转了一圈，叶丽娜还是没有中意的，这时推销员走上来，那个热情劲儿，真让我大开眼界。她的专业、口才、美貌融合在一起，那简直就是一绝，她说得我都有些心动了。可是叶丽娜却爱理不理，她似乎比那个女的更专业，随便提起哪个品牌的化妆品都说得头头是道。

挑了好久，她却选准了一套丁家宜美白护肤品，我一看价格才几十块钱，也有些不太相信："你不会用这么便宜的吧？"

她在我耳旁悄悄地说："这已经很好了，我还从来没有用过这么贵的。"

看来，人的美丽还是天生的好，这后天的补救，最多也就是锦上添花了。倘若天生一副丑相，再怎么折腾也就是那个样了，不过"整形"的除外，那毕竟是高科技手段的产物，确切地说已经不是原装货了。

走出沃尔玛，叶丽娜在我脸上亲亲地一吻，说："谢谢你，亲爱的。"

我拉起她的手，便直接奔向了她住的宾馆。本来，我是想在我所住的附近酒店里开个房，但是叶丽娜说她也住宾馆，宁远打电话说今晚不会去看她了，叫她早些睡觉，明天早上九点多他再来接她去车站，所以我住在那里也无事。再说了，即便宁远来了，我也是陪着叶丽娜，他也不会说什么，更何况，宁远不会反对我们的事儿，这是他早就对我说的。找了一大堆合理的理由后，我便和她一起去了她住的宾馆。

到了叶丽娜住的宾馆，虽然算不上星级，但装修也很别致，房间光线也很好，所以走进去给人的感觉很舒服。

从进了那扇门，叶丽娜完全就像一个主人，而我反而感觉自己就是一个客人。大概人都有这种感觉，凡是到了自己生活的地方，即便那里不属于自己，但依旧会扮演起主人的角色，这也许是人都有自己的归宿吧。

我坐在椅子上，叶丽娜坐在床上，我们就这样面对面地静坐着，却不知要说什么。

人大概都有"偷情"的嗜好，往往在比较危险的地方却做出一些出乎意料的举动，反而到了这个相对隐秘的空间里，我们却有些尴尬。

我觉得就这样沉默也太没有意思，便随口说："这床看起来很舒服。"

叶丽娜似乎有些疑惑地看着我，却说："还行吧。"

我自感说话引起了她的误会，也就再也不知道说什么了。

叶丽娜对我说："已经很晚了，你先去洗澡吧。"

她这么一说，我才觉得浑身不舒服，脱下外衣就走进了卫生间。

洗澡时，我想起了今晚和她睡在同一个房间，能够和她缠绵在一起，慢慢地感觉下半身有了反应。

叶丽娜敲了敲门，我忙说："娜娜，你怎么了？"

"我想上厕所，你开开门。"叶丽娜在外面说。

我说："你再等一分钟，好吗？"

叶丽娜有些着急地喊着说："我等不及了。"

沐浴露刚刚抹在身上，浑身还是泡沫，我便急忙用清水冲洗，并没有去开门。

叶丽娜打开了门，我一看她，愣在洗澡间。倒不是因为奇怪她打开门，而是因为站在我面前的她一丝不挂，胸前的两座小山大又圆，腿两侧一片茂密的黑森林十分挺拔，她的皮肤很嫩很白，腰很细，看着她的身体就是一种享受。于是，我的下面也有了强烈的反应，可我还是定定地站立在原地看着她。

叶丽娜走了进来，红着脸说："门是坏的。"

我用一条浴巾掩盖住自己的下体，可叶丽娜扑过来抱住了我。

我浑身打战，虽说和林一梦也有过肌肤之亲，但面对叶丽娜，我还是有些放不开，毕竟我还不能确定到底和她保持一种什么样的关系。

叶丽娜在我耳旁说："我想和你一起洗！"

我们俩的身体赤裸裸地贴在一起，我还能说什么。

我们面对面抱着，我的下面正好碰到了她那片黑森林，越发不听话了。

水继续淌着，冲洗着我们的身体。

叶丽娜松开了手，帮我搓着身体，我的两只手也在她的身上抚摸。或许是为了掩饰尴尬，她便转过身去。

我帮她搓着背，但是此时下面有些控制不住了，欲火焚身，并没有因为水的浇灌而减弱。我想，任何一个男人在此种情况下，都难以自拔。

我继续帮她搓背，但她举起手臂，我便开始在她的腰上抚摸，当我摸到她翘起的臀部时，我心中又泛起了阵阵热潮。

叶丽娜背着我说："是不是我的身体不够诱惑，没你以前女朋友的好吧？"

我急忙说："不，你的身体很好。"

她突然转过身，用充满欲望的眼睛逼着我问："那你为什么不要我？"

我一时也说不上理由来，只是看着她，也许是因为怕伤害她吧，因为我还不能确定我是把她看成我的女人，还是一个我需要照顾的我爱的女孩子。正是因为内心的这种矛盾，所以我还不想占有她的身体，因为我觉得她的心是受过伤的，我不能让她对男人彻底绝望。

叶丽娜转过身，开始帮我洗澡，她的玉手在我赤裸的身体滑过，我只觉下面就快要崩溃了，我一动不动地站着，闭着眼睛无法面对这一切。

她最后用小手抓住了我那里，我浑身一颤，就在那一刻我感觉靠近了她，湿湿的、滑滑的，她另一只手在我的腰上一按，我感到一阵幸福的眩晕，听到她呻吟了两声。

……

我睁开了眼，她闭着眼睛很享受的样子，我真的不想让她失望，可我还是控制住了。

叶丽娜睁开了眼睛，眼泪突然流了出来，说了一句我这辈子永远难忘的话：“你还是不是男人?”

我看了看她，忽然有些想彻底放纵自己，我可以容忍她骂我无情冷酷，但不能让自己对她的爱被她看成是无能和懦弱。

我抱住了她，肆意抚弄起来，亲了亲她的身体，手在她的身上慢慢地抚摸。

叶丽娜闭住了眼睛，双手搭在我的肩膀上，我吻干了她的泪水。

叶丽娜又紧紧地抱住了我，这次我没有拒绝去占有和侵犯她，而且我的下面也开始有些难以忍受了。

这次是自然进入她的身体，她紧紧的拥抱也让我找回了自信。

叶丽娜的呻吟声越来越大，呼吸越来越急促，我也感觉越来越有力，胸中的欲火越来越旺……

大概就这样站着运动了将近半个小时，我们都到达了快乐的极点。

我们俩都大汗淋漓。我紧紧地抱着她，恢复了平静。我才发现自己的肩膀上一阵微痛，原来她因过度的兴奋手指甲都掐进了我的肉里面。

她抱着我轻轻地说：“谢谢你，你痛吗?”

我摇了摇头，在她的小嘴上吻了一下，“对不起，娜娜，是我不好!”

叶丽娜又紧紧地抱住了我说：“是我诱惑了你，我想要你。”

我对着她又感激地一吻，轻轻地抚摸着她的身体。

叶丽娜对着我说：“亲爱的，刚才我说的话你不要放在心上，我是想要你。”

听叶丽娜这么说，我突然有些愧疚，原来她是想激起我的愤怒，让我去侵犯她，她又是何苦呢?

我不知道该说什么，拧开了水龙头，一股清凉的水喷洒在我们的身体上。

我帮她洗了身体，她也帮我洗完后，我们就裹着浴巾走出了洗澡间。

我们一起躺在床上，她乖乖地躺在我的手臂上，给我讲了很多幽默的故事逗我开心。

我却多少有些不安，或许早上我还想怎么和她缠绵，可是真正拥有了她，我突然觉得理智又战胜了欲望，我要对她负责，我从来就不是一个玩弄感情的人，可我就这样拥有了她，甚至是玩弄了她。

叶丽娜也许是看出了我有心事，她问我哪里不舒服，我摇了摇头抱住了她。

我们两个赤裸裸地躺在一起，我可以侵犯她身体的任何一个地方，但看着她柔嫩细滑的肌肤，我只想去亲吻。

我侧身起来，嘴慢慢地靠近她的身体，从耳背、脖子、胸部、腰部一路亲吻下来，我只想让她感觉到我喜欢她的身体，我不是只为了放纵性欲。也许是我的亲吻挑逗了她，她呼吸有些急促，也有了微小的呻吟声。她因我的亲吻，身体开始扭动起来，但我并没有要她，我想让她好好享受我的爱。

又过了几分钟，叶丽娜又有些欲罢不能了。

她也吻了吻我，我又感觉浑身一阵热。

我又一次进入了她的身体，这次是我主动，她闭着眼睛开始享受了起来。

也许，从离开林一梦好久都没有释放了，所以身体还不错，持续的时间更长，叶丽娜的呻吟让我想到极乐世界中去。

……

平静下来，这次我们都有些累了。

叶丽娜轻轻地吻了我一下，说："亲爱的，你终于想要我了，谢谢你。"

我搂着有些疲惫的她说："宝贝，你也累了吧，我们睡吧。"

确切地说，这是我来湛江睡得最踏实的一个夜晚，没有做梦，也没有半夜醒来，直到早晨手机闹铃声把我吵醒，由于我把闹钟比平时设置提前了半个小时，所以醒来时我也并没有着急起床。

叶丽娜也醒了，看我一夜都搂着她，说："对不起，把你的胳膊压痛了吧。"

我抱着她说："没事，你继续睡吧。"

叶丽娜睁开明亮的大眼睛对我说："我不想睡了，你累了吧？"

"我不累，但我今天要去上班，不能送你……"

我还没有说完，叶丽娜用手堵住我的嘴巴说："江枫哥，你去上班，我不要你担心。"

她这么理解我，我也不知该说什么，用手在她的脸颊摸了摸。

她看了看我，说："我走了，你会想我吗？"

我轻轻地点了点头，其实想告诉她我已经离不开她了，但我没有说出口。

她又笑了笑说："我才不要你想我，那样我会更难受。"

也许这是我至今听到的最让我感动的一句话，心中不禁一阵感激，泪水差点没有流出来。

我终于明白了网络上的一种说法，你宁可去死心塌地地爱一个受过伤的女人，因为她懂得爱且能够回报你的爱，也不要去爱一个处女，因为她往往认为你是一个侵略者，所以此后她只有不断地从你身上索取才觉得平衡。

我轻轻地吻了吻她，想给她一种深深的感激。

可叶丽娜似乎有了感觉，随着我的吻，声音也变得不对劲，身体虽然有些累，但我也有些受不了她的呻吟，又继续了几分钟，我们又彼此拥有了对方。

这次时间虽然很短暂，但我们还是很享受对方，且都达到了快乐的极点，她闭着眼睛在享受这一切，我搂了她一会儿，起床冲进了洗澡间。

舒舒服服地洗了一个澡，感觉浑身有些疲惫。从洗澡间走出来，一看手机，离上班时间只有十几分钟了，迅速穿好衣服抱着叶丽娜说了几句缠绵的话，她很理解我，也催我赶快去上班，说她躺一会儿便起床直奔机场了，还说她以后想我了就飞过来。

15 我不是奴隶

我从宾馆跑出来，在大街旁拦了一辆的士，便直奔公司。

当我一路小跑到了公司，离上班时间只差一分钟。坐电梯到了十二楼，我刷卡推开门，看见文娟早就坐在前台那里，便打了声招呼。

文娟叫住了我，悄悄地说："你是不是没有睡好？"

我笑了笑说："没有啊，我睡得很好啊。"

文娟疑惑地看了看我："是吗？"

我本来有些心虚，心想她或许看出了我萎靡不振的样子，所以就没有多说，匆匆走进了办公室。

吴运才看到了我，像几十年不见我似的，急忙站起来问："兄弟，你没事吧，昨晚怎么一晚都没回来？"

我心生一计，便说："昨晚和路兄喝多了，所以就睡他那儿了。"

陈军笑着说："是包夜去了吧？"

这时，谢文娟走了进来，问："谁包夜去了？"

包夜本来有两种说法，一种是通宵上网或K歌，另一种就是出去找小姐了，陈军说的是后一种，谢文娟显然理解成了第一种。

我们三个人都笑了起来，都没有说话，直至谢文娟红着脸走了出去。

打开了电脑，进入了公司信息管理系统，发现李成伟发来很多乱七八糟的文件，全部都是要写什么新闻稿，主要是因为最近公司要开展一年一度的宣传活动，所以需要在各大媒体上做广泛的宣传报道，说白了就是让我们把黑的说成白的，只能说些好听的话，然后花钱买个报纸的头版头条，糊弄我们善良的老百姓。

我想：以后我要是在这个社会上混出个名堂来，我要做的第一件事就是揭穿虚假新闻报道，因为我觉得这比毒奶粉更可怕，毒奶粉虽然可以置人于死地，但是虚假宣传可以让整个社会走向灭亡。李成伟此类鸟人，往往把做虚假宣传当作圣旨一样，凡是领导所要求的，他即便出卖自己也要竭尽全能不惜一切去赢得领导的认可。我想有一天，领导要搞他的女人，或许他也会拱手相让，对这种人我是看不起的，对上谄媚、对下欺诈的行为是我所深恶痛绝的。

刚登录QQ，李成伟就发来信息："你写的新闻没有亮点，这样达不到领导的要求。"

"不好意思，我就那水平，不过新闻追求的应该是真实性和时效性，至于领导的要求，那是另一回事。"我含沙射影地让他明白我不赞同他的谬论。

"但是你在我们这里，不是什么作协的，你应该以领导为出发点。"他似乎在教导我做个忠实的奴隶。

这话里有话，不但是教训，甚至是讽刺和嘲弄我，我开始有些火了。

"我是来这里工作的，而不是来卖身或做奴隶的，希望你也能够明白这一点。"我这人说话从来就是直来直去，这也是我的一大缺点，因为这个得罪了不少人，有些人或许喜欢这样，但更多的人是讨厌，毕竟这个社会上爱听好话和赞美的人多，所以指出别人的缺点等于扼杀他人的自信，不招恨才怪。

李成伟再也没有给我发信息，或许是我的最后一句话说到了他痛处吧。不过我也不会去想那些事，大不了一走了之，我对这个所谓的国企失去了信心，我也看不到任何发展的兆头，迟早都要走人，早走或许也是一种新的选择。

不过，因为昨晚睡得太少了，所以一直迷迷糊糊的，至于干了什么，我也不知道，反正就是在电脑前装腔作势打发这无聊的时间了。

手机响了，我一看是路宁远，便接了。

"兄弟，我表妹就要走了，你不来送送吗?"路宁远在电话那边说，听起来有些吵，大概是他在大街上。

看来，他并不知道我昨晚一夜都陪伴在叶丽娜身边。

"我这里走不开，有劳你这个做表哥的了。"

"你这是什么话嘛！我是向你通风报信，我看她似乎心事重重，猜测是因为你没有来的缘故。"

我向路宁远说了声谢谢，便匆匆挂了电话，又拨通了叶丽娜的电话。

"娜娜，你快登机了吧，你路上要小心。"我除了说这些也不知道该说些什么了。

叶丽娜温柔地说："放心好了，江枫哥，你好好上班，我很快登机了，到了那边再给你打电话。"

听了她的话，我也挂了电话。

这时，林总走进了办公室，对他们俩打了声招呼，然后对我说："江枫，你来一下我办公室。”

我第一个念头就是：李成伟这种小人，竟然向领导打小报告了。一气之下我竟然有些想拿刀剁了他，我最不能忍受这种鸟人了。

不过，我也豁出去了，不行就这样走也好，于是我抱着无所畏惧的心态走向了林总办公室。路过综合部，我看见李成伟，狠狠地瞪了他一眼。李成伟看见我愤怒的眼神，或许也预料到了什么，便迅速地低下了头。

走进林总办公室，他叫我把门关上，然后让我坐下。

我也毫不客气了，说坐就坐，何必像有的人一走进老板的办公室就像太监一样，领导也是人，尊重是应该的，但也没有必要像神一样供奉着。

林总并没有指责我，而是问：“江枫，我看了你的简历，好像你从小就学武术，而且学过散打和跆拳道，是吧？”

我很疑惑地看了看他，这些都已经是过去的了，我自己也很少提起，他到底想要说什么。

“我有个外甥不好好上学，整天打架斗殴，大家都建议送到武校去，我想随便问问你。”林总打消了我的疑云。

看来，领导也并不是天天想着如何把工作做好，上班时间还不是和我一样谈论这些生活琐事。可下属往往把领导当成一个圣人，以领导为出发点，这不是助长了腐败之风吗？所以，我一直认为治理腐败问题要先从下面做起，要叫每个人都知道不谄媚低腰，也不仗势欺人，做一个正派的人，这样有些领导想腐败也没有人贿赂他。

于是，我便把自己对武术的理解向他说了一遍，同时就他提出的问题也发表了一些模棱两可的看法。

突然，林总的手机响了，他便对我说：“不好意思，我接个电话。”

他说的是粤语，我差不多就跟听日语一样，一句也没有听懂。

挂了电话，林总情不自禁地说：“这丫头，整天闹个没完。”一听他这么说，大概是说他的孩子吧。

最后，林总才说了正题，不过没有半点批评我的意思。

“有同事对你有意见，所以你要注意一下同事关系，不然这样以后不便于工作。我也知道他们说的未必是真的，但是我希望你注意这一点，重要的是把工作做好，这才是重点。”

林总像个父亲一样对我教导，所以我虚心地接受了，不过我对李成伟这种小人从心底开始有所鄙视。走出了林总的办公室，我正好和李成伟的目光碰到一起，我们目光相撞之后产生的全部是愤怒的火花。

我快步走进了办公室，狠狠地说了一句：“操，我搞死他。”

吴运才见我怒气冲冲，便说："兄弟，怎么了？挨批了吧？"

我没有多说，坐在电脑前继续发呆，却要装得像一个十分忙碌的人，有些滑稽，也有些痛苦。

16 学着改变自己

盛夏季节，艳阳高照。

阳光透过树枝缝隙射到地上，留下斑驳的影迹。

有几个农民工在路边铺开了凉席躺在上面小憩，看着让人有些难过。就在离他们不远的办公大楼里，人们天天坐在空调房喝着饮料拿着高工资但并不做事，可农民工整天劳累却依旧睡在大街上。人与人之间永远是不平等的，所谓的平等，那是一种幌子，是用来安抚那些为了平等而发怒的人们的。

中午下班后，刚从公司走出来，我远远地看见走在前面的好像是刘可敏，前几天见过一面，已经过了一周多了，虽说我没有忘记，但我却没怎么想起她。由于昨天和叶丽娜缠绵过度，所以现在还没有恢复元气，浑身一阵酥软，也没有心情跑上前去打招呼，我想现在最需要的就是休息，所以便向宿舍的方向走去。

也许，很多人对这样的遇见已经不足为奇了，可我依旧有很多感触。一个人在路上行走，我心里却有很多感触。心想：我就这样不知不觉地浪费了大把的青春时光，年少时扬言要改变这个世界的我，可到头来还是没有一个可以安身的家，现在甚至沦落为一个漂泊不定的浪子，差不多就是四海为家。

手机短信的铃声响了，我打开一看，是叶丽娜发来的短信。

“江枫哥，我已经下了飞机，正在赶去学校的路上。你答应我一件事好不好？你必须答应我才可以告诉你。”

这丫头就是这样，本来是求我，可留给我的答案却是唯一的，让我别无选择。

我快速回复了短信，只说了两个字：“好的。”

短信很快就来了，打开一看：“我希望你永远记住：永远忘了我！”

我一时没有明白，不知道她到底想表达什么意思，是叫我记住她，还是忘了她呢？但我从来没有把她所说的话当真，因为我知道我永远不会忘了她。

“会的，我会忘了你，在梦中。”我带有调侃地回复。

我回到了宿舍，没有吃午饭，躺在床上就睡了。

在梦中，我又和林一梦缠绵在一起……

醒来后我有些痛恨自己怎么会做这样的梦，难道我还没有彻底忘记她，我自己都很难说清楚。也许，伤害我最深的那个人，就是最让我难以忘记的人。

一晃又到了周五，下班后我便去了城中村吃面。

在这个城市，想吃面也真难，刚来时我在住所的周围找了好久都没有发现一家面馆，最后在城中村一条破烂的街上的一个角落里发现了一家兰州牛肉拉面馆，犹如见了久别的亲人一样冲了进去。

拉面馆的卫生条件算是三流的，做的拉面根本就算不上正宗，就拿兰州拉面的基本条件“一清、二白、三红、四绿”要求来衡量，除了看见面条是白的，其他的都有些不伦不类。可在异乡，即便这样我已经很感激了，毕竟在这里就只有这么一家，物以稀为贵嘛。

我一直在想：那些每天在按摩店门前卖弄风骚的小姐们，要是能够停止“卖身”转行来经营“正宗”兰州拉面，在这个城市生意应该还不错，毕竟这里也有很多杂七杂八的北方人。可是有人给我透露了一个秘密，说一个小姐，每天从中午开始工作到晚上凌晨三点，要是生意好，一天就能赚五六百，这样算来小姐的待遇的确算是金领级别的了。所以，金领也没有什么了不起的，不就是按摩店小姐的工资待遇吗？

城中村是一条集美食、商铺、网吧、酒吧和按摩店于一体的小街，凡是来过这个城市的人，也很少没有去过的。即便不是为了发泄性欲，就算纯粹为了食欲，也要去逛一逛。

天气比较热，兰州拉面馆里没有空调，走进去就如蒸笼一样湿热，所以店老板便在街旁边摆了几张桌子。不过这样也好，我可以一边吃拉面，一边观察从我面前走过的美女。这些所谓的美女，大都打扮得花枝招展，把该露的地方全露出来，不该露的也露了一两处，在大街上扭着屁股走来走去，可以说那种诱惑是致命的，一不小心就完全有可能掉进她们肉体的“陷阱”里面，也许这辈子就难以脱身了。

花六块钱吃了一碗面，却看了数十个性感的女人，我都不知道自己到底是在吃面，还是在看美女。离开了拉面馆，我的思绪还停留在对那些女人身体的遐想中。

忙的时候一塌糊涂，所以根本没有时间想东想西，可一到周五下班后，就完全可以休息了，往往是一阵兴奋，随之而来的就是无聊、孤寂和疲惫。

一个人在大街上，不知道要去哪里，所以走走停停，东张西望，招来很多摩的师傅亲切地打招呼。

街上的灯亮了，人也多了起来，大都是成双成对有说有笑的。想起来我这过的是什么日子，有时候想找个人聊聊天都难。因为孤独，让我有了更多的思考，因为寂寞，我特别想找一个陌生人聊天或是大喝一场。

路过嘉信茂广场，看见有很多人凑在一起，我走近一看，原来是两个小个头男人在打架，一个女人在中间劝架，其余的人都站着看热闹。

我很讨厌自己这种看客的心理，但是受好奇心的驱动，我还是走了过去，何况我也太无聊了，看看也无妨。

看了看，真为他们而感到可笑，他们那不是打架，是两个人抱在一起摔跤，这也许是我第一次在公众场合看到的最没有表演价值的打架。真是两个窝囊的男人，那么多人看笑话，打架也像娘们一样，真是败坏我的心情，我甚至想跑过去三拳两脚把他们全部撂倒算了。

徒步到了小区内的花园，我不禁有些伤感，昔日我和叶丽娜就是坐在那条长凳上卿卿我我，如今却只有我一个人空守长凳了。说来也怪，叶丽娜走的时候是那么爱我，可她回到了长沙我们好像又完全是两个陌生人了，不过想起她说的那句话“你最好不要想我，不然我会更加难过”，我也就不去多想了，反正这事着急也没用，何况我相信她对我是真心的，我从心底里能够感觉得出，只是很难说出来罢了。

花园内有很多健身的器械，看来看去都是给小孩和老人用的，只有双杠似乎更适合我。曾经学过几年的武术，别的都是些花拳绣腿，不过身体的柔韧性至今还比较好。

我擦了擦手上的汗，便跳上了双杠，撑起胳膊做了几个倒挂，然后做了一个撑杠前后翻，这原本是再简单不过的动作，却招来公园内几个闲人的围观，所以我也有些得意，我终于明白了当初教我双杠动作的一个朋友说的一句话：“练的时候往往就是丢人，但是练好了就是耍人。”用我们家乡的话，这也算是耍了一次人。不过，因为好久都没有玩过这种铁家伙了，折腾了两三下便有些累了，于是就双臂扶着双杠小休一会儿。

有一位老人走过来夸赞我说：“小伙子，玩得不错，你以前学过吗？”

听他这口气，看来也是这行的老前辈了，我便谦虚地说：“我学过一点，您应该是行家吧。”

他大概有五十多吧，不过城里人我也猜不准，怎么说我也要叫爷爷或者叫叔叔了。

老人自谦地说：“我年轻的时候经常玩，但现在不行了，手臂撑不住了。”

就这样我们俩聊了起来，从东邪说到西毒，从南拳扯到北腿，话也很投机。原来，老人以前是专业运动员，后来在市体育局工作，现在退休了，家中有一老伴和一女儿，女儿出国留学了。虽然生活条件很好，但也是孤苦伶仃，所以平时没事就出来散散步解解闷，日子就这样平淡而简单。

老人很健谈，听说我以前学过武术，他十分感兴趣，说他最近也在学习太极拳。

一提到这些，我也算半个行道中人了，什么大小洪拳、罗汉拳、少林十三抓、醉剑等我都学过，只是现在也只记得其中的一招半式了，但是基本功还是没有忘。至于太极拳，什么二十四式、四十八式、陈式太极拳、武式太极拳、杨式太极拳我都接触过，过来过去都是那些动作，就看你怎么去融会贯通，能达到强身健体、防身御敌的目的便可。

老人便向我讨教太极拳，于是我就教了他几个二十四式太极拳里面简单的动作。从起式开始，左右野马分鬃、白鹤亮翅、左右搂膝拗步几个动作。老人虽然身体不怎么协调，但学得很快，教完我就看着他做，我给他纠正动作，就这样不知不觉两个小时过去了，公园内除了我们俩就是几个谈情说爱的男女。

临走前，老人说："小江啊，你以后经常来吗？可要教会我啊。"

我说："放心好了，大叔，我没事就来找你。"

"小江啊，你就不要叫我什么大叔了，我姓谢，你就叫我谢大哥好了。"

我看老人也是个豪爽人，便说："那好，谢大哥，明晚见了。"

老人也许是怕我不来，所以还要了我的电话，也留了电话给我，叫我没事就去他家玩。

我想这样也好，每天晚饭后就有事可做了，反正闲着也是闲着，我要学着改变自己了。

17 床上那些事

离开了小区公园，我直接奔向宿舍。

摸着漆黑的楼道走到门口，打开门一看，却发现一个穿着吊带裙子的女人躺在客厅的沙发上，由于灯光有些暗，我一时没有认出是谁，走过去打了声招呼，便想直接躲进自己的房间。

“帅哥，不认识我了?”美女看我转头要走，便提醒我。

我仔细一看，原来是卖床的肖红，我客气地说：“是你啊。”

这时吴运才从厕所里走了出来，脸上露出诡秘的笑容。

我看了看吴运才，只是微微笑了一下，心想：看来这小子终于把肖红搞定了。

吴运才拉着我进了我的房间，然后关上了门，这让我觉得有些意外。

“兄弟啊，我想跟你商量个事。”吴运才笑着对我说。

不知道这家伙葫芦里卖的是什么药，我说：“什么事，搞得神神秘秘的?”

吴运才指了指我的床，然后看着我。

我想了想，终于有些明白了，他原来是想今晚和肖红在我的床上过夜，我最不愿意接受的事却摆在了我的面前。

吴运才看我沉默，便有些着急地说：“兄弟，你同意不同意，倒是给句痛快话啊。”

心里虽说是十万个不愿意，但是我却说不出口，毕竟从到这里他也帮了我不少忙，我也不能就这点小事拒绝他。于是我想：即便今天我委屈一下自己，他也应该付出代价，因为他是乱搞女人，也算是对他这种不道德的行为一个惩罚。

我装作平静地说：“房间嘛，好商量，不过不能就这样白租借你一晚上。”

“你说吧，什么条件？不要这么啰唆了。”吴运才显然有些不耐烦了。

“你说的，你要记住，不过我还没有想好，明天再说吧。”我拍着他的肩膀说。

他把我从房间推了出来，我走的时候带了自己的睡衣，顺口提醒他说：“不要把我的床搞坏了。”

吴运才笑着说：“坏了，再从她那里买一个好的回来。”

我抱着衣服走进了他们的房间，陈军看了看我，没有说什么，又继续他的网游。

我再次走出房间时，客厅里已经没了人，灯依旧亮着。

我便打开了电视，躺在沙发上，还能闻到肖红留在座位上的香水味。

不知为什么，心里有些难过，我天天睡的床，今晚他们却在上面缠绵，我有些难以接受。更重要的是，我真没有想到吴运才的誓言终于兑现了，倒不是因为我能去湛江最高级的酒店大吃大喝一顿落空了，而是因为我怀疑吴运才怎么就那么自信地把一个陌生的女人用一个月的时间骗上了床，这才是我百思不得其解的地方。

看了大概半个小时的电视节目，我觉得没有意思，就准备洗澡睡觉了。

大约二十分钟后，当我从洗澡间里走出来时，听到了让我心血沸腾的呻吟声。

看来，他们现在正在享受着性刺激带来的无限快乐，肖红的呻吟声响彻整个房间，这让我想起了那些 A 片里女人歇斯底里的浪叫声，原来世间真有如此疯狂的叫喊声。

走进房间，陈军对着我说：“他们在干什么？”

我笑了笑说：“你说还能干什么？”

陈军有些腼腆地一笑说：“她这样叫，不会出问题吧？”

我也打趣地说：“要不你过去帮帮忙？”

陈军可能是因为我的话受到了刺激，所以也走出了房间，站在客厅里面偷听。

不一会儿，呻吟声渐渐减弱了，看来他们完事了。

陈军走进了房间，顺口说：“我操，叫这么大声。”

“你终于明白什么叫做‘性福’了吧。”我笑着对陈军说。

“她真有那么爽吗？”陈军开始有些疑惑地问我。

“那你要去问问肖红了。”我看了看他，笑了一下说。

我躺在床上看了看杂志便有些累了，不知不觉地睡着了。

半夜时分，我又听到了肖红欲罢不能的浪叫声，我打开手机一看，已经是凌晨两点多了，看来他们今晚是不会休息了。

周六，早晨十点钟起床，因为今天休息，所以就比平时起床晚了将近两个小时。

我想他们昨晚肯定通宵缠绵，所以现在或许正在睡觉，于是就只穿着内裤去撒泡尿后再接着睡。

当我打开洗手间的门时，却看到了肖红赤裸裸的身体，原来她正在洗澡。

肖红看到我，倒是很平静，我却有些紧张，急忙缩回了头说：“对不起，你怎么不关门?”

我顺手关了门，又躺在吴运才的床上胡思乱想了起来。因刚才看到肖红的身体，我情不自禁地想起了叶丽娜，她现在正在干什么呢?

我给她发了一条短信，等了好久她都没有回，我拨了拨电话，原来她手机是关机的，我想她大概也还在睡懒觉吧，所以我就闭着眼睛想着心事。

一个早晨就这样过去了，快到了中午吃饭时间，我便穿好了衣服走到客厅，也不知道自己吃什么，所以躺在沙发上看电视。

不一会儿，吴运才从我的房间里走了出来，一看就知道是因睡眠缺乏而两眼发呆，我也没有说什么。

吴运才问我：“兄弟，今天吃什么？我请客。”

我忽然来了精神，对着他说：“你准备请我去哪里吃?”

他想了想说：“毛家饭店怎么样？我知道你也喜欢吃湘菜。”

我说：“那好，看来你还算有良心，你们可是吵得我一晚上都没睡着。”

吴运才笑了笑说：“没有吧?”

这时，肖红从屋子里走了出来，丝毫没有因昨夜疯狂的叫喊而有羞涩之情，很坦然地走过来躺在另一张沙发上说：“帅哥，今天干什么去?”

我笑了笑说：“有人请我去毛家饭店吃湘菜。”

肖红拍手叫好，看来吴运才的想法一举两得了。

等他们收拾完毕，一起出了门，打了一辆的士，便直奔毛家饭店。

18 真空传情

毛家饭店算是正宗湘菜的品牌店之一。以前，虽说吃过不少的湘菜，却是第一次走进这家毛家饭店。

地处城中村旁边的这家毛家饭店，装修很古朴，呈现出古色古香的气息。一走进门，看到穿着旗袍的接待员微笑着说“欢迎光临”，我仔细一瞧，除了打扮漂亮外，长得不怎么好看。不过，当我看到立在门口的毛主席铜像时，便向他们提议：“要不要敬个礼，表达我们的尊敬？”

肖红倒是很积极，站在铜像的前面端端正正地敬了一个少先队礼，她的行为引起了站在门口的服务员一阵笑。

为了给陈军一个展示的机会，点菜就给他包了，这也是他作为一个湖南人而享有的特殊照顾。

陈军点完了菜，我一看是剁椒鱼头、毛氏红烧肉、干锅将军鸭、香辣田螺，全部是荤菜，我便故意对陈军说：“兄弟，看来你是只吃荤不吃素啊！”

言者无心，听者有意。肖红听见我这样说，她的脸上泛起了一阵阵红晕，或许是她也为昨晚的疯狂而略有羞涩之情，不过，持续了不到十秒钟。

吴运才招来服务员上茶，所以这种短暂的尴尬一闪而过。

服务员斟完茶后，我便拿起茶杯开始慢慢品尝，在我抬头的瞬间，看到了一个熟悉的面孔，我仔细一看，坐在对面一桌的原来是刘可敏。

她好像和父母在一起，不过他们都背着身，我只能看到她。

她似乎早就看到了我，所以当我看到她时，她脸上露出了微笑。也许是因为她在父母面前的原因，或是我和一些她不认识的狐朋狗友在一起，所以她并没有跟我打招呼，但我从她的眼神中，能够看得出她的注意力全部集中到我这边来了。

为了表示这种默契，我端高了茶杯，示意和她干杯，然后一饮而尽。

她一边和父母说着话，但是手的动作也和我一样，举起茶杯向我示意了一下，喝了一口茶。

这时，剁椒鱼头端了上来，陈军急忙拿起筷子毫不客气地分割了一块，吃了一口说："味道不错，挺正宗的。"

他的行为也许是证明了作为湘菜发源地的人，他可以对此进行一番评头论足，反正我们外地人都不知道，可他竟然忘了我在湖南学习生活了五六年，说不定去湘菜馆的次数比他还多。

肖红可能因为是本地人，不怎么喜欢吃辣，所以也就没有那么大的兴趣，刚吃了两口就急忙端起吴运才的茶水喝了，然后用手在嘴巴前摇晃着说："太辣了，太辣了！"

陈军看了，嘻嘻笑了起来，也许这也是他证明自己是正宗湖南人的最好机会。

湘菜做得确实很不错，但我的心却不在吃菜上，我还是忍不住地要观察刘可敏，然后和她"真空"传情。

我的视线穿过几个人头的阻挡，看到刘可敏今天穿得很漂亮，且看起来十分性感。

黑黑的秀发披肩，洁白色的连衣裙，胸前露出一大片春色，我看不到她的腰部地带，透过桌子下面我看到了她两条白皙的玉腿。这身打扮又改变了她在我们心目中的印象，和她相见的三次都给我留下了完全不一样的感觉，如果说第一次是泼辣，第二次是端庄，那么这次就是"性感"。

我夹了一筷子菜，故意举得很高，然后慢慢地放在自己嘴里，以引起她的注意。她看到了我故意逗她，脸上又露出了那种神秘的微笑。

也许，坐在她对面的母亲发现了她的异常，转过头看我们这边，我便急忙低下头装作吃饭。她母亲好像是对她说了几句话，她也低下了头，这次空间传情也是有惊无险，过了一会儿我又故意逗她，也能够看到她时不时看着我笑。因我把筷子总是举得很高，所以油滴在桌子上，引起了吴运才的注意。

"兄弟，我觉得你今天不太对劲。"他问道。

"没有啊，我看你才不对劲，一副萎靡不振的样子。"为了让他尽早放弃反抗，我有些含沙射影地说。

肖红明显听出这话里有话，她的脸又泛起了红晕。我心想：这有什么难为情的，反正昨晚在床上疯狂的时候也从来没有顾忌有人，现在却装出淑女样来，真让人有些匪夷所思。

刘可敏他们比我们来得早，所以不一会儿就吃完了。

刘可敏路过我桌旁时，向我神秘地做了一个再见的手势，然后就跟着那两个人走出了饭店。男的头发发亮，着装整洁，看起来像是一个领导，女的虽然有些显老，但是气质也不错，应该也是在某部门独当一面的人物。我心想，看来她的家庭也是有背景的，不免有一丝忧郁。

刘可敏走后，我也无心吃饭，随便吃了点就提议匆匆结束了。

走出毛家饭店，天气有些热，我也想回去好好睡一觉，主要是我想看看那张床到底怎么样了。

陈军说要去沃尔玛购物，吴运才送肖红回她的店铺，我就一个人打摩的回到了宿舍。

推开我房间的门，我就闻到一股浓浓的精液的味道，我有些反胃，便急忙打开了窗户。

我走近垃圾袋一看，里面竟然丢了五六个安全套包装袋，蚊子在上面偷腥。我急忙拿起垃圾袋丢进了垃圾桶，然后喷洒了空气清新剂，茉莉的香味充满了整个房间。

我站在床上故意晃了两下，看有没有发生意外，床看起来比较结实，于是我就躺了下来。

躺在床上想睡却怎么也睡不着，心想就几个小时前，吴运才和肖红在我的床上缠绵，尤其是肖红那歇斯底里的叫喊声，又在我的耳旁回响，不知不觉我的下面也开始有反应了。任何一个身体健全的男人，也许可以抵得住痛苦和挫折，但恐怕很难抵住一个女人那种让人魂飞魄散的呻吟和呐喊声……

手机又响了，这手机真是个宝，总是在我最孤寂的时候给我带来好消息，不过也有过几次，就在我沉浸在享受之中时，却扰乱了我的生活。

记得有一次，和林一梦缠绵正在兴奋时，手机却响了起来，破坏了我们之间的欢快气氛，林一梦一生气，干脆把我的手机摔了。从那以后，凡是和她在床上，我的手机一般都是保持关机状态。看来这辈子，林一梦给我留下的美好记忆和深深伤痛一样，让我难以忘怀。

又扯远了，言归正传。我打开手机一看，是刘可敏发来的信息：“大色鬼，我今天怎么就碰到了你?”

我有些生气，这好端端的怎么叫我色鬼，我好像也没有对她色，看来她真是我的大克星。

“大克星，这有什么奇怪的，我就不能去毛家饭店吃饭了吗?”我还击道。

“那倒不是，是我见到你有些意外，我父母在所以就没和你打招呼，你不会介意吧?”她又发来信息。

心想：看来她父母确实非等闲之辈，才会对女儿要求如此苛刻，我想：打个招呼有什么，难道也是犯错，这有钱有权家的孩子，看来永远活在钱和权的控制和阴影之中。

“打个招呼也要得到父母的批准吗？看来你们家教很严啊。”

“也不是，我妈妈疑心很重，我怕她看到你这么个帅哥，又要问我个不停，我也不好交差啊。”她明显在哄我开心。

“是吗？那你就说是你男朋友，也不会给你丢脸吧？”我开始说些暧昧的话了。

“问题的关键是你不是我的男朋友啊。”她这样说。看来她开始中我圈套了，我想怎么也不能放过这次机会。

“这还不容易，反正我看你也孤苦伶仃的一个人，我权当是雷锋叔叔收留你了。”我有些挑衅地说。

“你讨厌。”她只发来了三个字。

但凡女人说这三个字的时候，一般情况下都不是真心实意的，反而是表达某种亲密。所以我便开始打如意算盘了，或许我稍微向前走一步，她向我走近一步，我们之间就可以有属于彼此共同的东西。

不过，我确实有些累了，正想就这样美美地睡一觉，然后再想这些乱七八糟的事。

她又发来短信，说：“你今天对我不好，你要请我吃饭。”

这好像不合逻辑，原本前几天她说是要请我的，可怎么就轮到她逼我请客了。

“你要是不好意思请我，就直说了，前几天你不是说请我吗？我即叫即到。”

“那是前几天，不过今天本小姐我改变了主意。”她继续坚持她的原则。

我也不想因为这件事争来争去，显得我这个男人太没有度量了，何况和一个美貌如花的女人共同进餐，何尝不是天下所有男人的艳福呢？

“好，没有问题，你有时间就找我，我要午休了，大克星。”信息是这样，但是我心中却琢磨着怎么戏弄她一番，给她留个教训，让她时刻记住我。

有人大发言论，想要一个女人永远记住你，最好不要去一味地迁就和宠着她。你要么去伤害她，要么让她离不开你。伤害是不道德的行为，也许她会记恨你一辈子，但让她离不开你，你必须学会耍小聪明，适当地做些小小的恶作剧。

看来我也要施展自己的聪明才智，让刘可敏一辈子忘不了我。

19 男人的阴谋

一觉醒来，已经到了黄昏。

起床收拾了一下，出了门，在就近的小餐馆随便凑合了一顿，便奔向了小区公园，昨晚我答应要教谢大哥太极拳，所以就很早到了那里。

我在双杠上热了热身，这样才不至于拉伤筋骨，这是学武术的基本要求。

不一会儿，老远就看到谢大哥热情地朝我走来，快到我面前时便喊着说："小江兄弟啊，你比我这个徒弟来得还早。"

我笑了笑说："谢大哥，你不要那么说，我们是相互学习，我以后向你学习的地方更多。"

谢大哥认真地说："但现在你可是我的师父。"看来他真是一个有趣的老人。我叫他大哥虽有些没大没小，但是看他乐意我这样喊他，或许他更能感受到他还年轻，所以我也就不管那么多了。

我带着他复习了昨天教他的几个动作，却发现他已经完全掌握了，看来他昨晚回去也花费了不少的工夫，于是又教了他几个新的动作，谢大哥便开始认真地练了起来，我站在旁边一边指正他的动作，一边和他聊天。

手机又响了，如今人与人之间的交往往往就靠手机。我一看是谢文娟打来的，迟疑了一下，便接通了。

"江枫啊，你有空吗?"谢文娟电话那边很吵，好像她在人口密集的地方给我打电话。

"什么事啊?"我不知她叫我干什么，我可是最怕别人在休息时间打扰我了，当然美女除外。

"有几个朋友约我去乌托邦 K 歌，你去吗?"她急切地问我。

我想，都是你的朋友，我去干什么啊，于是便想推掉。

谢大哥看我迟疑的模样，在旁边说："小江啊，你有事就去忙吧。"

我说："都是你朋友，那不好吧?"

谢文娟略带生气地说："废什么话，磨磨蹭蹭的，你到底去不去?"

有这么邀请人的吗？不过，这也是她的性格，怕拒绝了她又会几天不理我，这样也不利于我今后开展工作，所以就勉为其难地答应了。

我把地址告诉了她，她说随同朋友的车过来接我。

于是，我就和谢大哥告别了，他说改天有时间请我到他家喝酒，要好好地和我大喝一场，我也就畅快答应了，谁叫我是“酒鬼”呢？面对酒，我常常是来者不拒。

和谢文娟在一起的有六个人，不过人家都是成双成对，只有她孤身一人，我终于明白了她邀请我的原因，看来她是想让我充当她的另一半。这种被利用的滋味不好受，但是被美女利用，却是另一种滋味。色是男人的本性，想拒绝都很难。

我们一起到了 KTV 包间，他们都卿卿我我，唯独我和谢文娟依旧保持着某种距离。

不过，谢文娟今天确实很漂亮，脱了职业装，换上吊带短裙，感觉就是不一样，以她的身材随便在大街上晃一晃，恐怕跟在屁股后面的男人也够组成一个“连”。想到这，我心里开始偷偷乐了。

虽说是八个人，他们三对都忙碌着自己的事，三个男人都把手伸向了他们自己所爱的女人身上，所以根本没有时间理睬我们，这样我也觉得比较轻松自由，不然和一群陌生人在一起，那往往是我最痛苦的时候。

在这样的场合，我本来不想多喝，可其中的一个猛男却要了一箱啤酒，畅言要痛痛快快地喝一场，还转过头来对我说：“兄弟，你能喝吗？”

我心想：要喝就喝死你，在“酒鬼”面前耍酒疯，我看你真是找准了对象。不过心里是这么想，但嘴上我还是谦虚地说：“我会喝一点点，不过不胜酒力。”

猛男大声说：“没事，会喝就好，斟满，今晚一醉方休。”

看他今晚这排场，一定是图谋不轨，也许他想通过酒精的麻醉来释放一下，无能的男人常常就是做这些无聊的事。

我们八个人一同举起杯子，大喊了一声“干”，然后就是一阵狂欢。

说是来 K 歌，但大家似乎并没有唱歌的意思，反倒是对喝酒情有独钟。

我对着谢文娟悄悄地问：“他们是你的什么朋友啊？”

文娟告诉我：“那三个女的都是我以前公司里的好朋友，这三个男的都是她们的男朋友，不过有两对才认识不到一个星期。”

听他这么一说，我终于明白了他们这次来者不善，一定是想把这几个傻蛋的女人灌醉，然后趁机享受一番。

为了保存实力，我开始有些敷衍，等他们喝过了头我再将他们彻底消灭。

文娟坐在我旁边倒是比较安静，不过那三个女人被三个男人纠缠住了，看她们的衣着打扮，也不是什么好货色，我心想随她们去了。

喝了几杯，显然那三个女的有些微醉了，一箱啤酒全部剩下了空瓶，这时那个猛男又要了一箱，看来他今天不达到目的誓不罢休。

文娟喝了三四杯，脸蛋红扑扑的，看着就让我疼爱。

我笑着说："你是叫我来 K 歌还是喝酒的啊？"

文娟不好意思地说："谁知道他们那么能喝？你想唱歌了吗？我帮你去点歌。"

我笑了笑说："我看你也喝多了，还是我自己去点吧。"

我走向了点歌台，搜索了一下，便点了《亲爱的你怎么不在我身边》，那首我每次去 KTV 都必唱的歌，其实除了这首歌，我也没有什么歌会唱的。

音乐响起来了，三个男人更加疯狂了，拉着他们身边的女人站在 KTV 中央扭起屁股来。

我拿起话筒深情地唱了起来，完全忘记了他们的存在。

这里的空气很新鲜
这里的小吃很特别
这里的 Latte 不像水
这里的夜景很有感觉
在一万英尺的天边
在有港口 View 的房间
在讨价还价的商店
在凌晨喧闹的三四点
可是亲爱的你怎么不在我身边
……

一曲结束，我还沉浸在自我陶醉中，想起了和林一梦在一起的每一瞬间，眼睛有些潮湿。

为了掩饰尴尬，我急忙擦了擦，然后走到文娟身旁坐下，这时他们都拍掌叫好。

文娟看了看我说："江枫，你想起了什么事吧？"

我不想让她看到我失落的心情，笑着说："没有，没有，我就是被这首歌感动了。"

猛男又拿起酒杯高喊道："一起干了，干了！"

那三个女孩子明显不行了，便躺在沙发上乱喊乱叫，其中的一个男人忍耐不住了，上前按住了一个女孩的胸，开始肆意地抚摸起来。

文娟见此情形，似乎有些害怕，抓着我的衣袖说："江枫，你看怎么办？"

我看到了该大显身手的时候了，于是端起酒杯走向了那三个男人，便说："兄弟，今天不醉不归。"

其中有一个男的喝得有些多，看来明显不行了，摆着手摇头说："不行了，不行了。"

但我说："今天不醉不算好汉，怎么说也要喝个痛快。这杯子太小了，干脆我们拿瓶喝怎么样？"

猛男虽喝高了，一听我这话，便又拿起一瓶喝了起来。

于是，我和三个男人都拿起一瓶酒喝了起来，其中两个一瓶没有喝完就倒下了。我看猛男酒量不错，便又和他干了一瓶。

猛男看到那两个男人，狠狠地骂道："真他妈的娘们。"

不过，喝完这一瓶，我还想继续喝，不到一分钟，猛男也成了娘们。

猛男虽然醉了，但嘴里还说："我要和那臭娘们上床，我要……"

谢文娟听了，脸红得像一个刚熟的柿子。

我对着她恶狠狠地说："你终于看清楚这些人的真面目了吧，这是什么男朋友，简直就是色狼。"

文娟才给我说了实话，原来那三个男人是网友，不过看他们开着车挺有钱的样子，所以也就跟着出来唱歌，她也没有想到会是这样。

听了文娟的话，我开始有些愤怒，但看她委屈的眼神，我也就没有多说什么。

"把你的朋友带走，叫这三个色狼继续躺着吧。"我对文娟说。

我叫来服务生说："今天由他们买单，等他们醒了你再收。"

我又叫来一个服务生，我们三个人一人扶着一个酒醉的女人走出了乌托邦 KTV。

她们醉得一塌糊涂，于是我们就把她们送到了附近一家酒店，开了一间双人房，费了好大劲弄到了床上，看她们安全了，我才和谢文娟走了出来。

为了体现男人的绅士风度，这次就好人做到底，打的把文娟也送到了她家楼下。

也许，文娟从来没有见过这种事，也因为我有些怒气，所以她一直没敢开口说话，不过从她的眼神中，我能看出她对我充满感激。

临离开时，文娟走上前紧紧地抱住了我，我明显地感觉她凸起的胸部紧紧地贴着我，也许是因为酒精的原因，我心里乱七八糟的，不过我还是保持了冷静，拍了拍她的背。

“谢谢你，江枫，要不是你，今晚肯定……”文娟有些惧怕地说。

我便开始安慰她说：“没事，以后注意点就是了。”

文娟点了点头，但她似乎没有离开的意思，也许是我的怀抱让她有些留恋。

安慰了她一会儿，看着她回家了，我也调头离开了。

20 在洗脚店里

一个人走在寂静无人的大街上，在街灯的陪衬下，显得那么孤单和落寞。遇见此种事，属情理之中，但也在我意料之外。

这个世间的人到底都怎么了？为了名、利、权和色奔波于灯红酒绿之中，人生就是为了追求这些吗？可这样的人生又有什么意义呢？一个个疑问充斥着我的大脑，让我在无处不在的矛盾中无法自拔。我想挣脱世俗的牢笼，却始终如在玻璃窗上的苍蝇，能够亲眼看到外界很美好，可怎么也找不到出路。

生活于我，是一种痛彻肺腑的绝望，这个世界还能有一双和我一样纯净的眼睛去守望生活，我想那也是一种莫大的安慰。

这时我想起了叶丽娜，她让我的生活充满希望。面对生活，每当我感到彻底绝望时，我就常常会想起，有一个深爱我的女人在另一个城市等着我，那也是对我最大的安慰。

叶丽娜现在干什么呢？她似乎有好几日都未曾联系我了，她是否依旧爱着我呢？人这一生，毕竟要有一个人爱着才感到幸福。

今夜，就在这种痛苦的折磨中无眠，就在这种对生活的反思中呐喊。

夜幕下，我的灵魂在舞蹈，我的梦想在燃烧，我的青春在呐喊。

又数日而过，因工作很忙，所以时间似乎也不够用，连好好睡一觉都要选个黄道吉日。

好不容易等到了周末，以为可以好好享受一下，到了宿舍却发现肖红又来了。

本来，我是不爱去过问别人的事，因为每个人都有自己选择生活的自由和权利。可问题是她的到来会影响到我的正常生活，我又将失去在自己床上睡觉的权利。

我跟肖红打了招呼，走进自己的房间收拾了一下，抱着几件衣服走了出来。

吴运才一看说：“兄弟，你这是干什么去啊？”

我没好气地说："我让房啊。"

吴运才听我这么一说，心里肯定乐开了花，满脸堆着笑容。

我又凑近他耳旁说："你享受了，可要付出代价的。"

吴运才看我让出了房间，慷慨地说："好说，好说。"

肖红看我让出了房间，站起来便直接向我的房里走去。

我把东西丢在吴运才的床上，心想这男人真是窝囊，搞个女人也要占领别人的床。

这时，路宁远打来了电话，约我到城中村的烧烤店见面，说有事要和我谈。

在我出门时，我又听到了肖红有些"销魂"的浪叫声……我突然有一种感觉，这里并不属于我，我需要寻找另一个安静之地，那里没有吵闹，没有女人的浪叫，也没有人来扰乱我平静的心。

路宁远很早就在烧烤店里等我了，看我走进去，忙向我招手喊道："兄弟，过来，到这边来。"

我坐下之后，便直截了当地问："有什么急事，非要来这里商谈？"

路宁远却笑着说："也没有什么，就是怕你不来，我来个先斩后奏，所以就找你来喝酒了。"

听他这么一说，我心里倒是平静了许多，所以也有了吃肉喝酒的兴趣。

我们俩要了几瓶啤酒，就这样一边啃鸡腿一边喝酒聊天，不知不觉地就聊到了叶丽娜。

"你和娜娜到底是什么关系？"路宁远吃着鸡腿，装作有心无意地问我。

我想了想说："说实在的，我也不知道该说是什么关系，不过我挺喜欢她的。"

"我感觉得到，娜娜对你是真心的，不过总是感觉有些不对劲。"路宁远盯着我看。

我心里有些发懵，难道他知道了我们之间的那些事了？

我也装作一本正经地看他，然后问："哪里不对劲？"

路宁远探测地说："你们之间是不是已经那个了？"

我没有回答，只是轻轻点了点头。

路宁远笑着说："难怪那丫头走的时候都偷偷流泪，看来她的心完全归属你了。"

"是吗？当时我上班没有时间去送她。"我也有些难为情地说。

"她最近跟你联系了吗？"路宁远对我说。

"她的手机老是关机，我也不知道怎么回事。"联系过几次，都是关机，所以我想知道叶丽娜到底怎么了。

路宁远举起了酒杯，和我干了一杯后说："这丫头，从小就没有受过什么委屈，做事一向不顾后果，但她对爱太过执着又放纵了。"

我没有说什么，只是默默地点了点头。

"你是不是不喜欢她？"路宁远话题一转问我。

"我也说不上，即便我们之间毫无遮拦，但是我总是把她当成我最亲的人一样，似乎离爱情有点远，可也超越了友情。"我认真地分析道。

路宁远若有所思地点了点头说："据我所知，也许是她知道你并不爱她，但她很爱你，所以她就开始拒绝和你接近，她这样可以逼你忘记她。"

我想叶丽娜真是用心良苦，或许这个世界上再也找不出第二个这样对爱情如此无怨无悔的女孩子了。

想到这里，我心里也有些不好受，我不知道自己该怎样做才能回报叶丽娜对我的爱，她为爱付出了一切，而我似乎只是一个索取者。

路宁远看出了我的心思，便安慰道："其实也没有什么，娜娜就是那种女孩子，她不会纠缠着一个人不放，所以她想怎么做你就让她怎么做吧。"

我想，正是因为她如此，才让我放心不下，她是个对爱无所求的女孩子，才会让我忏悔一辈子的。

我没有多说什么，举起杯子和路宁远干了一杯。

"你最近忙什么，我听娜娜说你好像找了个女朋友？"我转移话题问路宁远。

路宁远又喝了一口酒说："是找了一个，但是又分了，她见网友去了。"

我看路宁远有些难过，轻轻地说："这样的女孩子不值得你去爱。"

路宁远有些无奈地笑了笑说："没有什么，不管那么多了，我们还是喝酒吧。"

吃饱喝足，都有些微醉，我们便走出了烧烤店。

在这个城市，城中村的热闹绝对是非同凡响，各种娱乐休闲活动也是应有尽有。

路宁远说："兄弟，我请你去洗脚，彻底放松一下。"

说心里话，我对这样的休闲没有一点兴趣，当然也就从来没有去过，我总觉得让别人给我洗脚有些不舒服，尤其是一个年龄比我大好多的人，心里感到愧疚。家乡有一句话，说一个人一无是处时常用"连给我洗脚都看不上"来形容，所以洗脚被我认为是一种最为低贱的赚钱方式，当然这也许是我的偏见。

路宁远不容我迟疑便把我拉进了一家洗脚店，刚走进去几步，便有三五个妙龄女孩走上前问长问短，似乎我们是她们的亲爹一样。

我左右看了一下，这里的设施还不错，有空调有沙发，而且每个洗脚者都有独立的房间，且有一个小门，我想那也许是专门为那些想在这里“潇洒”一下的人用的吧。

路宁远对着小妹们说了一句：“我兄弟刚来，要照顾周到。”

三个小妹微笑着说：“大哥，好、好，没有问题。”

路宁远对着我说：“兄弟，你选一个吧。”

我心想：洗脚还需要选什么，而且她们三个长得都还不错。

看我愣在那儿，一个小妹走过来拉住我的胳膊说：“看来大哥不好意思，我给你洗吧。”于是，我就这样被一个比我小几岁的女孩子拉进了一间小房子，她关好了门，在木盆里倒上了洗脚水，然后叫我脱掉鞋子和袜子。

她一边帮我洗，一遍帮我揉，她看来还是比较专业，都在脚的穴位上揉，所以感觉很舒服。

“大哥，你是不是第一次来啊？觉得怎么样？”洗脚妹笑着问我。

“是啊，还不错。”我简短地回答。

她看着我笑了笑，又逗我说：“你看起来很老实啊。”

我老实吗？从我生下来那一天，我就从来没有听人说我老实过，往往是因为调皮捣蛋，有人说猴头猴脑的，却不知一个洗脚妹竟然说我很老实，这是我这辈子听到的最高的赞誉。

“是吗？怎么才算是不老实？”我想探个究竟。

洗脚妹对着我笑了一笑，说：“别的人进来都不是你这样子的。”

我有些奇怪地问：“那是什么样子的啊？”

“你是不是故意逗我玩啊？”洗脚妹露出羞涩之情，不知道是装的，还是她真的不好意思。

“我是真不知道，这不是第一次来嘛。”我解释说。

洗脚妹轻轻地说：“他们都要求这个那个的，我都应付不过来。”

她这么一说，我算是有些明白了，大概也就是那意思，所以也就没有再说什么。

突然，我们俩都沉默了。

脚洗完了，她对我说：“我帮你按摩吧。”

“你们这里洗脚也按摩吗？”我有些惊诧地问。

“这是我们的特殊服务，是为了让顾客更舒服。”洗脚妹解释说。

于是，我就躺在沙发上，她就从脖子一路按摩下来，我闭着眼睛享受。

她在我的大腿上按摩了一下，手就伸向了原本她不该去触摸的地方，我突然睁开了眼睛。

她用手轻轻地摩擦我那里，笑了笑说："舒服吗?"

我突然翻站起来说："可以了，我想出去了。"

洗脚妹被我的举动震住了，有些求我说："时间还没到，你要是出去老板会怪罪我的。"

看来这家按摩店的服务真是严格，为了不让洗脚妹难堪，我就坐下来和她聊天。

原来她是从四川农村里出来的，家里有个弟弟上学没钱，所以她就来到这里打工赚钱了，曾经还遭受过顾客的非礼，她也只有忍气吞声了。听她说得很艰难，我的心也一软，临走的时候还多给了她五十块钱，当是小费了。

我把这事对路宁远说了，他笑得弯下了腰，说按摩店的女的都是这样的，为了获得别人的同情便把自己说得比谁都可怜，结果她们天天穿名牌戴钻戒，过得比谁都潇洒。

不过，我坚信她没有骗我，从她的眼神中我可以看得出，她确实是有很多的难以言说的委屈和痛苦。

和路宁远告别后，我一直想去那个按摩店看看她是否欺骗了我的真诚，不过又一想，这不是犯傻吗，何必管那么多呢?钱也给了，就当她说的是真的，反正那样的地方我不会再去第二回了。

21 略施小计

回到宿舍时，已经是十二点多了。

陈军继续玩网游，吴运才和肖红在我的房间或许还在继续进行他们快乐的性福生活。我躺在沙发上打开了电视，五十几个频道从头播到尾也没有好看的节目，于是关了电视。

拿了本杂志躺在床上看，有一篇题为“52 个字的力量”的文章深深地吸引了我，说的是一首只有五十二个字的诗，或者说算不上诗的诗，因为没有炉火纯青、掷地有声和力透纸背的词汇，却用简单的话语表达了两个人之间的生命对话。我想：文学之所以越来越枯燥，就是因为太多的人把文字当作工具，而没有加入个人的情感和爱，所以失去了真实性和可读性。

手机短信息铃声响了起来，我一按手机看到是刘可敏发来的信息，说明天中午要我请她吃饭，叫我不要找任何理由和借口拒绝，因为她已经做了详细周密的调查，知道我明天没事干。

我想：既然你要我请你，那就不要怪我了，反正我怎么也要略施小计捉弄一下她，这样才能叫她彻底明白男人并不是好惹的。

其实，计谋早就想好了，所以我就等着明天中午表演了，我想刘可敏要是真上当受骗之后，她愤怒的脸或许将更加好看，我喜欢看一个美女生气的模样，毕竟很少有人能够看到。

在梦中，我看到了刘可敏和林一梦坐在一起，她们都虎视眈眈地看着我，好像要把我吃了一样，不过我还是从虎口脱险，最终用智慧战胜了她们……

第二天，早上的时间差不多都是为了中午开展工作做准备。洗了头发，刮了胡须，穿上从苹果专卖店买来的休闲套装，然后站在镜子前看了不下五次，觉得这样可以塑造一个全新的自我，不过这样做全是为了如果我的计策得逞的话，我至少在她心目中可以保持一个良好的形象，总不能第一次约会连形象都被破坏，那样我就有些得不偿失了。

我们相约在城中村附近的一家西餐厅，主要是因为那里的环境优雅，而且可以营造很好的情感氛围，同时也方便我们谈话，还有一点就是那里的消费似乎也不便宜，所以综合了各方面的因素，我就提议去那里。刘可敏一听乐坏了，她说自己也很少去西餐厅，所以也特想去看看。

大凡谈过恋爱的人都尊重一个不成文的规则，约会最忌讳迟到，所以我很早就站在西餐厅门口等她了。

大约十分钟后，远远看见刘可敏穿着和那天一样的洁白色连衣裙走了过来，我向她微笑着招了招手。

她到了我面前说："不好意思，让你久等了。"

我从头到脚夸赞了她一番，说她美若天仙，气度非凡。我也怀疑自己竟然厚着脸皮说了那么多恶心的话，不过有一点值得肯定的是，她今天确实如我所说的那样漂亮，只是我一般不会直言去赞美一个人，但刘可敏例外。或许是我们之间早就有过三次的不期而遇，这次是相约在一起，所以感觉就如同见了老朋友，我彻底放松了心情，思维也就变得很活跃。

刘可敏听了我的赞美之词，有些不大相信地说："我觉得你今天好像是见了七仙女一样，而不是我。"

我憨厚地一笑说："你嘛，甚似七仙女，不然我也不会千里迢迢跑来专程约你吃饭。"

刘可敏知道我是在调侃，便说："没有想到，第一次见你哭哭啼啼的，现在却如此生龙活虎。"

这小美女真是毒辣，竟然还不忘记我那些尴尬之事，故意叫我难堪。

"那是过去，过去，你也不是和我过意不去吗?"我有些愤愤不平地说。

"那是因为你……"刘可敏没有继续说下去。

服务员走了过来问："先生，请问你们想喝什么?"

我向刘可敏看了看，看她什么意见。

刘可敏对我说："我随便。"

我也顺口说："我也随便。"

服务员笑了起来，又说："你们真有默契，那到底你们是喝什么呢?"

真会说话，这算什么有默契，不就是两个毫无主见的人坐在一起罢了。

刘可敏听服务员如此说，微笑着说："那给我来杯冷奶茶吧。"

我跟着说："我和她一样。"

服务员看着我笑了笑，我也向刘可敏笑了笑。

不一会儿，另外一个服务员拿来菜单点菜，我不知道吃什么，因为我很少进西餐厅。

不过这里不算是正宗的西餐厅，其实里面也有中餐。刘可敏点了中餐和西餐，算是中西合璧，不过似乎显得有些不伦不类。

我端起杯子示意和她干杯，然后说："现在不用隔空传情了，可以近距离和你碰杯了。"

刘可敏微微一笑说："你还记得上次吗？那是我父母在。"

我故意提高声调说："难道您忘记了？"

刘可敏看了看我，扑哧一笑说："江枫，我怎么觉得你今天怪怪的，到底怎么了？"

我装作若无其事的样子说："我一向都是这样的，以前那是你不了解我，现在你了解我了吧。"

刘可敏点了点头笑着说："看来我该重新认识你了。"

我心里偷偷一乐，那你可真要好好地认识我了，不然说不定你走出这个门转眼忘了我。

这时，点的菜端上来了，我向她客气了一下，便拿起筷子吃了起来，因为我必须提前吃饱，然后才能进行下一步计划。

刘可敏看我十分着急的样子，有些关心地说："你今天很饿吗？怎么吃那么快，那样对身体不好。"

我边吃边笑着说："昨天晚上我都没有吃饭，所以饿得不行了。"

她看着我狼吞虎咽的样子，却咯咯地笑了起来。

这男人啊，有时候在女人面前确实需要装傻，因为只有这样才会被女人认为可爱。要是一贯装得很绅士，往往激不起女人的母爱心理，所以她们就会认为男人太过呆板，不能让她产生好感。我想：刘可敏此时看我的表情，一定和我母亲看我吃饭的表情是一样的自然，一样的美丽，一样充满温暖。

我吃得差不多了，不过看刘可敏还没有吃多少，所以我也有些于心不忍，必须说好听的话让她高兴，然后刺激她的味蕾，以达到增加食欲的目的。

我说了几个冷笑话，她反而只笑不吃了，所以我就尽量控制，但不管我怎么说，她常常听着我的话时就忘了吃饭。

这样东拉西扯聊了许多，差不多也有一个小时了。我便略带诗意地说："美丽的你和美丽的梦、美丽的诗一样，都是可遇而不可求的，常常在最没能料到的时刻里出现。今天是我吃得最多的一次了，看来和美女吃饭也能增加食欲。"

刘可敏看了看我说："少贫嘴，多吃点，你们北方人是不是都很贫？"

我笑着说："这完全是没有任何科学根据的猜测，所以你的问题都不能成立，我自然就不能给你一个准确的答案了。"

刘可敏露出两个小酒窝说："看，你又贫了。"

我顺口便说："那我就不贫了，我要去趟洗手间，美女慢慢享用啊。"

临走时我向她深沉而又含蓄地一笑，便溜了出去。

我绕过洗手间大门，并没有进去，而是从餐厅的大门大摇大摆地走了出来。

来到大街上，我想刘可敏知道我逃跑后的表情，我就感到十分有成就感。

过了大约五分钟，刘可敏打来了电话，我接通后便说："美女，还在继续享用啊?"

刘可敏听我语气有些不对劲，便说："江枫，你现在在哪?"

我在电话这边笑着说："不好意思，大克星，我请客，但你买单。"

刘可敏听到我这么说，她气愤地说："江枫，你这个大色鬼，你这个大混蛋，竟然敢耍我。"

然后她很生气地挂断了电话，我却在电话这边笑得更开心了。

原来，成功捉弄人也是如此有成就感的一件事，这也是我不曾预想到的。

22 反间计

接下来一周多时间里，刘可敏没有和我联系过，我想她可能真的生气了，所以我不免有些担忧，这原本不是我的目的。

有一次，我借工作事务专门去她工作的信息化展示部门找她。走进去我看到许多现代化的信息系统平台，更让人过目不忘的是站在每一个平台前面的美女讲解员，可以说她们每个人都很漂亮，绝对是这个公司里面经过一系列的选美活动精心挑选出来的，要气质有气质，要身材有身材、凹凸有致，风情优雅，站在那里像一个个模特儿。而刘可敏的美绝对是脱俗的，她除了具备其他人的美之外，还有一种让人难以忘却的妩媚之态，恰恰这就是很多美女所不具备的。从一个男人欣赏女人的角度来看，女人的美一旦和媚态完美地结合起来，就能让人永难忘却。

曾经，男同胞们都拜倒在女人的石榴裙之下，可如今男人都开始拜倒在女人的媚态之下。社会发展了，各式各样的超短裙也是层出不穷，有些时髦的女人甚至只穿内裤不穿裙子了，所以男同胞们见多了也就失去了兴趣。

刘可敏看见了我，依旧一脸的冷漠，像是从来不认识我一样。

我走过去跟她打招呼，她只是习惯性地回应了一下，算是她的工作范畴之内，我猜想她原本想拒绝，但为了她那神圣的工作，所以还是保持了优雅的态度。我想，连生气时都那么优雅，真是难为她了。

我便说："克星，还在生气吗？对不起，是我的错。"

她一脸冷漠地说："先生，您说什么，我听不懂，如果你没事请不要打扰我工作。"

她说话的声音有些大，所以招来旁边几个同事的关照，都走过来问她发生了什么事，然后都一脸疑惑地看着我，以为我欺侮了刘可敏，都要为她"报仇"。

我看那么多的美女齐刷刷地站在那里傻傻地望着我，所以我就知趣地离开了，这事也让我郁闷了两天。

这一周多的时间，差不多就在小小的成就感和挥之不去的郁闷的煎熬中度过。我也总结出了一个道理：捉弄一个女人和爱一个女人一样，也是需要付出惨重的代价的。

在这最为难过的时光里，幸好还有谢文娟多少可以让我变得快乐一点。也许是因为上次我帮了她，她一直心存感激，所以想请我吃饭，我拒绝了两次，但这个周末中午她执意要请我，所以我也就没有理由拒绝了。

谢文娟可能是为了照顾我的饮食习惯，选择了一家比较有名的川菜馆，不过她可能不知道我更钟情于吃面。

点完了菜，我和谢文娟面对面坐着聊天，我把她从上到下打量了一番，算是满足一下我的眼福。

她今天穿着低胸短袖衫，超短裙，至少有三分之一的身体露在外面，那些被遮掩起来的，恰恰是每个男人最为感兴趣的地方。由于衣服很薄，我能透过她的衣服隐隐约约看到她胸前的一片大好春色，食欲一下子减弱了许多，反而性欲却膨胀了起来。

大概我看的时间久了点，文娟发现了我贪恋的目光，她稍微挺了挺胸，这样更方便于我从各个角度去审视她。

文娟问我："我今天漂亮吗?"

她这样直接问我，反而让我有些难以回答。老实说，她今天是很漂亮，不过让我感觉更多的是丰满、性感等一些和性有关的方面。

我看着她笑了一下说："很漂亮，不过你今天更性感。"

文娟听我这样调戏她，脸微微有些红，略带撒娇地说："你太坏了，就喜欢乱说。"

这时，菜上来了，我们便开始吃了起来。

文娟时不时给我夹些菜，搞得我有些不自然，说心里话我还从来没有受到过此种待遇。

我一边吃着菜，一边回味着她筷子上残留的唾沫，心想这应该算是"间接接吻"了，心里美滋滋的。

这时电话响了，我一看是刘可敏，让我有些意外。

接通电话，刘可敏在电话那边有些哭泣地说："江枫，你在干什么？我的钱包被人偷了，现在回不去了，你快帮帮我。"

听她这么说，我也有些着急，急忙问了她地址，又安慰了几句，说我马上就到。

挂断电话，对着文娟说："你慢慢吃，我朋友有事，我要赶过去，不好意思。"

看我很着急的样子，文娟虽有些不高兴，但还是对我说："你快去吧，小心点。"

跑出川菜馆，原来外面下起了大雨，我心里直骂这鬼天气，在街边小店买了一把伞，竟然花了我将近五十元，堵了一辆的士，便直奔刘可敏电话中说的地址。

不到十分钟就到了，外面的雨更大了。我下了车，刚撑开伞，一股强风卷来，伞就坏了，身体全部被雨水浇透了，我又骂店老板。

不过心想，要是刘可敏看到我这种情形，一定大受感动，说不定还会投入我怀抱，所以我心情稍微好了些。

我打了打她的电话，结果没有人接，我又在附近转了转，但还是没有看到，浑身湿透了，我直打冷战。

就在我等得有些绝望时，收到了刘可敏发来的短信。

"江枫同志啊，对不起了，没有想到你也会有今天吧，这叫反间计。"

我一看短信，才知道上当受骗了，所以怒火冲天，一下子丢了那破伞，站在街边上拦了一辆的士。

一上车，原来是个女司机，看我把自己弄成个"落汤鸡"，便对着我说："怎么了，失恋了？"

我怒气冲冲地说："少废话，开你的车。"

女司机看了看，再也没有说话，我感到自己说话太重了，也没有必要对着她发怒。

过了一会儿，我便说："对不起啊，我……"

我在车上的反光镜里看到她笑了笑说："没有关系，顾客就是上帝嘛。"

我不知道说什么好，就那样默默地坐着。

她一只手递给我一条洁白的毛巾，说："擦擦吧！"

我也感到有些奇怪，她的车上怎么有这么干净的毛巾，但还是接过来擦了擦，一股清香扑鼻，让我感觉温馨和陶醉，可我却忽然打了一个喷嚏，身上一阵冰冷。

到了我住的楼下，女司机停住了车。

我付钱的时候说："谢谢，你的毛巾？"我拿着她的毛巾抖了抖，意思是要不要给她多些钱。

她笑了笑说："没事，这是我们应该做的。"

她又递给了我一张卡片，甜蜜一笑说："有事找我，随叫随到。"

她的笑容化解了我心中的愤怒，我也对着她一笑，说："谢谢你了。"

看着的士离开了我的视线，我突然感觉有一丝牵挂，她的笑容和服务在我心中留下了一种让我熟悉的感觉。

我也不怎么气愤了，这次被刘可敏戏弄是在情理之中，可没有想到我竟然就这样轻而易举地被骗了，我甚至开始怀疑自己的 IQ 了。

刘可敏又发来了短信：“不好受吧，干吗把伞都摔了，这是报应。”

原来，她就站在离我不远的地方看我笑话，我心里虽不大舒服，但也无所谓了。又一想，她最近一定想着要耍我，说明她每天都没有忘记我，当初假装不理我就是为了引我上钩，看来这绝对是一个聪明的女人。

“好，刘可敏，我这辈子不会放过你，你就等着瞧吧！”我的用意是要和她保持某种关系，但还是用一种略带愤怒的语气在短信里向她宣言继续这样斗下去。

“这话应该我说才是，谁叫我是你的大克星呢？”

也许是她看到我当时愤怒的行为，怕破坏我们之间的友谊，所以才说这种有些暧昧的话，我看着短信息笑了笑，便抱着被子开始睡觉了。

23 按摩店里

这一觉，睡到了第二天早晨七点，我醒来时发现浑身发软，看来真要生病了。

吴运才推开门喊："兄弟，起床了，上班时间到了。"

我说："我可能要生病了，你过去帮我请个假吧。"

吴运才走进来看了看，问要不要送我去医院，我笑着说："死不了，就是有些感冒，睡一天就没事了。"

吴运才离开时，叮嘱我有什么需要就给他打电话，便和陈军匆匆出了门。又睡了大概两个多小时，手机铃声把我从梦中叫醒。

我没有给吴运才打电话求救，倒是谢文娟给我打电话慰问。也许是吴运才那小子过去添油加醋地说了一番。听说我生病了，文娟用温柔的语气问东问西，确实让我有些感动，大概人在生病的时候是最脆弱的吧，最需要的就是安慰。

我躺在床上看着天花板，浑身有气无力，心想刘可敏这次可真害惨我了。

手机响了，我没有看是谁便接通了。

"江枫，你怎么没有来上班啊？"这声音好像有些熟悉。

"你是哪位？"为了不发生误会，我还是先要把身份核查清楚。

"晕，我是刘可敏，你不记得了？"刘可敏在电话那边说。

我一听是刘可敏，既感动又有些恼火，便说："你怎么打电话过来了？"

刘可敏有些开玩笑地说："怎么了？还在生气啊？是我对不起你，搞得你这个大帅哥生病了。"

听她这么说，我心里一点怒气都没了，不过我还是假装生气。

"现在你胜利了吧，等我好了不会放过你。"我其实是想告诉她我一定要把她追到手。

刘可敏安慰道："好，好，我投降好了吧，不过你并不严重吧？"

"能不严重吗？都被你放倒在床上了。"我说这话好像有点别有用意。

“你记得要吃药，下次我一定请你吃饭，算是将功补过了。”刘可敏用真诚的语气说。

挂了电话，心想这丫头还算有心，要是她真不理我那我就亏大了，一想到这个我浑身似乎有了劲。到楼下药店买了点药吃了，然后好好地睡了一觉。

等到晚上的时候，病差不多好了。吴运才拉我到外面一起去吃饭，我也有点饿，就跟着他去了。

吴运才大概是因为最近床上劳累过度，走路时都有些东倒西歪，一个结实的大男人瞬间变得如此憔悴，实在有些让人不忍心。

我一看他那样就说：“兄弟，你劳累过度了吧？”

吴运才无所谓地说：“这算什么，一点问题都没有。”

我心想：要是有问题，搞不好你早就挂了。

吴运才还是色性不改，继续和我谈论女人。他说和肖红是有些玩过度，他也不想继续了，肖红毕竟有些老了，摸起来也没有感觉了。最近他新结交了师院的一个网友，在视频里面看到身材很火爆，所以他想把目标转移到那女大学生身上。

我想：现在的男女怎么都变成这个样了，难道除了性就没有别的东西可谈了？性，应该说只是和谐生活的一部分，但是很多人却将其当成了生活的全部，甚至为了图一时的快感和享受而不惜一切代价。

我没有理由去批驳吴运才，因为有这种想法的男人很多，包括我自己也不是吃着碗里的瞧着锅里的吗？所以我想起了叶丽娜，她对爱情的绝望不是没有原因的，这不正说明了她对所有男人的绝望吗？想到这，我有些心痛。

因为我生病，我们俩就没有喝酒，随便吃了点东西。

回来的路上，吴运才拉着我去按摩，说什么按摩可以减轻感冒带来的疼痛。我明知这是他的屁话，但还是跟着他走进了一家按摩店。从上次和路宁远去洗脚店之后，我就对这样的场所有了一个大概的了解，大多都是挂羊头卖狗肉，所以去了才知道是干什么的。

几个小姐很热情地招呼吴运才走进了一间房，我也被一个看似有二十来岁身材很火爆穿得很性感涂抹了香水的女人拉进了另一间房。一进房，我就知道是怎么回事了，房间里面是暗黄色的灯，只有一张很大的床，不过也有洗手间。

按摩女一进门完全就是另一个样了，本来就没有穿多少衣服，她三下五除二就脱光了上衣，胸前的两座富士山像是在火山爆发前一晃一晃的。她看我愣住了，便走过来双手搭在我的肩膀上说：“先生，你要做什么啊？要不要先来个鸳鸯浴？”

我有点慌张，急忙推开她的手说：“我……我不做什么。”

按摩女有些调戏地说：“来这里还害羞啊!”她把我拉到床上。

看我没出声，她继续说：“要不我帮你按摩?”

我本想冲出去，但她却牢牢地抓着我的手，把我按倒在床上，她的手开始在我的身上抚摸起来。

“先生，你的身材好棒啊。我们这里服务种类很多，你要做哪一种啊?”她继续向我推荐她们主打的产品。

我听了她的话，有点不明所以，除了听说过推油，其他的我根本就没有听过。

“那都是做些什么?”我有些不解地问。

按摩女微微一笑说：“看来你是第一次来吧?”

她一边向我介绍，一边模拟演示，听得我都傻了眼。谁发明的这些词语，真是侮辱了中国的汉字。

按摩女看我还不上钩，便脱掉了她的内衣，然后用呻吟和身体来诱惑我。

我一看情况不妙，要是不趁早脱身，恐怕真被她诱奸了。

趁按摩女不注意，我一把推开她，快步走出了房间，直冲出了按摩店。

走出按摩店，我听见老板喊我，不过也没有追出来，大概是因为吴运才还没有走，她也不怕没人付钱。这时，正好过来一辆的士，我上了车才发现是那天的那位女司机的车。

我们俩都惊讶地看了看，她最先笑了。

“你也去这种地方玩啊?”她随口问我。

“没有，是我朋友去……”我有些语无伦次地说。

她笑了笑，再也没有说什么。

我下了车，她还是那句话，“有事找我，随叫随到。”

我进了房间，陈军好像还没有回来，便躺在沙发上看电视。

约半个小时后，吴运才也回来了。一进门就对着我说：“兄弟，你怎么回事啊?”

我有些怨恨地说：“你不是叫我去按摩吗?谁知还是搞那个的。”

吴运才嘿嘿一笑，向我赞叹地说：“那里面的女的很棒的，技术也熟练。”

看来他这次真是满足了，不然也不会这样感叹。和肖红上床后，他最多也就是说肖红性欲很强，真是女人三十如狼，但对按摩店里面小姐的赞扬，看得出比肖红更让他满意。

外面突然下起了大雨，我站在窗前看着夜色中的这个城市，心中百感交集。

这一场突如其来的大雨，没有闪电，也没有雷鸣，却接连下了半个多小时都未停。路灯照耀下的大街，如同一条浅水河，车辆过去，水花飞溅数米高，天地间只有雨滴声，一切无声的呻吟和呐喊都被湮没了。

听着窗外雨滴声，我内心却一片宁静。城市的喧嚣离我而去，此刻留在身边的只是浮华褪尽后的安静。

听着窗外的雨声，我渐渐进入了梦乡。

24 爱情通行证

转眼间三个月时间过去了，我不知道自己干了些什么，什么梦想啊事业啊，似乎都是空谈。我每天痛并快乐着，快乐且疯狂着，和这个城市里面所有的上班族一样，过着朝九晚五简单而平淡的生活。

我和刘可敏之间化干戈为玉帛，彼此没有了捉弄和戏耍，也似乎变得有些疏远了，大概只能做最好的朋友了，虽然我更希望她成为我的另一半，可是我也不知道是不是会变成现实。

我和谢文娟，除了同事之间的关心似乎还有些暧昧，但一直保持那种若即若离的关系。要是心情好了说不定凑在一起吃顿饭逛逛街，要是郁闷了谁恐怕都不会想起谁。至于其他人，他们都过着属于自己的生活，我也懒得去理睬，因为那都不是我想关心的。

有一天上班无聊，我便打开了个人邮箱，看到了叶丽娜一个月前写给我的一封短信：

江枫哥，对不起，请原谅我只能这样说。从离开你之后，就从来没有联系过，说句心里话，我很想很想你，但是我怕要是和你联系，我又控制不住地去思念。

思念有时就如同吸毒一样会上瘾的，也可以将我彻底毁灭，所以我只有用这种无情的方式结束我们之间的牵挂。我不知道你是否真的爱我，或许就是一个大哥哥对一个小妹妹的那种单纯而简单的爱吧。当你完全占有我身体时，我觉得你是爱我的，我甚至怀念你那结实的身体。不过，我希望你不要把我当成一个懵懂的女孩，而是看成一个有血有肉的女人，或激情或放荡或美丽，因为我早就是一个女人了。

江枫哥，虽然我爱你，你或许也爱我，但我们之间没有谁对谁承诺，也不存在谁对谁负责。我和你在一起，是出于我自愿，我也希望你不要放在心上，因为我知道你并不真正爱我。当你在梦中喊着另一个女人的名字时，我的心在流血，我甚至希望你哪怕是只有一天完全属于我，可那也是不可能的。那么，就让我记住幸福的时候，忘了其他的一切吧，包括爱和那些抹不去的伤痛。

最后告诉你一件事，我们学校有一个男孩子很喜欢我，所以我会和他在一起的，希望你快乐、开心，忘了我。

看完了信，我心里一阵刺骨的痛，是那种说不出的难过和无奈。

也许，我们之间过去的一切只能永远停留在最美好的记忆中，这是我最不愿看到的，也是我无能为力的。她的爱让我深感愧疚。但在此刻，我只能深深地祝福她了。

下班后，我一个人坐在办公室里，反正回去也是无聊，还不如坐在这里利用公司的电脑在网上云游一番。再说了，这里的网速比我自己的要快好几倍。

关了办公室的门，我一个人开始在网络聊天室里面乱侃。理由只有一个，纯粹是因为无聊。

突然有人敲门，我急忙关了聊天室网页，便说："请进，门没有关。"

一看，原来是刘可敏，她怎么跑到我的办公室里来，确实让我有些意外。

刘可敏笑着说："很奇怪吧，色鬼，你怎么还在办公室？"

不知从什么时候起，她就给我起了这么一个绰号，我一直弄不明白哪里对她色了，却招来她给我留下如此美名。

"你怎么知道我在办公室？"我奇怪地问。

"我是百事通小姐，对你的行踪了如指掌。"刘可敏很自信地说。

我看见她穿着职业装，一定是下班前在门口等我，看我没有出去就直接上来找我了。她的那点小聪明，我稍稍一动脑筋就猜到了。

我站起来给她让座说："你找我又有什么事？"

"没事就不能找你？"刘可敏眼睛一瞪，拉起我，坐在我的椅子上伸直腿，好像很享受很舒服的样子。

"那倒不是。"我微微一笑说。

我站在她身后，她躺在椅子上，我低头一看，可以清楚地看到她的胸，不禁心头一热。

刘可敏发现了我看她那里，没有故意遮掩，却说道："眼睛放规矩点，不要乱看。"

我又多看了一眼说："别想多了，像你这种飞机场型的我是不感兴趣的。"

刘可敏听我这么一说，脸骤然变红了，对我说："你说什么呢？"

我连忙说："啊，啊，没有说什么。"

刘可敏并没有生气，看来我在她心目中的印象不会因为一句色话而彻底破坏，不过我是什么样的人，她其实早就知道了。我想：反正已经背上了"色鬼"的罪名，色一下又怎么了。

"周末有没有时间？"刘可敏问我。

"那要看你是干什么了？"我试探性地问。

"真小气，做什么都讨价还价。"刘可敏又斜着眼看了我一下。

"那当然了，你是我的克星啊，不问清楚我是要付出惨重代价的。"

刘可敏听我这么说，满意地笑了起来。

"去东海岛玩不？"她在转椅上转过身对着我说。

"你早说啊，那可是我的梦想啊，是和你一个人去吗？"我有些激动地问。

"你想得美，和我们部门的同事一起去。"

"那你为什么还叫上我啊？"

"我们是一起去玩，不是搞什么活动，所以我就问问你想去玩不，不想去就算了。"刘可敏站起来装作要走的样子。

"别，别，我去，一定去，还不行吗？"

刘可敏听了有些高兴地说："那好，你今晚必须请我吃饭，算是对我给你带来这么一个好消息表示感谢。"

"看，看，果然是需要付出代价的。"我终于明白了她的用意。

"你要是不去就不用请我吃饭了。"她直逼着我的眼睛说。

"我去，我去。"我急忙说。

"那就请我吃饭。"她又露出了胜利的微笑。

为了弥补上次我给她幼小的心灵造成的创伤，她要求再去那家西餐厅大吃一顿，表示我的道歉。

进了西餐厅，人不多，我们不约而同地走到上次的座位，我们又面对面地坐在一起。刘可敏还是点了同样的菜，要了同样的饮料，看来她什么都没有忘记。

我有些明知故问地说："你怎么点了和上次一模一样的菜啊？"

刘可敏反而装起了糊涂，说："是吗？我怎么不记得了。"

她这么一说，好像是我从来没有忘记一样，也表明了我还记着和她在一起的每个时刻，在气势上她又赢了我，我不得不佩服这个聪明的女人。

她这次提醒我说："今天你别想逃跑了，我非好好宰你一顿不可。"

我继续调侃道："我听这话好像充满火药味，你是不是天天想着整我才舒服呢？"

刘可敏撅起嘴巴说：“谁叫你说我是你的‘克星’呢？”

我反击道：“那你不也说我是什么‘色鬼’吗？”

刘可敏义正词严地说：“我说的全部是事实。”

我心想：要是我真色一下也好，不然背负这个罪名也太冤枉了。

吃饭的时候，中途有一次我去上洗手间，她竟然怕我溜走，守在门口看着我。

我走出洗手间，看她像个侦探的模样，就说：“也没有必要那样吧，我不会跑的。”

刘可敏说：“那我还是要防着点，吃一堑长一智。”

我故意引她上钩，便说：“那你能防我一辈子吗？”

刘可敏毫无戒备地说：“能啊。”

我哈哈一笑说：“那我倒是愿意。”

刘可敏发现自己说错了话，急忙说：“我才不愿意呢。”

我们就这样在语言的明争暗斗中结束了这次美好的聚餐。我送她到她家楼下，她拉着我的胳膊，温柔地说了一句：“谢谢你送我。”

我调侃地说：“不请我上去坐坐？”

她甩开我的胳膊说：“你还没有拿到通行证。”

看她招了招手上去了，我也就打道回窝了。

25 护花使者

周末上午，天气晴朗，万里无云，我的心情也特别好，看来将有一个不错的旅行日。

为了迎接刘可敏，我早早就出了门。可当我到达我们预约的地点时，刘可敏和她们部门的同事早早就等在那里了，不过都是清一色的女同志，这完全出乎我的意料。看她们个个长得像花一样，有几个我以前看到过她们穿工作服的形象，不过今天全部都是一身时尚休闲打扮，看着让人又是另一种享受。

她们是很漂亮，但是站在刘可敏旁边，又显得有些逊色了。刘可敏今天穿一套时尚运动装，脚穿运动鞋，是一个阳光女孩的打扮。

我走过去和她们打了一声招呼："美女们好。"

刘可敏先一一向我介绍了一下，不过说到一个叫雪儿的女孩时，我特别记了一下她的名字，因为她的胸既大又高，真可谓："此乳只应天上有，人间哪堪与比试。"我甚至猜想，她是不是去做过隆胸手术。

"小敏，你朋友很帅啊。"这时，刘可敏的一个同事笑着夸赞我，不知道是出于真心还是客套，反正我对自己的长相也不抱什么自信心。不是有人说过吗，女人要漂亮，男人要内涵，我虽算不上一个英俊帅气的男人，但我至少也是一个有些内涵的男人吧，不过这话只能偷偷地说给自己听了。

刘可敏又对着我抱怨道："你怎么来这么晚啊？还叫我们等你。"

听她的话，似乎女人等男人就是一件很没有面子的事，难怪大多数女人都等着男人去追她，而不是主动出击追求自己的幸福。

我看了看手机，说："我们预约的时间还没有到啊。"

她有些抱怨地说："我也没有说一定要等到那个时间，你就不能早些来？"

这时，她的一个同事插嘴说："小敏，没想到你对男朋友这么凶啊。"

刘可敏一听，抡起拳头就向她追去，嘴里还说："我看你还敢乱说。"惹得其他的几个同事也开始逗她，这样一来她也没辙了。

我便成了一个护花使者，帮她开脱说："我们是朋友，人家大美女怎么和我能成为男女朋友呢，那我不是占了大便宜了？"

她的同事都哈哈大笑起来，七嘴八舌地说："看来你还没有赢得她的芳心啊！""你可要努力啊，追我们小敏的人多着呢！"

刘可敏一听我和她们一起开玩笑，把她的包丢给我，还对大家说："姐妹们，他是我今天雇来拿包的，不想拿的全部交给他吧。"

她们高呼："好啊，好啊。"一个个把包全部丢给了我，然后高呼着跑了。

刘可敏在我旁边说："谁叫你也跟着瞎闹，活该！"

她们的包倒不是很重，但是五六个包我一个人拿，这似乎有些太过分，但我又能怎样呢？看来，今天我成了他们的搬运工了。

去东海岛的班车大约半个小时一趟，正赶上周末，所以车站有好多人。当我拿着五六个女式包走过去时，无数男同胞投来同情的目光。

其中一个女生对着她男朋友抱怨道："你看看，人家男朋友哪像你，连拿一个包都斤斤计较。"

那男的说："你没看见这是她们雇来的搬运工吗？不然怎么拿那么多。"

我走过去笑了笑，想说有我这么帅气的搬运工吗？不过还是埋在心里没有说出口。

车来了，所有人一哄而上，朝车赶过去了。

我拿着五六个包，急中生智，便大喊道："大家等一等，车有问题，让路。"

一听车有问题，所有人都莫名其妙地看了看我，包括刘可敏她们也向我看了过来。

我大摇大摆地走了过去，上了车之后我便喊道："上车了。"

车下的人这才反应过来我是骗他们的，有的急忙往车上挤，有的开始抱怨，有的看没有希望挤上车，便干脆等下一班车了。不过，我也管不了别人说我缺德和没素质了，快步走到车的后面，把她们的包一个座位上放了一个，结果有人提前上来，一看座位上有包又去抢占别的座位去了。

她们几个上来一看我给他们每个人占了一个座位，都赞不绝口，不过那些提前上来却没有占到座位的人都向我投来憎恨和鄙夷的目光。

她们为了表示对我的谢意，都让刘可敏坐在我的旁边，坐我们后排座位的一个女生伸过头来说："小敏，你可要好好替我们感谢一下你男朋友，不然今天我们几个又要站着过去了。"

刘可敏刚要制止她这种不正确的称呼，那个女孩急忙说："不，我说错了，是朋友，是朋友。"她这么一说，反而这里面有更多的意思了。

我装作没听见，看着车窗外的风景，心里却偷着乐。

车开动了，所有人都七嘴八舌地议论起来，看来所有人出游的兴致都不错。

刘可敏用胳膊碰了一下我说："没想到你还有这么一招。"

我转过头明知故问："你说什么啊？"

刘可敏笑了笑说："看你那侥幸的样。"

不过，她向我靠近了一点，她身体紧紧地贴着我，我的思绪处于一片胡思乱想之中。

车穿过了热闹的街市，向城外驶去，中途还穿过了一个海峡，大约过了一个多小时，才抵达东海岛车站。距离之远可见，一路的颠簸，看海的兴致骤降。

我们下车了，又雇了一辆的士行了差不多有十分钟才看见了东海岛休闲度假村，本以为是一个风光无限、风景迷人的海岛，到了才发现不过如此而已。所谓的度假村，不过就是围起来的一片土地，基本上都没有得到很好的开发。

未到东海岛海边，已经到了中午吃饭时间，她们个个都喊着累，经过商议决定先吃了饭再去海边。

因为她们之中有人曾来过，所以相对来说比较熟悉，选择了一家餐厅吃饭，就看那摆设，也上不了档次。可一点菜，着实让我吃惊不小，菜之贵堪比星级酒店，点了六个不伦不类的菜，就花了四百多块钱。可更让人接受不了的是菜的口味，说不上特色，就是感觉倒胃口。

刘可敏看出不怎么合我口味，便凑到我耳旁说："是不是不想吃？"

我摇了摇头，心想凑合一下就算了。

被她的一个同事瞧见了，笑着说："你们俩说什么秘密话？"结果她们都大呼小叫了起来，弄得刘可敏又羞红了脸。

我站起来说："美女们，今天这顿我请客，求你们高抬贵手了。"

她们声音更大了，欢呼着跑出了餐馆。刘可敏等我付了钱，对着我说："你傻啊。"

我对她笑着说："我傻吗？哪里傻？"

她用手指头指了一下我的脑袋，说："就是这里。"然后笑着换衣服去了。

26 海边艳遇

走出餐馆，不过百步，就看到了大海。

第一眼，的确把我震撼住了。远看，足有两米多高的巨浪翻滚着直冲向沙滩。每一次巨浪冲来，游客都狂呼不已。这是我第一次看到大海如此震撼肺腑的巨浪，让我感觉，在金沙湾所看到的大海，不算是真正意义上的大海，或许说是风平浪静的大海，完全没有大海的气魄。而我面前的大海，每一次一米多高的巨浪袭来，让人血脉直冲，感叹不已。

我没有等她们换衣服，便快步冲向了沙滩。耐不住大海的诱惑，也随同无数游客一起破浪前行，没跑几步，被巨浪又送回了沙滩。我看见无数海边赤裸的男人和穿着比基尼的女人，都在尽情地欢呼着。

就在我欣赏着海边一个个穿着比基尼的陌生女人时，我听见有人喊我，我回头一看，彻底震住了，只感觉大脑里血液直冲，我有些眩晕的感觉。她们几个都换上了比基尼的性感泳衣，露出腼腆的笑容朝我走来，似乎是向我展示她们美丽的身体曲线。我想：她们的这种打扮除了和她们躺在一起的男人能够真实地看到，大概也只有在海边的我才有幸欣赏到。

她们看到我盯着她们性感的身体，都微微一笑，然后奔跑着冲向了翻滚而来的海浪。

刘可敏略带羞涩地走到我面前，我只想跑过去抱住她，她此刻的性感和美丽在我眼中无人能比，我真想她每天就这样站在我面前让我一个人独享，那该是多么的美好啊!

刘可敏看了看我说："你一会儿也去换衣服，陪我一起玩。"

我急忙说："我看你们玩就行了，我不会游泳。"可我贪恋的目光始终没有离开她那性感的三角地带。

刘可敏对我说："不要那么色色地看我。"

我笑着抬起了头，不过她凸起的胸又把我的目光吸引了过去，我不禁感叹道："你今天太美了!"

刘可敏丢给我一把钥匙说："少废话，你到更衣间的衣柜里去拿，那里有泳衣。"

她的同事已经和大海开始亲密接触了，同时喊我们一起去玩。

刘可敏跑了过去，然后她们几个围在一起欢呼。

我看见她们如此尽兴，便打开了相机，然后把镜头对准她们美丽性感的身体。

她们在海边摆着各种性感造型，在每一次海浪冲来时我便迅速抓拍几张，在海浪退去时我又开始欣赏她们的身体。

刘可敏看见我并没有回去换泳衣，又跑过来有些撒娇地说："江枫，你快去啊，然后陪我一起玩，我有些怕水。"

看她有些撒娇的样子，我没有任何拒绝的理由，便跑向了海边浴场更衣室。

我找了好久终于找到了储衣柜，打开一看，原来是一件黑色黄条性感的平角泳裤，这难道就是她亲自给我买的？我心里有些感动。可里面除了这个男式泳裤就是她的包，我突然有了一种想偷窥的欲望，正好借这个机会想看看她的包里面到底都装什么东西，也就知道她到底喜欢什么，打开她的包也等于打开她内心的秘密。不过我向天发誓，要是我不喜欢的女人，请我看我都懒得去看。

我拉开了拉链，确实让我大吃了一惊，一个小小的包，可以说应有尽有，钱包、手机、唇彩、防晒霜、梳子、镜子、MP4、手链等，里面竟然还有一包卫生巾，难道刘可敏正在非常时期？不过一想，她来玩水，应该不可能，大概是上次剩余的。有很多东西，但也没有找出我所感兴趣的，便关了门去换泳裤。

刚走进更衣间的门，看到一个女的赤裸裸地站在一间没有遮掩的更衣间，她上身全裸，正在脱掉她那性感的内裤，一片茂密的黑森林吸引了我的视线，我一下子傻了眼。

那女的一抬头看到一个大男人看着她，大声喊叫了一声，急忙拿衣服遮她的身体。

我这才明白走错了地方，便回头仓皇逃跑，直到跑到男更衣间时，心才平静了下来。不过想起那女的身材，我开始有些性幻想。

我穿好了泳裤，总感觉有些不自在，大概也是我很少在大众场合穿得如此暴露的原因。我终于明白那些裸奔者除了他们恶搞的行为外，还是需要一定的勇气，我连裸奔的勇气都没有。

当我走出更衣间，正好和刚才我所看到的那位女士相遇，我准备装作不认识逃窜，可她却喊住了我。

我回过头看了看，装出不认识她的样子说："你是在喊我吗？"

她走到我面前，我怕她抡起巴掌打我，所以向后退缩了两步。她却面带微笑地说："怕了啊，你占了便宜连声道歉都没有。"

我怕她，这不是天大的笑话，我这人吃软不吃硬，便也向前走了两步说："小姐，对不起，我不是故意的。"

她也有些心虚，却向后退了一步说："有你这么道歉的吗？"

"那你还要我怎么道歉？"我问她。

她看了看我，也没有说什么，我正想回头向海边走。

她却喊道："有种就留下联系方式。"

我回头看了看她，也不像是什么黑道上的，所以大声地说："本帅姓江，电话……随时奉陪到底。"

说完，我不屑一顾地看了看她，向海边走去。

27 比基尼女人

到了海边，望了望波涛汹涌的大海，心情顿时很兴奋，很想对着大海喊几声。

刘可敏看到我，急忙喊："江枫，过来，过来。"

我跑到她身边，她打量了我一下，说："还不错。"

我笑着说："就我这身体，当然不错了。"我攥紧拳头向她展示我胳膊上的肌肉。不料一个很大的海浪袭来，我们猝不及防，我一着急抓住了她，我们的身体却紧紧地抱在了一起。

有一个叫雪儿的同事看到了，远远地喊道："哇塞，你们干什么啊？"

海浪过后，她急忙推开了我，有些羞涩地跑开了。

这算是我和她第一次亲密接触，而且是在这海边，我站在海水中继续回忆着这美好的一幕。

几个美女齐声对我喊："江枫，过来一起玩啊！"

她们看起来早有预谋，就在我离他们只有两米的地方，她们却围成一圈拍打着水攻击我，我眼前顿时水花四溅，只能站在她们中间任由她们袭击。

也许因为我没有任何反抗，所以她们拍打了一会儿便停止了，看见我被她们打得狼狈的样子，都胜利欢呼起来。

我擦了一下脸上的水，向她们宣誓："美女们，这下我不客气了。"

我施展出"乾坤大挪移"，手脚并用，击水向她们进攻。她们一看我有了反抗，更加兴奋了，也开始向我发起了猛烈的攻击。

她们虽然人多，但是击水的力度不大，所以也不能把我击败。我采取了声东击西的战术，重点打击一个对象，因我拍水的力度大，所以不用三两下她不是溃退就是求饶，然后我又开始打击另一个对象，直至她逃跑。就这样我把她们打得四分五裂，落花流水，我站在中间握起拳头宣告彻底胜利。

她们开始妥协，以休息为由靠近了我，我料想她们也累了，所以也就答应她们不再进攻，这样我可以近距离地看看她们性感的身体。

刘可敏面带微笑地走近了我，我看着她的胸就有种想犯罪的念头，心里也开始七上八下的。

她却利用了我的色心，所以就在她靠近我时我也没有一点防备，结果她抓住我的胳膊，那几个美女从后面一拥而上一起将我推倒在水中，正好一个大浪袭过来，我吞了满满一口海水。

她们的计谋得逞了，便沿着沙滩四散而逃。

海水苦苦的、咸咸的，我顿感一阵恶心，有些想吐却吐不出来。

我看她们跑得很远，所以干脆放弃了追击，反正我知道她们迟早会回来的。不过，我并不想让她们如我一样喝口海水，而是我想顺便触摸一下她们性感的身体，想到这，我就感到心痒痒的。

果然，才过几分钟，她们自动送上门来。首先是刘可敏走过来，我表示既往不咎，所以也没有对她动手动脚，这样一来，她的同事们慢慢地走过来了，我的无动于衷终于引她们上钩了。

人大概都有一种贪婪心理，把自己最喜欢的女人往往排在最后来征服。因为在这种场合，别的女人可能这辈子只能有这么一次机会，错过了就永远错过了。所以，我把进攻的目标转向了雪儿她们。

我看她们的防备心渐渐没了，这转化成我最佳的进攻时刻，我一个箭步，直冲向离我最近的一个，她一看我气势，吓得蹲了下去，我顺手在她身上推了一把，她就倒在水里了，其他的几个一看情况不妙，便急忙逃跑。不过，已经逃不出我的魔掌了。我冲上去，就在我抓住雪儿的那一瞬间，她也蹲了下去，我顺手在她胸前一摸，软软的，大大的，不过就那么一刹那，我得逞之后又转向了另外一个。就这样，其他的几个全部求饶我才罢休，就剩下刘可敏已经沿着海边跑了很远。

我朝刘可敏追去，直至她跑得确实有些累了，她才威胁地说：“你要再追，我就往海里跑。”

我们所处的海边没有多少人，而且都是捡贝壳的，所以我也怕她一着急走入深海，被浪冲出去那就太危险了。

我停住了脚步说：“你还是过来吧，乖乖地受罚。”

刘可敏却又往水深处走了两步，对着我要挟道：“你要是不怕我被浪冲走，你就追吧。”

我笑着说：“大美女，你干吗那样啊，不至于这样就跳海吧。”

她依旧摆出一个鬼脸说：“我就喜欢，怎么样？”

她正手舞足蹈洋洋得意时，又一个大浪从她身后袭过来，我急忙喊：“小心被浪打倒。”

她却没有一点防备，眼看就被浪打倒了，我急忙跑过去抱住她。

即便这样，她还是喝了一口海水，弯着腰吐了起来。

我一手扶住她，一手拍着她的背说："你这是何苦呢，还不是喝了一口海水？好受吧？"

她慢慢站起来，看了看我说："你得逞了吧，手放规矩点。"

我才发觉我的手揽着她的腰，一着急竟然忘记了我和她应该保持某种距离，便急忙松开了。

她趁我不备之时推了我一把，幸亏我多年学武，反应较快，倒下的那一瞬间也牢牢地抓住了她的手。

我们俩身体的重量全部落在我的屁股上，水溅了有一丈多高，沙滩也留下了一个和我屁股一样大的深坑，我只觉屁股上一阵酥麻，随即惨叫了一声。

刘可敏扑倒在我怀中，抱住我紧紧地压在我身上，就在海浪冲过来的一刹那，我们之间有了这数秒的亲密的接触。

她反应了过来，急忙爬起来拉着我的手说："没事吧？对不起啊。"

我翻身起来，又喝了一口海水，吐完之后便笑着说："要是再来一次那该多好啊！"

刘可敏明白了我的意思，一个粉拳砸在我的肩膀上，骂了一句"讨厌"便跑开了。

我看着她离开的背影，心想这丫头真是不懂浪漫，这么好的机会就被她破坏了，心里不免有些失望。

我们又回到了她们玩的地方，这次算是公平了，谁也不欠谁的，所以她们也就不怕了。

她们玩累了，便坐在海边休息，任凭海浪冲洗着她们性感无比的身体。我和刘可敏走在沙滩上，跟着其他人一起捡贝壳，这些我曾在电视剧才能看到的浪漫事，却在没有任何精心准备中真实地发生了。

我的余光中发现有一双目光注视着我，我回头一看是刚才在女更衣间碰见的那个女的，我也看了看她，便伸出手做了一个手枪手势。

也许，很多人并不是来看海的，因为海边近乎裸露的女人比大海更好看，兴趣不同，观赏角度自然不同。不过，她们因大海的诱惑，沉浸在与大海同欢的兴奋中，却不知有无数双垂涎的眼神盯着她们。为了大海，她们也撕开自己神秘的面纱，赤裸裸地接受大海的洗礼。至于海边的那些男人，自当更不必去说，因为男人在这种场合下，脱光衣服是最自然不过的事了。

我们玩了差不多三个小时，直至感到自己的皮肤有裂开的痛感，才一步三回头地欢呼着离开了东海岛。

回来的路上，虽说有些疲惫，皮肤也因暴晒而有火辣辣的感觉，但是看到了如此千层巨浪翻滚汹涌的大海，多少也有些欣慰。刘可敏坐在我旁边因为累而睡着了，她的头靠在我的肩膀上，我感到无比的幸福和温馨。心想：通过这次非同寻常之旅，也许我和她之间的关系将有一个质的飞跃。

我想：这次算是真正地看到了大海。于是后来在日记本上写下这样一句话：东海岛海边，穿比基尼的女人让人看得眼花缭乱，千层巨浪给人惊心动魄之感……

下车后，我送刘可敏到她家楼下，她有些客气地说："今天让你破费了，谢谢。"

我心想：这丫头真是的，你跟我，谁跟谁啊，有必要这么虚伪地客气吗？不过我还是说："那也谢谢你的泳裤，我真的很喜欢。"

她一笑，挥了挥手，离开了。

看着她的背影消失在我的视线中，我才转头往回走。

28 徘徊在女人心中

回到了宿舍，进了门，发现客厅里面又多了一个陌生的面孔。

我瞧了瞧，年龄看来比较小，大概也是名副其实的90后，鸡毛头，手指染得像个妖怪，乍一看，就是一典型的动漫造型。一只脚搭在茶几上，一只脚放在沙发上，斜躺在那里怎么看都像一个漫画中的人物。

我走过去，她好像没看到我一样，一手拿着遥控器翻看电视节目，看我挡住了她的视线，才抬起头看了看我，但没有说什么。凡是看到这种人，我就一肚子的气，很想就这样赶走算了。这什么态度，没大没小的，到人家家里比在自己家还自由。我正想对着她怒斥几句，吴运才走了出来。

吴运才皮笑肉不笑地说："兄弟，回来了啊，今天玩得高兴吗？"

我看他有些搪塞我，也没有怎么回答，用头指了指坐在沙发上的那个女怪物。

吴运才笑着说："这就是我上次给你提起过的我的网友梦在天涯，师院大三的。"

一听还是大学生，我更火了，这是什么学生，简直就是人妖。我有些愤怒地说："没有名字了？"

吴运才急忙说："哦，她的名字叫李美。"

他又对着李美说："这是江哥。"

李美抬起头看了看我，喊了声："江哥。"

本来我想发怒，但人家都喊我哥了，我怎么说也要让一下她了，于是就直接走进了我的卧室，吴运才也跟着走了进来。

我看了看他："是不是又想借床啊？"

吴运才咧开嘴赔笑道："兄弟，你今天怎么了？一进门就火药味十足。"

听他这么说，我想我也没有理由生气，何况今天应该是来这个城市里最快乐的一天，有那么多的美女相伴，既满足了眼福又有无数的收获。

一想到这里，我心情顿时转好了，便比较和气地对吴运才说："你小子不要乱搞了，不然别人剁了你。”

吴运才无所谓地说：“没事的，你放心好了，今天晚上那就……”

我没有说话，走到衣柜前整理衣物。

吴运才继续说：“兄弟，这女的挺纯的，好不容易才有这么一次机会，你也不能见死不救。”

我听了他的话，觉得有些可笑，但还是对他说：“房子都可以借给你，但是你还是要节制点，像这种女人往往是祸水。”

吴运才听我肯借房给他，急忙站起来说：“兄弟，谢谢，改天请你去五星级大酒店大吃一顿。”

这时我手机响了，一看是谢大哥打来的电话。

“小江啊，你忙什么啊？这几天都没有看到你了。”接通了电话，听到谢大哥热情地说。

“谢大哥啊，没有什么，我也是瞎忙。”

“没事出来我请你喝酒，我也想和你聊聊。”

我想也没有事，何况李美的到来让我憋了一口气，不如到外面去陪谢大哥喝喝酒聊聊天。

我洗了个澡，出门时看到李美已经进了我的房间，我心中骂道，吴运才这个色狼，没几天又换了一个女人，我为肖红感到可悲，我为这个李美感到可悲，更为这个城市中那些图一时之快而遗憾终生的女人感到可悲。可这又有什么用，我也改变不了什么，我也不是什么好货色，我又为自己感到可悲。

谢大哥约我到城中村见面，所以在楼下我打的五分钟就到了城中村，一下车我就看到谢大哥在路口等我。

我们找了一家比较安静的饭店，便走了进去。

在一个靠窗的座位坐了下来，点了三个菜和一瓶白酒。从来到这里起，很少看到有人喝白酒，所以谢大哥征求我的意见，我满口答应了。酒，还是白的好，喝起来才有劲道，一个真正嗜酒之人，大多爱喝白酒。看来，我和谢大哥除了年龄之间的差距，却有诸多相同的喜好。

谢大哥坐定之后说：“小江啊，你教我的太极拳，我们小区有很多老人都很喜欢，所以我现在也教他们，改天你要来亲自指点指点。”

我看他很高兴的样子，觉得自己也值了，就说：“谢大哥，您就不要客气了，改天有时间我一定会去的。”

酒来了，我们一改往日拿小杯喝酒的习惯，叫服务员拿来两个大酒杯，我们把一瓶白酒一分为二，就这样端着大杯喝了起来。服务员看到我们一老一少坐在那里有些卖命地喝酒，带着疑惑的眼神离开了，不过还时常往我们这边看，大概不是怕我们喝多了搞破坏就是等着看笑话。

谢大哥喝了一口说："小江啊，这么多年我都没有碰到喝酒的对手了，你可要好好喝。"

我笑着说："谢大哥，我一定奉陪到底，不过我看那个服务员好像怕我们喝醉，所以一直在那边盯着我们。"

谢大哥往那边看了看，哈哈大笑了起来，有些自豪地说："她说不定从来就没有见过我们这么喝白酒的。"

这时，有人给谢大哥打电话过来，大概是说要出租房子，叫谢大哥帮忙宣传一下。

我突然心生一个想法：要不我到外面租房住算了，反正我的床也经常被吴运才借用，我自己感觉都没有一个家，心里总是空荡荡的，很不是滋味，干脆搬出来一个人住，我就可以干自己想干的事情了。

谢大哥挂断了电话，笑着说："这些人，一旦有这事就找我。"

我急忙问："是不是有人要出租房子？"

谢大哥看了我一下说："是啊，你要租房子吗？"

我一想，要是房租太贵那我就没有必要了，又问："不知道房租贵不贵？"

谢大哥看了看我说："这个好说，是你一个人住吗？"

我点了点头，听他继续说下去。

"不过这是一套两室一厅的房子，你要是想要，价钱保证便宜。"

我还是有些疑惑，不知道他说的便宜到底是一个什么价位，因为到这座城市才几个月时间，心里确实没个底。

谢大哥看出了我的心事，笑着说："小江啊，你要是找房的话找我算是找对人了。"

他说，刚才有人想出租的两居室就在离他家不远的小区内，环境优雅，房子也是刚刚装修不久，里面空调、电视机、洗衣机、冰箱样样都有，因为房东在外地工作，大概几年之后才能回来，这个房子本来是想让他看管一下，但他推荐说最好租出去，那样一年还能收些钱，也算没有闲置在那里。按照本地的房价，那样的房子月租至少也要一千多，不过房东刚才说了八百，如果我要租的话他可以给房东说说，六百元就可以租给我。

他又帮我分析了一下，是两室一厅的房子，我还可以租一间出去，那样的房子和价格找个租房的也容易，这样一来就更划算了。

听谢大哥这么一说，他做事真的是考虑周全，同时也觉得他真够义气，我想他这样的老人才会获得健康和快乐。

我们约好第二天早晨十点一起去看房，反正他在家也是闲着无事，帮我好好参谋一下。

告别了谢大哥，我一路哼着小曲，赶回了宿舍。

吴运才和李美看来已经完事了，李美又躺在沙发上看电视，吴运才像一个被晒蔫了的黄瓜，斜躺在另一张沙发上。

看我走了进去，吴运才翻身起来说："兄弟，你什么事这么高兴，有艳遇啊？"

我看了看他说："哪里像你，像根蔫黄瓜。"

李美抬起头看了看我，又低下头继续看她的电视。

我直接走进卧室躺在了吴运才的床上，陈军凑过来给我说："她刚才的喊叫声比以前的女人还大。"

吴运才走了进来，我就知道他想今夜继续霸占我的床，我便慷慨地说："今晚床彻底让给你们了。"

吴运才一听眼睛比平时睁大了一倍，惊讶地说："兄弟，你不会说的是真的吧？"

我一本正经地说："我什么时候说过假话？"

吴运才连忙点头哈腰地说："那是，那是。"

我看他那怂样，笑了笑说："不要搞得太猛了，影响我睡觉。"

吴运才诡秘一笑说："那你要和她去说，也不是我在叫。"

世间真有此等厚颜无耻之人，我算是真正见识了，就再也没说什么。

东海岛之旅算是一个浪漫、快乐和艳遇之旅，但是回来后发现皮肤晒得太严重了，所以到晚上才真正发作，看来任何收获都是需要付出代价的，就连出去游玩一次也是如此。

刘可敏打来了电话，我接通后她就开始对我抱怨，说她的皮肤都晒裂了，现在痛得受不了，还说明天上班怎么办？似乎这一切都是我造成的恶果。这要是在以前，我早就发火了，这不是明摆着无理取闹吗？不过，她能打电话过来给我说这些，说明我在她心目中已经有了一定的地位，至少我是她痛了累了受伤了第一时间能够想起的人。据科学调查，女人在这个时候第一时间想起的人往往是自己最心爱的和最可信赖的人。如此说来，我今天受点委屈也就算不了什么了。

刘可敏说了将近十分钟，我在这边却想着这些乱七八糟的事，她突然对着话筒喊："江枫，你听没听？"

我被她吓了一跳，说："克星，你放低声好不好，这样我会被你弄成精神病的。"

她听我这么一说，便在电话那边咯咯地笑了起来。

她要求，为了弥补我今天的过失行为，我必须讲一个笑话逗她乐了才可以原谅我。

我讲了两个故事，我在这边狠劲地笑，可她在那边却说一点也不好笑，我实在没有办法了，看来只能耍小聪明了。随后拿起我刚看的一本杂志，上面有一个幽默笑话栏目，选了一个有意思的故事去头掐尾地改了一下其中的人物称呼，便阴阳怪气地读了起来：

刘可敏大美女一天早上上班对我说："你知道吗？我老公昨天对我说了三个字，让我感动得不行。"

江枫同志一听，就知道刘可敏要告诉他哪三个字，就说："不就是一句'我爱你'或'I Love You'吗？看把你感动的！"

谁知刘可敏美女一摇头，说："昨天我过生日，老公拿给我一张银行卡，对我说了三个字——狠劲刷。"

在我读完最后一句话时，刘可敏终于在那边大笑了起来，说这故事经典，还给了我以后有机会就经常给她讲故事的特权，然后才说了句"晚安"就挂了电话。

我的房间里又传出了李美鬼哭狼嚎的叫声，听着让人没有一点美感，只觉得像是一头猪被宰杀时的那种痛苦。

我躺在沙发上不由自主地叹息一声，说不定今晚就是我在这个屋子待的最后一个晚上，明天我将真正拥有一个属于自己的空间，或许那还不能完全意义上叫家，但是我一定把它营造出家的温馨和温暖来。

这时，我又莫名其妙地想起了林一梦，她现在又在干什么呢？她是否还会想起我这个和她相爱三年同床共枕两年多的男人呢？要不是和她分开，我可能还每天抱着她说一些缠绵的情话哄她入睡，或是半夜三更去外面带一些小吃回来看着她吃，或是我们紧紧地抱在一起……唉，不想了，我怎么每次想到她，明显是她伤害了我，可我却依旧想着她，这似乎有些不公平。和林一梦分手之后，我终于明白：幸福掌握在自己的手中，而不是在女人的嘴里和梦中。

可我又能想谁呢？叶丽娜突然跳入了我的脑海，她确实是我见过的最有个性最懂得爱的女孩了，可我却不能给一份她朝思暮想的爱情。她为了爱不惜付出一切，我相信她也需要同等的回报，可没有人能给她，于是她就开始用欺骗自己的方式来换取内心的平衡，单纯美丽的她还是需要一份真挚的爱，这个也许只有我才知道。

我想起了那晚我所遇见的出租车女司机，她的内心或许也藏着很多故事却无处诉说。

我又想起了白天在东海岛看到的那个女人，从她的眼神中，不会是找我报复，但她会找我干什么呢?

不知为什么，我就这样在几个女人之间想来想去，却怎么也不能安眠。

在佛的世界里，一花一天堂，一草一世界，一树一菩提，一土一如来，一方一净土，一笑一尘缘，一念一清净。而此时的我，一念一女人，一笑一女人，一痛还是一女人。似乎，我的一生将永远离不开那些徘徊在我身边我想抓但也抓不住的女人。

这又是一个不眠之夜，因为想起了她们，想起那些不堪回首的往事，以及那些陪我一路走来的人。

夜幕下的我，安静又真实，有淡淡的伤悲，有深深的回忆，也有长长的思念，就在这样一个平静的夜晚，我睁着一双黑色的眼睛，望着这个黑色的夜晚，愁绪连绵，感慨万千。

29 乔迁新居

第二天起床，我离开宿舍时，他们都还在睡梦中。

谢大哥带我去看了房子，果然不错，也是在整栋楼最高层——七楼，通风和光线，比我想象中的还要好，更让我欣喜的是房东一听我和谢大哥的关系，叫我一个月缴500元房租就行了，反正他的房子空着也没用。

看来在这个城市依旧有无数人重情义、轻钱财，也许是他们不缺钱的原因吧。我向来办事干脆利落，何况是这么好的条件，三下五除二就敲定了，而且我只需每个月把钱打到房东账户就行了，也不需要缴押金，我拿了钥匙就可以入住了。这对我来说就好像天上掉下了馅饼，不偏不倚正好砸中了我。

为了感谢谢大哥，我准备请他好好地吃一顿喝一场，多少也算是一点心意。

我这人一向奉行“有恩必报，有仇必报”的原则，所以是非分明，善恶有分，明察秋毫，对好人我可以用一百倍的好来报答，但对坏人我常追查到底，绝不手软。又扯远了。

谢大哥却坚持要请我到他家做客，还说大嫂已经给我备好了饭菜，正在家等着我们回去吃饭。初到他家，我怎么说也不能就这样空着手进门，在我的生活字典里一向也是礼尚往来，所以我就坚持买了两袋礼品，谢大哥为此还说我这人有些见外。

进了门，看到一个瘦小的老人微笑着请我进门，我急忙喊道：“阿姨好。”

不过这好像有些不对劲，他们俩年龄是老夫妇，一个我叫大哥，一个我叫阿姨，在我们家乡来说是最忌讳的，也是对老人不尊重。

谢大哥先介绍了我，然后幽默地说：“小江，你也叫大嫂吧，这老婆子也爱年轻，不然她会吃醋的。”

两位白发苍苍的老人都笑了起来，看来他们在一起真是天作之合。他们的微笑让我感到无比的羡慕。

我和谢大哥坐在沙发上聊天，谢大哥催促大嫂开饭，她却说“中午娟子也要过来吃饭，所以就稍微等一下”，说完她端来一盘水果。

谢大哥说：“娟子是我们的侄女，经常有空就来陪我们一起吃饭。”

我知道谢大哥现在最感兴趣的就是太极拳，也许是他从中找到了乐趣，所以我就和他一起聊太极，从无极生太极，太极生两仪，两仪生四象，四象生八卦，八卦生六十四卦一路聊下来，谢大哥终于有些了解太极拳产生的来龙去脉，我也把略知的一点知识全部派上了用场。我们聊得正起劲，门铃突然响了，我便急忙帮谢大哥去开门。

打开门一看，我傻了眼，站在门口好久都没有回过神来。

来者何人？谢文娟是也！

谢文娟看了看我，也显得很吃惊的样子，随后说：“你怎么在这儿啊？”

世间难道有这么巧的事，却偏偏就发生在我与她身上，这也太有些牵强附会了，我们都把目光投向了谢大哥。

谢大哥看了我们俩的样子，哈哈一笑说：“难道你们俩也认识啊？”

何止是认识，上班的时间天天待在一起，能不认识吗？何况我们多少也有些暧昧关系。

谢大哥随后说：“认识最好，我也就不用介绍了。”

文娟看了我一眼，笑着走进了厨房，帮大嫂干活去了。

不一会儿文娟端上了菜，对着我毫不客气地说：“江枫，帮我打饭去。”

谢大哥笑着说：“你看我这侄女，心直口快。”

我说没事，就帮她去打饭了。

等我们四个人都坐定之后，谢大哥从一个柜子里拿出了一瓶五粮液，听他说珍藏了将近五年了，今天就和我一起喝。

我觉得他这样太客气了，何况下午我还要搬家，便说：“谢大哥，你就不要打开了，我下午还要忙，你就留着吧。”

谢文娟突然喊了我一声说：“江枫，你叫我三叔什么呢？”

我也不知道她又怎么了，看了看谢大哥说：“谢大哥啊。”

谢文娟更加睁大了眼睛说：“我叫他三叔，你叫大哥，乱了乱了……”

我这才明白过来是怎么回事，原来我这样称呼谢大哥就比她长了一辈，所以她才这样说。

谢大哥和大嫂都笑了起来。我心想，这是谢大哥同意的，也不能怪我。

谢大哥对文娟说：“我和小江也算是忘年之交，我们不管辈分的。”

谢大哥开了五粮液，倒在两个大杯子里，我们每人一杯。

大嫂在旁边劝道：“你这老头子，少喝点，让小江多喝点。”

我急忙阻止道：“这已经很多了，再不能多喝了。”

我和谢大哥先干了一口，便吃起了菜。

大嫂的厨艺真是不错，炒的菜味道鲜美，而且个个都是我喜欢吃的，我边吃边赞叹，大嫂也乐得嘴都合不拢了。

谢文娟反而总是和我对着干，好像我吃了她家似的，不过从她眼神看也没有什么深仇大恨，反而让我觉得有些亲切。

酒足饱饭，我也有些微醉，和谢大哥躺在沙发上聊了会儿天，便以下午要搬家为由离开，他们二老热情地邀请我有空常来坐坐。

谢文娟也说有事，便和我一起出了门。

下了楼，谢文娟终于对着我说："江枫，你怎么和我三叔称兄道弟呢？我三叔这人也真是老糊涂了。"

我笑着说："这样一来，你以后该叫我江叔了。"

谢文娟抡起粉拳就向我砸来，我急忙求饶，才化干戈为玉帛。

我本来想和她道别之后就找人搬家，不过看她没有想走的意思，便试探性地说："美女，你还有什么事吗？"

文娟看了看我，瞪了一眼说："没事就不能和你在一起了？"

我笑着说："这我倒是愿意，不过今天可没有时间陪你浪漫，要不你帮我搬家，我倒是乐意。"

谢文娟也没有推辞，欣然答应了，这反而让我觉得有些奇怪。

我又一想，她能搬什么，最多也就是擦擦桌子玻璃什么的，所以我便打电话看路宁远有没有空帮忙，结果他满口答应了，看来我今天运气真是不错，我心里感叹个不停。

我和文娟在大街旁有一句没一句地聊天，等路宁远赶过来。

路宁远一下车，开口便笑着说："哈哈，兄弟，还有美女相伴啊，这样办事效率更高。"

我凑近他耳旁悄悄说："这美女你看怎么样？"

路宁远又看了一眼文娟说："不错，美丽和气质兼有之。"

我又说："据我所知，她还孤身一人，那你就要努力了。"

路宁远惊讶地看了看我说："真的吗？"

谢文娟看见我们两个大男人叽叽咕咕地说个不停，也猜想一定没有什么好话，便向我怒斥道："江枫，你乱说什么呢？"

我向她笑了一下说："这是男人之间的秘密。"

到了楼下，路宁远对着文娟做了一个绅士动作说："美女请。"

文娟一看他那傻样，也笑了起来，向楼上走去。

吴运才抱着李美躺在沙发上看电视，一看我带着三个人走了进来，便急忙推开李美和我们打招呼。

谢文娟我就不用多介绍了，至于路宁远，吴运才也听我说过不止十次了吧，所以说大家也算是熟人了。

路宁远笑着说："兄弟，看来小日子过得挺滋润的。"

李美还是那个样，坐着继续看她的电视，当我们这几个人根本不存在一样。吴运才笑着问我："兄弟，你这是要干什么？"

我大声说："搬家。"

吴运才急忙拉起我的手说："兄弟，是不是因为我才搬家？"

我拍了拍吴运才的肩膀说："兄弟，你看我像那样的人吗？"然后把经过大体向他说了一遍，他才放心了。何况我搬出去对他来说也不是什么坏事，他眉开眼笑地说："兄弟，那你怎么不早说，我一点心理准备都没有。"

我又说："这不是给你惊喜嘛！"

他们几个在客厅聊天，我在卧室整理衣物，装起来也就不过两大包，说心里话我一个人都可以搬下去，看来我又小题大做了。

我收拾完毕，叫他们进来搬东西，路宁远一看说："兄弟，你这是雷声大雨点小，就这么点东西搬什么啊？"

我向他笑了一下说："这不是叫你来为我搬新家庆贺吗？果真叫你出力我哪敢请你出面受累。"

路宁远捶打我一拳说："少废话了。"

吴运才和路宁远一人一包提着下了楼，我向陈军打了声招呼，他正在玩游戏，连头都没有回一下。

走出了门，我心里有一些难过，毕竟我在这里住了几个月，可我又能留下什么呢？在这个城市，除了几个认识的人，我真是一无所有。

下了楼，叫了一辆的士把东西放在车上，由于没有什么可帮忙的，我便叫吴运才回去陪李美，我们坐上车直奔我的新家。

30 爱情在哪里

没用十分钟就搬完了家，我和路宁远躺在我新家客厅的沙发上，谢文娟像个家庭主妇一样擦洗桌椅。

路宁远看着文娟翘起的屁股说："兄弟，你真的和她没有任何瓜葛?"

我对她说："我可以向上天保证，再说了我还有娜娜呢。"

路宁远偷偷地对我一笑说："那我可要趁热打铁了。"

我突然心生一妙计说："那今天我就给你创造个良好机会。"

于是，我郑重对他们宣布："为了我乔迁之喜，我准备今晚就在家举办晚宴。"

谢文娟听了高兴地拍手喊道："好啊，好啊。"

可问题又来了，家里什么都没有，做饭也要有个道具。

我说："这还不简单，反正我以后也打算在家自己做饭吃，今天就买个电磁炉，再买些柴米油盐回来，这不就可以了吗?"

谢文娟一听，便问："你买柴干什么啊?"

我一想也是，有了第二次工业革命，加上这新时代的高科技产物电磁炉，还买什么柴呢。于是，谢文娟负责打理厨房，我和路宁远去买东西。

不到一个小时，我和路宁远两手都提着大包小包进了门，柴米油盐酱醋茶样样俱全，巧媳妇再也不用担心无米之炊了。

本来我的厨艺不错，也做得一手好菜，但为了给他们创造谈情说爱的条件，我就自动下岗了，把这个光荣的任务交给了他们，以自己不会做饭为由躺在沙发上看电视。

他们就在厨房里忙乎起来，我一个人躺在沙发上享受，心想终于有一个像样的家了，我盘算着要把它装饰得很温馨，至少也得像个家，不然一直感觉自己就如同一只流浪狗一样无家可归。

手机响了，我拿过来一看，是刘可敏打来的。

"江枫，你在干什么?"刘可敏在电话那边说，听起来她好像有些寂寞。

“你今晚有时间吗？我想请你吃饭。”我希望她能同意。

“为什么啊？”听出刘可敏有些高兴，但还是反问我。

“不为什么，你有时间吗？”我有些着急地问。

“时间是有，但你要告诉我为什么？”刘可敏有些疑惑地说，也许是我突然请客，她没有一点心理准备吧。

“不要问那么多了，你赶快过来。”我告诉她地址，然后叮嘱她尽快赶过来。

“那好吧。”刘可敏在电话那边说。

我心想：这丫头明显是无聊找我，却要装得这样淡定，似乎是我求她一样。

我对着厨房喊：“你们多做一个人的饭菜，一会儿有贵客到。”

他们异口同声地说：“谁要来啊？”

我对着他们神秘一笑，说了一句“目前，还是秘密”，便出了门。

我在大街上等了差不多半个小时，刘可敏才从一辆出租车里探出了头。

看来，她出门时认真地打扮了一下，要是我没有猜错，她还喷了玫瑰香水。她穿一套时尚的休闲装，楚楚动人地站在我面前。

我走过去装作陶醉的样子说：“真香，我可终于等到你了。”

刘可敏对着我咧开小嘴说：“才等了几十分钟就不耐烦了。”

我逗她说：“非也，等再久我也心甘情愿。”

她看我没个正经的样子，嘿嘿笑了起来，露出两排洁白的牙齿。我想：要是现在能吻她那该多好。

她又问：“你为什么请我吃饭，总该告诉我了吧？”

我打岔道：“大克星，你怎么也喜欢穷追不舍打破沙锅问到底啊，这好像不是你的作风啊。”

她歪着嘴说：“我喜欢，怎么着？”

她随后就开始抱怨起我来，说她从东海岛回来后皮肤到现在还痛，而且晒黑了很多，都不敢穿裙子了。原来如此，难怪她今天穿着休闲装，我还以为是为了见我，看来我又自作多情了。

我向她露了一下我的胳膊说：“你看看，我也和你一样。”

她狡辩道：“你是男人还怕这个。”

我心想：男人就不是人了？难怪有位名人曾说过：“男人站着理亏，躺着肾亏。”

刘可敏看我把她带进了小区，便警惕地站住，疑惑地问我：“你到底要带我去哪儿呢？”

看她那小心翼翼的模样，我就把所有的事全部向她说了一遍，她又露出惊讶的表情说：“真的？那太好了。”

我不屑地说：“你以为什么呢，像你这种飞机场的女生我不感兴趣。”不过我把声音放得很低，但还是被她听到了。

她怒视道：“你说什么呢？”

我装作不知道的样子，说：“没，没什么啊。”

她又恢复了笑容，便急忙向楼梯跑去。

上楼走得有些快，等到了七楼，我们都已经有气无力了。

我打开了门，看到客厅的茶几上已经摆了两个菜，他们俩还在厨房有说有笑继续忙碌着。

听我们走了进去，路宁远走过来大声说：“又是一个美女啊，欢迎，欢迎！”

谢文娟也停止了做饭，跑过来看着刘可敏，从她的眼神里流露出她并不怎么欢迎刘可敏。

我急忙把她们相互介绍了一下，以免发生不必要的尴尬。

刘可敏听后对着谢文娟说：“你好像也在我们公司工作？”

谢文娟一听都是同事，也稍微露出了一丝笑容说：“是的，难怪我也感觉很面熟的。”想来真是奇怪，即便在一个公司工作，但谁都不认识谁。看来，那真是一个大公司，我心里这么想。

这时厨房里传来一阵焦味，谢文娟刚才顾着说话菜都糊了，便急忙赶回了厨房，不过又传来她批驳路宁远的声音。我心想，看来他们算是冤家对头，我也算半个有功之人了。

菜上来了，我们四个围着饭桌坐了下来。

我打开了两瓶冰啤酒给每个人倒了一杯说：“今天是我乔迁新居的大喜之日，所以各位就干了。”

我这么一说，他们也就不再推辞，举起酒杯同喊了一个字：“干！”

女人往往就是有些莫名其妙，刚才她们还怒目相对，瞬间又成了天底下最要好的姐妹。谢文娟和刘可敏热情地聊了起来，从服饰到化妆品，从手链到鞋子，聊得兴致很高，把我和路宁远晾在一旁喝闷酒。

为了调和气氛，我说：“文娟，我看你和宁远合作开个饭店得了，保准我天天光顾。”

谢文娟骂着说：“那你还不是天天白吃白喝。”

我对着刘可敏说：“你看看，他们待在一起没几个小时就心有所属了，这不是忘恩负义吗？”

谢文娟拿起筷子开始袭击我，幸好路宁远做了我的挡箭牌，最终我以多喝一杯酒道歉了之。

就这样，我们从东扯到西，又从南扯到北，两个小时就过去了。

谢文娟说她有事就先走一步了，于是我暗示了让路宁远也借故离开。

在他们出门后，我便装作老好人地说："宁远，很晚了，你就帮我送送文娟。"

路宁远对着我诡秘一笑说："好嘞！"

送走了他们，我和刘可敏单独待在房间里，反而拘谨了起来，也不知道说什么好。

我打开了电视让她看，便到厨房洗刷碗筷了。

不知什么时候，刘可敏站在我的身后看着我洗碗筷，我却全然不知，就在我一转身的瞬间，差点把手里碗全部丢在了地上。

刘可敏笑着说："没想到你也会洗碗筷。"

我装作轻蔑地看了一下她说："你说什么话，我在家可什么都干。"

"那你会炒菜做饭吗？"刘可敏问我。

"你这不是废话吗？我两年前都是大厨了。"我有些夸张地吹嘘道。

"那你怎么今天不做饭呢？"她露出不相信的表情。

"我这不是给他们展示的机会吗？要是我一出手，他们只能靠边站了。"我继续吹嘘地说。

她听了有些半信半疑，说："你就吹吧，改天你亲自给我做一顿看看。"

我想，机会终于光顾我这光棍汉了，便说："要是你愿意，我天天做饭给你吃。"

刘可敏知道我又想占她便宜，便说句"谁稀罕呢"，向客厅走去了。

我也洗完了，跟着她走到了客厅。

她看了看房子，有些感叹地说："这房子很新，租金应该很贵吧？"

我把经过给她大体说了一遍，尤其听到我如此低价能够租到这么好的房子，惊讶地说："真的吗？那真是太好了！"

随后，她又问："你一个人怎么租这么大的房子啊？"

我说："反正便宜，我也想把另一间租给别人，说不定我就连房租都不用出了。"

她点了点头，但再也没有说话，不知道她在想什么。

我们坐在沙发上看了一会电视，但觉得有些闷，孤男寡女待在一起，我也不知道说些什么，该说的似乎都说完了。

我站起来说："大克星，我送你早些回家吧。"

刘可敏看了看我说：“才这么久你就想赶我走了。”

我一听又坐在了沙发上说：“你这是什么话嘛，你要是愿意，今晚睡这里我也心甘情愿。”

刘可敏拿起包说：“色鬼，一天到晚没个正经。”

我也没有拦她，跟在她后面送她出了门，到了大街她不要我送了，看她上了的士我便回了家。

一个人住一套七八十平方米的房子，我确实不大习惯，以前和吴运才他们住在一起，虽说有很多不方便之处，但也不至于很寂寞，有时候还可以在一起喝喝酒解解闷，可如今连个闲扯的人都没了，我内心一阵失落。可我又想：这难道就是我真正想要的生活吗？我不断地追问自己，但始终没有人给我一个准确的答案。

在新家的第一个晚上，我在失眠中度过。看来，生活条件的好坏和睡眠没有必然的关系，有时候我看到那些躺在大街上的农民工，他们睡得是那样的踏实，可我躺在这个宽敞明亮的房子里，却常常在失眠中度过。

我犹如一个幽灵，在夜深人静的时候，却出没在这个城市之中。

生活和爱情往往就是一种折磨，让我无法靠近，却又不能远离，在无力的挣扎中，我呻吟着、呐喊着……

31 酒吧里的女人

又一个多月的时间，像香烟燃烧后释放的烟雾一样慢慢地远离我，可我还是过着平静而又简单的生活，并没有因为房子大而感到幸福，反而陷入无尽的寂寞和孤单之中。

我甚至想：很多人一辈子不就是为了一个安身之所而奋斗终生吗？可是房子大又有什么用，真正能够容纳自己的也就是一席之地，死的时候也带不走，花几十年光阴甚至连命都搭上了又何必呢？我想过一种自由的生活，我突然很喜欢那种流浪的感觉，世界如此之大，哪里容不下我呢？云游四海，走遍天涯，那才是我人生的追求和梦想。可回到现实中，人毕竟还是要生存，要吃穿住行，这些只有靠努力争取才能保证。我总是感觉自己离现实很远，离梦想很近，可梦醒了我还是要生活在现实之中。

自从搬到新房子之后，我的确清静了很多，即便半夜三更从梦中惊醒，再也不会听到女人幸福的呐喊声、疯狂的浪叫声，也不会怕有人闯进我的屋子干扰我平静的生活，但也不希望就这样一个人空守着大房得忧郁症而亡，我觉得那样死得太冤了。

这段日子里，刘可敏曾来过几次，但都是为了吃饭，吃完饭就拍拍屁股走人了，什么都不会留下，即便是她身上的香味，似乎也从来没有在我的房间里停留太久。我还是我，她还是她，我与她之间似乎始终有一个障碍无法逾越，介于恋人和朋友之间，比朋友关系亲密，可说恋人似乎还有很多程序都没有完成，所以就一直处于这样不冷不热的状态中。

几天前，刘可敏曾说她有个朋友正在找房，想介绍和我一起住，但却一直杳无音讯。正逢周末，下午一个人闲着没事，想顺便拟写一个租房广告，可我不知道该怎么写，虽然天天与文字为伴，但确实也没有写过出租广告，这时我不得不佩服那些贴在大街上很醒目的广告宣传单。坐在电脑前憋了半天还是没有憋出一个字来，于是我彻底放弃了，一个人坐着发愁。

路宁远打电话约我晚上去一家酒吧放松一下，说心里话那些地方我不怎么想去，曾去过一次，除了看见几个光着腿的性感女人站在酒吧中央跳钢管舞和搔首弄姿之外，所见的人不是睁大了眼睛寻找猎物，就是端着酒杯跳着热舞醉生梦死。有人说："酒吧里没有代沟，只有乳沟。"凡是进了酒吧，不管男女老少，都可成为猎食。但我不大喜欢那样热闹的场合，大概我也是一个内心平静的人吧。

可路宁远邀请，我不得不去，因为通过我，路宁远赢得了谢文娟的芳心。路宁远认定我是牵红线的大功臣，我帮他找到了一个称心如意的女人。可谢文娟常说我是大罪犯，十恶不赦，因为我把她塞进了狼口。虽然她这么说，但我们每次看到她时，她都对我笑意盈盈，从她脸上的神色看，她还是比较满意当前的"性福"生活。据经验分析，一个被爱情冲昏了头脑盲目地处在幸福中的女人，才会说出如此放肆的话。

晚上，我很早就出门了。一个人待在家里实在太无聊。出了门，才发现这个城市的夜晚真好，大概是因为刚下过雨，空气格外清新。

不一会儿，路宁远又打来电话，说他们已经在酒吧门口了，于是我加快了脚步。

我走到酒吧门口，看到路宁远搂着谢文娟，两个人如胶似漆，显得很亲密。走近一看，谢文娟穿得很性感，上半身除了胸部差不多都露了出来，胸前一道沟壑，深不可测，也许这样更能吸引男人的目光吧。我发现，她现在在任何场合都要和路宁远亲热，往往弄得路宁远有些不好意思。这女人哪，一旦陷入了爱河，往往就忘却了羞涩。

路宁远问我："怎么不叫上可敏，你一个人来她放心吗？"

我笑着说："我们不是恋人，她怎么会不放心呢？"

谢文娟说："你装吧，我看你们能装到什么时候。"

我们走了进去，大概是因为时间还早，里面没有几个人，只有几个穿着很暴露的女人斜着眼睛打量着我们。酒吧里的音乐比较轻缓，反而让我觉得比较舒服。

我们找了一个地方坐下来，一个穿得很火爆的啤酒妹跑过来说："先生，需要啤酒吗？"

我突然有些神经质地问道："靓女，有没有劲酒？"

她向我笑了笑说："先生，您说话真幽默，不会是和我开玩笑吧？"然后就一个劲地推荐各种洋酒。

我笑了笑，再也没有说什么。

路宁远要了一瓶洋酒，具体叫什么我不知道，反正很少来酒吧，而且都是别人请客，所以我不知道酒吧里到底卖什么酒。依据刚才啤酒妹的话，我猜自己肯定问错话了。

路宁远看了看我说："兄弟，你没事吧？"

我摇了摇头说："没事，反正今天我来给你们当电灯泡，就想喝点来劲的。"

这时，酒来了，相互斟满酒，我们三个端起了酒杯。

我举起杯，故意加重语气说："祝你们天天'性'福！"

路宁远哈哈一笑，谢文娟略有些脸红，我一看她那样，就知道路宁远把已经该办的事都办得差不多了，我笑了一下，一杯酒一饮而尽。

我们就这样坐着聊了差不多十来分钟，酒吧里震耳欲聋的声音终于响了起来，几个辣妹站在舞台中央扭着屁股舞动了起来，接着掌声、喊声、歌声混杂在一起，我只感觉耳膜快要破裂了。

路宁远搂着谢文娟在舞池中央也随着众人跳了起来，我继续喝着酒看着那些辣妹的特技表演。

突然，我发现人群中一个熟悉的身影，一时没有想起在那见过。

她已走向了我，提高了嗓门说："你还认得我吗？"

可能是灯光闪烁的原因，我还是没有想起来，便摇了摇头。据说在酒吧里装作熟悉也是一种套近乎的方式，我想也没有什么新鲜的。

她笑了笑说："东海岛，还记得吗？"

我突然想起站在面前的这个女人，就是我在东海岛女更衣间撞到的，怎么会在这个地方碰到，确实让我有些意外。

我笑着说："原来是你，难怪我觉得有些面熟。"

她拿起酒杯和我干了一下，便把一杯酒一口喝干，然后对着我说："怎么我打你电话你不接？是不是怕我？"

"你打了吗？我怎么不知道。"我确实不知道她什么时候打过电话给我。

"我打了，但是没有人接。"她淡淡地说。

"哦，那也许，不过我不知道是你。"我解释道。

"你今晚一个人来吗？"她看了看我周围没有人，随口问道。

"他们在跳舞。"我指了指舞池中央。

"要不要我陪你玩玩？"她笑着问我。

"怎么玩？"我试探性地问。

"你想怎么玩都可以！"她看了看我，用略带调戏的语调说。

"不过这里面规矩我不知道，你说吧。"我还是把难题推给了她。

酒吧里的声音更大了，她坐在了我身旁，靠近我耳朵大声说："要不我教你？"

我看了看她，迟疑了一下说："你怎么教我？"

她嘿嘿笑了起来，凑近了我耳旁说："你真可爱！"

"可怜没人爱吧？"我无所谓地说，眼睛却投向了舞池中的路宁远和谢文娟。

"我的身材好吗？"她突然莫名其妙地问我。

我不知道怎么回答，下意识地点了点头说："还不错。"

说实在的，这些无聊的话说了让我自己觉得恶心，但是在酒吧又能说什么呢，谈哲学、说文学、读诗词吗？若是那样，那就真是俗不可耐了。凡是来酒吧的人大都是有明确的目的，可我什么目的都没有，所以不知道该干什么。

一曲热舞结束了，他们走到我身边，看我和一个陌生女人聊天，所以就没有打扰，路宁远还叮嘱我："兄弟，放开好好玩吧！"

看他们又去跳舞了，这个陌生的女人向我提议说："要不我们出去走走？"

我想了想也好，反正坐在这里喝闷酒也没有意思，还不如到外面大街上走走。我走过去和路宁远打了声招呼，便走出了酒吧。

来到大街上，我们却不知道去哪里。

"你好像不怎么爱热闹的地方？"她问我，看我只是点了点头，又接着说，"我也是。"

我心想，你不喜欢热闹一个女人干吗去酒吧，难道有病？

"还不知道你叫什么呢？"我只是觉得无聊就随便问，至于她叫什么其实我并不关心。

"李倩。"她简短地回答道。

"那你打电话找我干什么？"我突然想起她说给我打过电话。

"没有什么，就是问问你。"她看了我一眼说。

我们之间的对话又终止了，此刻大概是因为孤寂想找个人来陪，但是我并不怎么想说话。

"你还没有告诉我你叫什么呢？"她问。

"江疯，江山的江，疯子的疯。"我不知道为什么会把自己的名字这样介绍给她。

她扑哧笑出声来，说："你真有意思！"

我斜眼看了看她，没有说什么。心想：这样到底有什么意思呢！

"你是不是把我当成酒吧里的那种女人？"她突然这样问我。

"不过你说起来倒是提醒了我。"我没有肯定也没有否定。

"今天是我的生日，我的心情不好就来放纵了，你要是不介意的话，我请你去喝咖啡。”她的话确实让我有些意外，我停住了脚步看着她。

她一笑说：“走吧！”

我们又走进了一家咖啡厅，轻柔的歌声、昏黄色的灯光烘托出一种浪漫安静的气氛，我想这才是我该来的地方。

我们面对面坐下，点了两杯咖啡和一些糕点，一边吃一边聊，她给我讲起了她的往事。

今天是她28岁生日，一年前的今天她失去了他，一个曾说给她幸福的已婚男人。她是山东人，到这个城市已有五年了，有四年的时光和她所爱的那个男人过着见不得人的“情人”生活，确切地说她是第三者插足，或者叫她“二奶”，但当初她并不知道，后来她知道时却发现她怀了他的孩子，后来肚中孩子因他不愿意而打掉了。直至去年的今天，他提出要重回到妻子身边，所以她又孤身一人。今天，她想到这些，有些难过就去了酒吧。

这时，她眼泪流了出来，拿起纸巾擦了一下，说：“对不起，我不该讲这么多。”

她的故事，在这个城市或许最平常不过了，但听她讲出来，依旧让我感到无奈和沉重。

“讲出来或许会更好些。”除了安慰她，我不知道还能做什么。

后来她告诉我，她在这个城市开了一家美发店，生意还不错，所以过得还可以，但他留给她的伤痛却怎么也抹不去。之所以她当初想认识我就是因为，除了那个男人，我是第二个看到她全身赤裸的男人了，理由就是如此简单。

走出咖啡店，她恢复了情绪，对着我说：“谢谢你陪我，江枫，有空到我的发廊去坐坐。”

其实我想对她说：“你真的很漂亮，还会有很多好人爱你。”但是我始终没有说出口。

看着她的背影消失在茫茫的夜色中，我不禁有些感叹，也有些难过。

32 同居的条约

在这个城市，每个人都有不同寻常的故事，每一天都活在这些充满梦幻的故事之中。

生命，在于呼吸之间；爱情，在得失的边缘；而我，却游走在故事之中。

面对每一天，我想：要是能够踏实睡一觉，也算是目前我最大的梦想。

昨天晚上，也许是因为酒精的作用，我竟然睡得很死。一觉睡到大清早，直至一阵急促的敲门声把我从梦中唤醒。

我走到门口，有些疑惑，不会是有人想入室打劫吧。

我喊道："你谁啊？"

外面没有声音，我想大概是有人敲对面楼房的门，在睡梦中没有听清，摸了摸头，又走向了床。

"开门，是我啊，到现在还睡觉。"不用判断，门外传来的是刘可敏的声音，我再熟悉不过了。

我第一反应就是她来干什么，第二反应就是我只穿了一条内裤，回应了一声后，冲进卧室找了条短裤穿上，不过这一系列的动作绝对没有超过15秒。

打开门，看到刘可敏左手拖着一个大皮箱，肩上挎着一个小包，好像要去旅游的样子。

我看她这套装扮，有些惊诧，以为她出游前来向我打声招呼。

她进了客厅，把东西放下，一屁股坐在沙发上，伸开双手活动筋骨，可我站在客厅不知道她要干什么。

"你这是要去？"我指着地上的包有些疑惑地问她。

"你说我能去哪儿？"她一本正经地看着我。

"你要去旅游吗？"我试探性地问。

"从今天起我就住在这里了。"她看着我认真地回答。

"你这不是开玩笑吧？"不知道她葫芦里卖什么药，但我还是有些不信。

“我像是开玩笑吗?”她反问我。

“不，不，你说清楚到底是怎么回事?”我还是有些难以相信。

“我再说一遍，听好了。”她站起来对我说，“从今天起，我就住在这里了。”说完她又躺在了沙发上。

“你的意思是要和我同居?”我虽然有些明白她的意思，为了不让这种兴奋持续太短，我还是问出了口。

“你想得美，是同在一个屋檐下。”她瞪了我一眼，纠正了我措辞上的错误。

照这么说，我以后就可以天天看到她，和她一起去上班，然后……想到这我就有些兴奋不已。但转念一想，目前我不能让他看出我这种心情。

“你为什么搬到我这里住?”我还是问清楚，免得她又玩什么花样。

“这需要理由吗?”她望着我问。

“当然。”

“那你听好了。第一，此房子舒服房租便宜；第二，我上班就不用搭车了；第三嘛，我还没有想好，等想好了再告诉你。”她向我神秘地笑了一下。

“你说我们这孤男寡女的同住在一起，你就不怕?”我带着挑衅的语气说。

“你敢?”她突然怒目看着我。

看我没话可说，刘可敏又胜利地笑了。

“从今天起，这个房子的使用权归我们共同所有，我要拟定一个条约，你也要遵守。”刘可敏一本正经地说。

刚搬进来，就开始和我谈条件了，怎么说我也不能示弱，否则以后日子就更不好过了。

“我说你这是霸占，知道吗?你还没有问我同意不同意呢?”我看刘可敏确实是打算住下来了，所以我也挑衅地说。

“你说过不同意吗?”刘可敏睁大了眼睛反问我。

我摇了摇头，但并没有说话。

“那就是了，说明你已经同意了，既然同意了，说明在这个房子里我有理由维护自己的权益。”

我又被她套住了话，只能自叹“哑巴吃黄连——有苦说不出”了。

她冲我胜利地笑了笑说：“放心好了，我也不会霸占，我只是争取自己应得的权益而已，你何必与我斤斤计较呢?”

她拿起包就走向了另一个房间，我想跟着进去继续理论，刚走到门口，她转身对我说：“以后进这个门必须经过我同意，否则后果不堪设想。”

然后她笑了笑，门砰的一声关上了，我站在门口发呆数秒钟才反应过来。

我坐在沙发上生闷气，但心里却感到十分高兴，我从来没有想到人还有这种情绪，郁闷并快乐着。

刘可敏不知在房间里干什么，差不多半个小时了都没有动静，我便去敲了敲门。

她打开门探出头来问：“干什么?”不过，透过门缝我还是看到她换了衣服，而且床上也铺了一个新床单。

“没什么，我听你好久没动静了，作为同在一个屋檐下的善良人表示一下对你的关心。”

“谢谢，不用，我很好。”我还想继续说几句，她又关上了门。

我吃了两次闭门羹，便彻底放弃了，回到自己的卧室接着睡觉。

可在梦中，我正和林一梦剪不断理还乱地缠绵，一阵激情过后，等我回到现实中，却发现刘可敏站在门口看着我。

我只穿了一条内裤，所以急忙拿个被单遮住我那性感结实的身体，然后对着她喊道：“你怎么不敲门?”

刘可敏站在门口有些强词夺理，“那你为何不关门?”

听她这么说，好像打开门就是我的错一样，真是有理难辩。

我又看了她一眼，继续躺下了，懒得去理论，我还要好好回忆一下自己的春梦。

刘可敏看我不理她，走进来温柔地对我说：“江枫同志，我有点饿了。”

她不说我还不觉得，可她一说我还真觉得有点饿，拿起手机一看原来已经到下午一点多了。

“你饿了关我什么事?”我故意装作生气的样子。

刘可敏又微微笑了一下，低声细语地说：“你想想，要是我饿坏了，说不定一命呜呼了，这屋子你也睡不安宁啊。”

我想了想也是，便对她说：“大克星，你能不能出去，我还要穿衣服呢?”

她嘴巴一撅，眼睛一瞪，走了出去，嘴里不知道唠叨些什么，我没有听清楚。

我穿好衣服到了客厅，刘可敏有气无力地躺在沙发上看电视，我坐在旁边说：“你要吃什么?”

她突然来了精神，两眼炯炯有神，说：“红烧辣子鸡，你做得最好吃了。”

“你确定不是讨好我吧?”我对着她说。

她突然在我脸上快速地亲了一下，停留的时间绝对不超过一秒，然后有点撒娇地说：“我说的是真的，我已经很饿了。”

为了她这一吻，看来我就是卖命也得做了，谁叫我是男人呢。

我打开冰箱一看，还剩下半只鸡，两个马铃薯，也有些小菜，看来不用我去买菜了，多少算是减轻了些负担。

在厨房折腾了差不多半个小时，做了两菜一汤摆放在茶几上，红烧辣子鸡、清炒土豆丝、青菜汤。

刘可敏拿起筷子疯狂地吃起来，没吃几口被辣椒呛着了，我急忙端来一杯水伺候着。

我有些心疼地说："你用不着这样吧？"

刘可敏拍着胸口说："我太饿，也太好吃了，谢谢。"还没有说完话就继续吃了起来。

我虽有些饿，可看着她吃，我却忘记吃了。

刘可敏也许是吃得差不多了，看了我一眼说："你看我干吗啊，赶快吃啊。"

我说："有必要那么着急吗？"

她对着我神秘一笑说："当然有了，因为谁最后吃完谁洗碗，这是规定。"

刚说完这话，她就放下了碗筷，喊着说："我吃完了。"

我装作大度地说："有必要那样吗，我也没有说让你洗，何况我怕你摔碎了我的碗碟。"

刘可敏对着我说："你说的，以后洗碗筷的事就是你的了。"

我急忙说："等等，我说的只是这次。"

她大摇大摆地走进了她的房间，留下我一个人在客厅，不过看她高兴的样子，我也心甘情愿了。男人一辈子，不就是为了让自己心爱的女人幸福吗？我这样安慰自己。

当我洗完碗筷，又来到客厅时，看见刘可敏拿着一张纸，对着我说："你看看，如果没有什么问题就画押签约。"

我有些莫名其妙，但还是拿起了那张纸，标题上赫然写着四个大字"同租条约"，一看具体内容，我想这是有史以来最不平等的条约，堪比丧权辱国的《南京条约》和《马关条约》。

住户甲方：江枫同志

住户乙方：刘可敏美女

经双方在自愿平等的基础上，特拟定以下协议：

第一，甲方同意乙方同租，甲方全权负责乙方的安全、饮食健康及室内环境卫生，不得以任何理由拒绝。

第二，甲方每天要向乙方嘘寒问暖，不得抱怨，否则后果自负。乙方有权享有被尊重权。

第三，合租期间，甲方未经乙方同意，不能随便走进乙方卧室，如若违反，当作非法入室论处，情节严重时将移交公安机关。

第四，甲方未经乙方允许不得带狐朋狗友在房间里吃喝玩乐，尤其是留女性朋友过夜等不良行为，一经发现，乙方有权将甲方驱逐出门。必要时，移送公安机关。

第五，甲方不得打扰乙方休息，更不能偷偷摸摸做一些有损乙方的事，比如无缘无故惹乙方生气、对乙方动手动脚等不良行为，如违法，乙方有权问责，按情节严重情况论处，甲方不得反抗。

……

第十五条，甲方有无条件执行权，乙方有无条件监督权。

同租期间，如发现未列入条约的，将逐渐补充完善。

此条约一式两份，一经签字，同租期间，将长期有效，如退房，条约作废。

我想：这条约我怎么也不能在上面签字，这是什么条约，简直就是对我人身自由的干涉。

刘可敏笑着说："怎么样？你还有什么需要补充的吗？"

我有些气急败坏地说："没有。"

她笑着说："看来你还是明事理，那就爽快些，签字。"

我吞吞吐吐地说："这我不能签字！"

刘可敏定定地看了看我，然后笑了笑说："没有关系，不过你不要后悔。"

她拿了条约走进了自己的房间，把我一个人晾在客厅里。

看她走了进去，我觉得有些好笑，亏她花了一个早晨的时间，原来就是费尽心思地写了这么多不平等的条款。

过了一会儿，她突然惨叫了一声，好像是哭了。

我急忙追到她的卧室，匆忙间也忘记了敲门，一看她可能是不小心用刀划破了手指，刀上沾满了血，她看起来很痛，我急忙跑去抓住她受伤的手。

就在我抓住她手的那一瞬间，她借力一拉我的手，往放在桌子上的条约上一按，接着她哈哈大笑了起来。

我一看，原来她往手上和刀上弄了红墨水，我抓住她的手时，手掌也沾了红墨水，她拉着我的手在纸上一按，一个隐隐约约的掌印便出现在条约文本上。

她拿起条约跳上床，高兴地喊道："条约生效了，生效了！"

我看她得意的样子，不觉也笑了，略带反抗性地说："你这是屈打成招，不是我自愿的。"

她狡辩道："我才不管那么多，关键是你的指印在这上面了。"

她跳下床，把合同贴在了门后面，然后对我说："合同生效了，你可不能抵赖。"

我躺在沙发上长叹一声，就当是自作自受了。

33 两个人的房间

刘可敏就这样搬进了我的屋子，真正开始了我们“同居”的生活。

当天晚饭后，她要求我陪她去超市买东西，这也是合同中提到的一条，我没有理由拒绝。不过，有些生活必备的用品也没了，所以我就没有找理由推辞。

在沃尔玛超市里，她几乎逛遍了每一个角落，选购了一大堆物品，有我连名字都叫不上的化妆品，有内衣、袜子和书籍，还有一些水果，其余的就是我们两个人的公用品，如沐浴露、纸巾等，每到一处，我几乎成了她的贴身口袋和专职搬运员。直到她感到有些累了，才恋恋不舍地走到了付款台。

走出超市的大门时，站在两旁的服务小姐看见我一个人提着三大袋，向我投来同情的目光。

回到家，我丢下东西，两只手有些发麻，便向她抱怨道：“你是不是很喜欢虐待人？难怪还单身一人。”

她愤怒地说：“单身怎么了？你大姐我就喜欢。”

我故意说：“是没有人敢要吧！”

她顺手拿起买来的纸巾直接砸过来，嘴里不服气地说：“你管得着吗？”

为了避免进一步恶化我们的关系，我停止了对抗，走近卧室里打开了电脑上网。

在网上云游了一番，觉得没什么意思，到处不是黄段子，就是俗得再也不能俗的文字。余杰大侠说：“这个世界上最不能忍受的垃圾，便是文字垃圾。”不知从什么时候开始，网上的垃圾文字开始侵蚀人们的心灵，我认为这比毒药更可怕，不过像我这样的人，恐怕要侵蚀也难，因为我压根就不会去多看一眼。

上网实在无聊，我又来到客厅，听见刘可敏在洗澡，我故意走到洗手间门口敲了敲门，大声喊道：“开门啊，我要上厕所。”

水流声停了，刘可敏很警惕地说：“你要干什么啊？”

我装作肚子很疼的样子，对着洗手间喊："快啊，我肚子疼，我要上厕所啊。"

刘可敏当真了，急忙说："不要着急，再等两分钟我就洗完了。"

我心里乐了一下，但口里依旧大声喊："我等不及了，水火不饶人啊。"

我贴着洗手间的门听了一下，好像她在擦身体，我又偷偷乐了一下，便大叫了一声。

看刘可敏一打开洗手间的门，我就冲了进去，我看到她用一条浴巾裹着身体。

关了厕所门，我才长出了一口气，想着这次表演还算成功，终于没有被她识破，我开始在厕所里面手舞足蹈起来。

在厕所里装腔作势了几分钟，我打开门，装作肚子痛的样子走向了沙发，然后躺了下来。

刘可敏看我那近乎完美的表演，也许彻底信了，凑过来靠近我，在我额头上摸了一把，然后问我要不要买药。

我闭上眼睛装作很痛苦的样子呻吟着，其实是为了闻她身上的香味，我眯着眼睛看到，她胸前的两个小家伙离我只有不到二十厘米，我真想……唉，男人真是贱，我又为自己的恶念感到羞耻。

我装了一阵子，怕露馅了以后就更不好做人了，所以也就罢了。睁开了眼，看到刘可敏温柔的眼神，我想就算是冰也该到融化的时候了。

刘可敏看我有些好了，也把手缩了回去，显得有些不好意思。

她打开了电视，我们俩谁也没有说话，不过在看哪个电视台上发生了分歧。她据理力争，还叫我去看看条约，明文规定：甲方不能和乙方争抢电视看，乙方有最终决定权。我跑过去看了一下，原来是第十一条，我看的时候也没有注意，看来我只能接受了。

为了表示不屈服，她看什么电视剧，我就用"没品位"、"只有三岁小孩才喜欢看"之类的话来抨击她。她虽然立了很多条约，但没有限制我说话的权利，当然我只能这样利用仅有的一点点权利了。

刘可敏终于忍不住我在一旁冷嘲热讽，一气之下便去卧室睡觉了。

她走了，我却感觉没有意思了。原来，这种胜利就是一种折磨。平时我一个人的时候，其实也很少认真看电视。

坐了一会儿，我跑到卧室，躺在床上睡又睡不着，又来到客厅，却发现刘可敏的房间里有说话声，我偷听的欲望一下子来了。

我蹑手蹑脚地走到门口，贴着耳朵听了好久，但还是没有听清，就在我正要离开的时候，刘可敏突然打开了门，看我在门口，也大叫了一声。

我还没有开口，她就是一顿痛骂，说我是“色鬼”、“流氓”和“地痞”等之类难听的话，反正被她抓了个正着，我也没有恰当的理由反驳，干脆就承认了。

刘可敏看我毫无反抗，也许觉得有些过分，站在我旁边问：“你干吗不做声?”

我轻笑了一声说：“我总有沉默的权利吧。”

她又骂了起来，我便毫不在乎地说：“就你那飞机场，我还不想看呢?”

刘可敏一听脸都有些青了，一下子甩掉身上的浴巾，不偏不倚正好罩住了我的眼，等我把浴巾拉开时，只看到她穿着一条三角内裤快步冲向了卧室，我急忙赶过去，结果一扇门挡住了我的去路。

我返回坐在沙发上，拿着浴巾闻了闻，心想要不是浴巾当时堵住我的视线，那她就是上身全裸站在我面前，那我该怎么办呢？想到这，我的邪念又来了。

临睡前，我走到她门口喊了声，叫她记得早点起床，别忘了上班，可她还是不做声，我也就知趣地离开了。

这一夜，在床上辗转反侧，没怎么好好地睡，所以很早就起床了。为了弥补我的过错，我为她做了丰盛的早餐，说心里话我一个人的时候从来都不会吃早餐的。

当刘可敏穿着职业装走出卧室时，看到饭桌上的早餐，终于露出了笑容。

我说：“美女，请用早餐吧。”

刘可敏走过来说了一句“这还不错”，接着就狼吞虎咽地吃了起来。

吃完早餐，我们一起去上班，可快走到公司门口的时候，她放慢了脚步，并对我说：“在这里，我不认识你，你先走吧。”

我看了看她说：“莫名其妙，难道我还配不上你吗?”

刘可敏说：“以后到了公司要装作不认识我，这也即将成为下一个条约，今晚就写上去。”

我看了她一眼说：“有那个必要吗？我还怕和你走在一起影响我在美女们面前的形象呢!”

她狠狠地瞪了我一眼，我们俩装作陌生人各走各的路了。

34 做人要厚道

最近，我们服务的这家企业为了迎战一年一度的周年活动大搞宣传，所以杂七杂八的事一大堆，本来不属于我工作范畴之内的，我还必须去干，而且没有任何拒绝的理由，所以心里也有些恼火。

今年算是个特殊年，对于通信业来说，既是机会又是挑战。国内三个通信老大哥明争暗斗，处处充满着火药味，不过老百姓却在看热闹，竞争的结果必然是优胜劣汰，所以各家公司为了赢得市场都拿出了杀手锏。不过，参与这个行业竞争的我，却没有一点感觉，我觉得有实力就到国际上去竞争，在自家的地盘上打内战算什么英雄，可这是一些国人最热衷的、也是最无能的表现。

这是一个追求速度的年代，3G 就是以“速度”为制胜的法宝。作为这家公司的新闻代理，每天睁眼就能看到 3G，每一篇稿子里都离不开 3G，以致让我产生了强烈的怀疑。好归好，但也要现实，可有的人把 3G 吹上了天，3G 成了神，我想要是有朝一日 10G、100G 时代来了，到那时所有的好话都已让给了 3G，那该怎么办？

不过，吴运才算是一大奇才，对 3G 有一种全新的解释，凡是听过的人没有一个能忘记的。

他说：“女人身体上最敏感的地方就是 G 点，加上胸前的两个，总共就是 3G 了。”这话一贴在某论坛上，一呼百应，不到三个小时就有数万人点击。他又稍作发挥，说在不久的将来，女人的 3G 将带着女人上天堂，可男人的 3G 将把男人打入地狱。

所以，当有人给我介绍 3G 的时候，我总是情不自禁想到吴运才的话，也就把目光投向了那些女人的身体。可是，刘可敏所在的部门天天要接待数十人体验 3G 新生活，要是有人也这样看刘可敏，我就觉得浑身不舒服，何况如她那般标致的美女，一定也是无数男人意淫的对象。

每次，趁没事的时候，我就跑到她们部门的门口偷偷看上一眼，主要是看她在做什么，结果她每次都是在面带微笑地向那些道貌岸然、装腔作势的领导讲解3G新生活。有一次，我甚至看到有个死不要脸的老家伙竟然盯着刘可敏的两座小山看了足足有一分钟，当时我就想冲进去灭了他，人老心不老，竟然敢在我爱的女人身上寻求满足，不是有眼无珠就是活腻了。可我还是忍住了，鸡蛋也要学会聪明，不能总往石头上碰，不然结果自然就是粉身碎骨了。

有一天下班，我和部门的几个美女一起走出公司的大门，看到刘可敏在我身后的不远处，为了引起她的注意，也顺便证明一下我在她心目中的地位，我便开始和美女们热聊了起来。

说了几句幽默的话，惹得那些美女们都笑弯了腰，而我却用余光打量着刘可敏。

她看到我和美女们开心的样子，竟然朝相反的方向走了。

于是，我就寒暄了几句，和她们告别了，然后向着她离去的方向追过去。

我追到她身旁说："你怎么朝这边走啊，我等了你好久都没有看到你。"

刘可敏明显有些生气地说："我喜欢，怎么着？"

看到她的表情，我心里甭提多高兴了，便温柔地说："怎么了？不开心啊，我回去给你做你最喜欢吃的红烧鱼头、辣子鸡、三鲜汤……"

她又露出了洁白的牙齿，笑着对我说："真的？那走。"

她回过头朝我们住的地方走去，原来，她这是装的，我又有些后悔了。

我跟在她身后说："你不生气了？"

她看了我一眼说："谁说的？"

"你不会还生气吧？"我反问道。

"我为什么要生你气？"她开始反问我。

也是，她为什么会生我气，我这不是自作多情吗。不过刘可敏的心思，我还是猜到了一二，她只是想掩饰一下她内心瞬间小小的变化而已。

一路争吵，一路追逐，很快就到了楼下。爬楼梯的时候，我看到刘可敏的小屁股在我眼前晃动，而且腰带和上衣之间露出了一大块春光，白白的，嫩嫩的，看着看着我就有些想入非非。

她走到了六楼，突然加速往上跑，我也跟着她跑，结果她突然停下来转过身，我就一头扎进了她怀中，由于她站在比我高一级的台阶，我的头和她的胸撞了个正着，我想要不是她穿着衣服，我应该可以亲吻那里了。

她也许没有想到会这样，所以急忙抓住了我的头，看着我说："你追我干吗？"

我想笑但觉得这没什么理由可笑的，便躲过了她咄咄逼人的眼神，边拿钥匙边说道："我追你？是你叫我追吧？"

"你敢追吗？"刘可敏明显有些挑衅。

"你这不是明摆着叫我追你吗？要是孤独，要是无聊，我还是可以勉强满足你的，不要说追不追，多俗气。"我装作有心无意地说。

"你才俗气呢！"刘可敏说着走进了她的房间。

我在厨房里忙活了差不多半个小时，做了三个菜一个汤，端到桌子上才喊道："你要是不吃，我就先动筷子了。"

刘可敏急忙从卧室里跑出来，喊着说："你敢？"我心想，这样下去，迟早有一天会被我惯坏的，到时候我想反抗都没有理由了。

不过，当我看到刘可敏并没有穿胸罩而坐在我的对面时，再美味的食物都失去了意义，不是说"秀色可餐"吗？其实她的那个更可餐。

刘可敏瞟了我一眼说："你不吃饭傻看什么啊？"

我有些嬉皮笑脸地说："你走光了，害得我吃不下饭啊。"

刘可敏也许出来的时候并没有注意，我这一提醒，她满脸通红，狠狠地骂了我一句就朝卧室跑去。等她出来时，又穿了另一套衣服。

我淡淡地说："看都看了，有那个必要吗？"

刘可敏这次动真格了，拿起了汤勺，睁大了眼睛，准备向我进攻。

我的手机突然响了，算是救了我的命，不然我非要挨她一汤勺，倒不是因为怕痛，而是怕弄脏了我的衣服。

我拿起一看，是谢大哥打来的，我向刘可敏做了一个让她停止吵闹的动作。

刘可敏看我接电话，也没有继续进攻，但还是恶狠狠地站在我面前。

谢大哥说叫我出去，他有个朋友想做一个宣传画册，所以叫我过去看能不能搞定。

挂了电话，为了躲避这一劫，我对着刘可敏说："克星，我有急事要出去一趟，你吃完饭帮我洗一下锅，我先谢谢了，等回来再说。"

说完我就拿了件衣服朝门外走去，就在我关门的那一瞬间，我听见刘可敏恶狠狠地喊道："江枫，你给我回来。"

在上次我和谢大哥喝酒的那个川菜馆里，谢大哥向我介绍了黄经理。第一眼感觉他就是一个温文尔雅的商人，不像有些商人有几个臭钱就瞎摆阔，我平生最看不惯那些靠钱和权摆出的丑恶的嘴脸。

经过谢大哥的推荐和介绍，黄经理向我大体说了一下制作的要求，我听后便说保证能够完成。在谈到报酬时，黄经理开口就说："小江啊，我们初次合作，所以说我给你一万怎么样？"

我一听都有些眩晕了，莫非天上要掉馅饼了，虽说这些钱也不算多，但是就做一个宣传小册子，我核算了一下，最多也就是三千块钱的成本价，他却给了一万，我一下子惊呆了。

“是不是太少了？我说啊，公司……”黄经理看了看我似乎想解释什么。

我急忙摇了摇手说：“没，太多了。”

黄经理和谢大哥都惊讶地说：“太多了？”

我这人没有什么高贵的品质，但对朋友还算真诚，做事要坦诚，做人要厚道，何况谢大哥对我有恩，我也不能见钱眼开。

我把所有的成本向黄经理详细地计算了一遍，黄经理听后感叹道：“我手下那些人，看来没有一个可靠的，就这个方面至少提取了将近上万块钱。”

我安慰道：“做生意，往往就是这样，有些行业内的事情别人很难知道。”

黄经理非常感谢地说：“小江，就冲着你的真诚，我这次还是给你一万。”

谢大哥笑着对黄经理说：“你看看，这不是又给了你一次教训？”

我也只能说：“关键看我做出来的效果你满意不？要是你满意，钱的事到时候再说吧。”

和他们告别后，我心里特别高兴。在一个陌生的城市，能遇到几个知心的人，也许就是一辈子最大的财富。尤其是黄经理的那句话，“就冲着你的真诚，我这次还是给你一万”。我就觉得做人应该这样，当我们足够真诚的时候，同样也会得到别人最真诚的回报。

35 有爱就是家

我一个人在街上文具店顺便买了毛笔和墨汁，主要也是为了做图片时搞些创意字体，这比在电脑上下载的感觉更加逼真和充满艺术感。

我高高兴兴地打开了门，正想把这个好消息告诉刘可敏时，却发现屋子里一片漆黑。

我打开了客厅里的灯，看见刘可敏的屋子里有一丝光线。我走近轻轻敲了一下，里面没有动静，心想不会出什么事吧，推开门进去，看见她的笔记本电脑开着，但就是看不到人，心想这丫头不会是听到我来时，躲藏起来然后趁我不备时袭击我吧，但是我回头看了看也没有她的影子，心想也许她下楼买什么东西去了。

我来到客厅，脱下外衣，准备去洗澡间冲个凉，然后开始构思如何进行制作，毕竟这是我接到的第一份兼职工作，我丝毫不能马虎，它将对我以后的工作有非常重要的意义。

我推开厕所的门，突然传来一声尖叫，原来刘可敏在里面。因为厕所的门是木板的，缝合比较严实，我也没有仔细查看。看到刘可敏赤裸的身体上沐浴露的泡沫堆积成山，我站在门口傻了眼，愣在那里，不知道该离去还是走进去。

刘可敏想躲藏也没有地方躲，只是本能地弯曲了一下身子，用来遮掩她那些秘密地带，然后对着我喊："你看什么，快出去，大色狼。"

我有些依依不舍，但也不能站着不走，说了一句语无伦次的话："我不走难道还请我进去?"

我坐在沙发上，打开了电视，心里却胡思乱想，电视似乎就是我寂寞和思考时的一个伴儿。

刘可敏走出洗澡间，没有和我说话，直接走向了她的卧室。我想也许她有些难为情吧，说不定她还是个处女呢，就被我这样轻而易举地看到了。要是在古时候，有男人看到那些不能看的地方，那个女人的一辈子就彻底毁了。

想来古时女人真是可怜，我竟然莫名其妙地想起了这些。

我沉浸在自己的想象中，也没有发觉刘可敏站在我的身后。

她对我喊道："你说你看到了什么？"

我差点吓出尿来，对着她说："你不要神出鬼没的，吓死人了好不好？"

刘可敏还是坚持问我："你看到了什么？"

我看一眼她，满不在乎地说："我嘛，看到了一座山上两个驼峰，山中间是雅鲁藏布江大峡谷，大峡谷中间水流湍急……"

她突然用浴巾捂住了我的头，狠狠地说："你说，你看到了什么？"

我急忙求饶："我，我没有看到什么，你放开我。"

她还是不肯放开我，我憋得有些慌，一用劲把她压倒在沙发上，她也突然叫了一声。

等我把头上的浴巾移开，我才发现我趴在她的身上，她的眼睛一动不动地看着我。

我对着她微微一笑，轻轻地说："你要是再敢动，我就……"然后我慢慢地翻身起来。

刘可敏望了望我说："你想干什么？"

我笑了一下，说："这个以后慢慢告诉你。"

她也从沙发上翻身起来，头发有些乱，神情有些恍惚。

为了尽快恢复我们之间的和谐气氛，我拿起了毛笔说："也该装饰一下我们的小屋了。"

刘可敏好奇地凑过来说："你拿这个干什么？"

我望了一眼，不知她是真不懂还是装不懂，说："写字啊，你说还能干什么？"

她惊讶地问："你也会写毛笔字？"

我笑了笑说："你不了解吧，我会的多着呢。"

刘可敏唏嘘了一声，表示不屑一顾，但也没有说什么。

我铺开了宣纸，想了半天也不知道该写什么，最终提起毛笔写了"天道酬勤"四个赵体大字。

刘可敏眼睛都冒出了绿光，既惊讶又赞叹地说："没想到色狼也是大书法家啊。"

听了她的话，我不知道她是在夸赞还是讽刺，便说："你不要把色狼和书法这两个风马牛不相及的东西扯到一起，好不好？"

刘可敏拿起了我写的字，在客厅里转了一圈说："不错，不错，苍劲有力，运笔自如，有那么点意思。"

听她那样说，好像她也是这方面的专家似的，我也低头笑了笑。

她看了看说：“这是什么字体啊？”

我一笑说：“江体。”

她扭头问我：“有这种字体吗？”

我肯定地告诉她：“当然有了，你手里拿的不就是江体吗？”

她也来了兴致，想自己动手写几个字，可是她拿毛笔的姿势不对尚且不说，手一拿笔就开始抖动，写出来的字就像蚂蚁走过的路。于是，她叫我写她的名字，然后我接连写了两张，上面都是她的名字，说心里话我还从来没有在一个书法作品上单独地写一个人的名字，而且写了不下十个，这算是第一次，恐怕也是最后一次。

我在她的要求下，又写了几首老土的诗，她负责贴在客厅的墙壁上，我们就这样乐呵乐呵。最后，我想了想，向她征求意见：“我们应该对我们这个家有所贡献，不能老写别人的东西啊。”

刘可敏对着我说：“江枫同志，你说得很对，看来你对家还是有感情的，那你就好好想想。”

我想了想自己过着如此凄惨的生活，灵机一动说：“家，就是两个人的地狱。”

刘可敏看了看我，骂道：“狗嘴里吐不出象牙，你是不是看我不顺眼才这么说？”

我只是说说，她竟这么在乎，看来她还是很在乎这个家的，于是我便在纸上写道：“哪里有爱，哪里就是我的家。”

这次刘可敏很赞同我的想法，但就把字贴到哪里的问题产生了严重的分歧，最后经过协议，我们便贴在了电视后面的墙壁上，这样只要一坐在电视前面就能看到。我觉得有些碍眼，不过她说这是为了鞭策我，让我明白家的真正意义。

折腾到了晚上十一点，我们才各自走进了自己的卧室。我一个人躺在床上想，要是我们在一张床上睡觉，那才算是一个家，可那要等到什么时候呢？

36 巧合与误会

最近，公司为了加快信息化发展的进度，在地市分公司选派一些信息讲解员去学习交流，期限是一个星期。刘可敏为了锻炼和提升自己的能力，也报名参加了，所以我的生活又回归到了她入住前的状态：懒散、压抑和无聊。

上班的时间还勉强可以度过，可一到周末闲下来就有些崩溃，原来我是如此耐不住寂寞的人，我开始有些佩服那些整日待在房子里不出门的“宅人”，他们真是太伟大了！

刘可敏早晨打电话过来，说她第二天就要到了，叫我打扫卫生准备迎接她的归来。我想，终于能够看到她了，心里甭提有多高兴了。

在镜子前一站，才发现自己的头发长得如野草，于是我想改头换面一下，好让她有一种新鲜的感觉。

出了门，我便直奔李倩的美发店，上次她邀请我有空就过去坐坐，这也算一个最好的机会了。

李倩的理发店离我住的地方打车二十几分钟，下了车一抬头就看到了“靓丽美发店”五个镏金大字，于是便走了进去。

一个看起来二十几岁的女服务员很礼貌地招呼我，听我说是找她们老板李倩，更加热情客气了。不过，李倩此时不在店内，她打了电话之后便安排我坐下，说李倩一会儿就到。问我有什么事，我说是顺路过来理发，没有什么事。

她安排我到旁边的一间小屋内，叫了一个女服务员给我做按摩，说只有贵宾才能享受这项服务。过了约几分钟，又叫店内最好的理发师给我理发，还说这是她们老板的安排。

理发师是一个时尚的靓妹，头发染成橘红色，眼睫毛长长的，眼睛大大的。

我笑着说：“一般都是男理发师，怎么突然冒出个女的呢？”

她朝我笑了一下，说：“你是我们老板的贵客，所以我只好亲自出马为你服务了。”

听了她的话，我心里特别舒服，心想：看来李倩对经营这行业还算有些门道，怪不得她一个外地女孩把理发店开在了这个城市，而且生意会如此火爆。

理完发，我对着镜子仔细看了看，果然很不错，看来有什么样的服务就有什么样的效果。我对着女理发师笑了笑说：“果然不错。”

她笑着说：“谁叫你是我们老板的朋友呢？”

我回过头装傻地问：“这难道也有错吗？”

她呵呵笑了一下说：“当然了，你要是不来我就睡觉了。”

我心想：这丫头真是计较，看来她和李倩的关系也非简单的老板和员工的关系。

“江枫，你来了怎么不提前吱一声啊？”李倩在我身后对我说。

我回过头一看，原来是李倩，她今天穿着长裙，看起来很有女人味。

“你是老板啊，我怎么敢耽误你的时间呢？”我笑着说。

“你就继续贫吧。”李倩朝我笑着说。

店内所有的服务员都客气地向李倩说：“李姐。”

我一笑说：“看来李老板经营有道啊。”

“你说什么啊，我们这里没有老板，只有姐妹。”李倩解释说。

“难怪她们很不客气！”我继续说。

“对你的服务不满意，还是理的发不好看？”李倩问我。

我哈哈一笑说：“都不是，只是我来了有些人就不能睡觉了。”说完我朝刚才那个女理发师看了一眼。

她对着李倩解释说：“李姐，他坏，竟然在你面前数落我。”

我对着她嬉笑着说：“怕了吧，大美女，你可是得罪不起我的。”

她撅了一下嘴巴说：“你坏。”

李倩看我们只是开玩笑，所以就没有说什么，只是对着我说：“你到了我这儿也不放过我这里的‘店花’啊？”

我看了刚才那女孩一眼，果然美貌出众，对着李倩悄悄说：“你要是早些告诉我那就好了。”

李倩笑着说：“别吃着碗里的看着锅里的了。”

那女孩听我们说她，甩了一下胳膊，愤然离开了，我笑着说：“有个性，这样的女孩才讨人喜爱。”

李倩对着店内的所有服务员宣布道：“这是江枫大帅哥，以后凡是他到我们这里的消费都记在我的账上。”

我看了李倩一眼，说："你确定你今天没有说醉话吧，李大老板。"

李倩对着我说："看，又来了，少废话了。"

我说："既然李老板给在下这样赏脸，那我请李老板吃饭，不知赏脸不?"

李倩很兴奋，但又有些不敢相信地问我："真的吗?"

我反问道："我说过假话吗?"

李倩拍了一下我的肩膀说："走。"

店里的服务员可能看见我们有些暧昧，不约而同地笑了起来。

走出靓丽理发店，我对李倩说："你这样做不会让下属误会吧。"

李倩摆出一副无所谓的样子说："随她们说去吧，我们还是吃饭去。"

我和李倩找了附近的一家饭店，看外面装修得不错，可一看菜单真吓了我一跳。我们两个人点了四个菜外加两瓶啤酒，就花掉了我将近两百元，更可恨的是菜的味道一般，所以我们就少吃菜多喝酒，以致走出来的时候李倩有些微醉。

本来我想就此别过，但李倩说想到我的家去看看，我也不好拒绝，所以就把她带回了家。

李倩在家里走了走，四处看了看说："怎么好像有一个女孩住在这里?"

我不得不佩服女人的观察力，即便刘可敏的房间关了门，但还是被她察觉到了。

我有些吞吞吐吐地说："是，不过我们只是同租关系。"

李倩走到门后面看了刘可敏订的不平等条约，笑着说："看来她也是一个很有意思的女孩子。"

我们坐在沙发上聊了一会儿，李倩说身上很不舒服，想去洗手间冲个凉，我顺便给她找了一条新浴巾，于是我就走进了自己的卧室打开了电脑。

坐在电脑前，我开始胡思乱想了起来，想起在东海岛李倩赤裸裸的身体，而今她就在隔壁洗澡间，在性本能驱使下，我的下半身也有些不安分了。

过了有十分钟，有人突然从后面捂住了我的眼睛，我心想大概是李倩逗我，我抓住她的手，突然听到刘可敏的声音："你猜我是谁?"

我一听是刘可敏，心里既高兴，又开始有些担忧，因为李倩就在我们的洗澡间，我该怎么解释呢?

我拉开了刘可敏的手，转过身看着她，刘可敏一下子就扑到了我怀中，我感觉下面那个家伙正好和她的身体靠近在一起，我竟然有想占有刘可敏的欲望，大概也是因为这一周太过思念的缘故吧。

就在这时，李倩从洗澡间走了出来，她喊了一声我的名字。

刘可敏松开了手，一脸疑惑地看着我，和我一同走出了卧室。

李倩刚洗过澡，身上披着一条大浴巾，我有些傻眼了。

刘可敏气愤地对着我说："她……她是谁？"

我正想解释，却听见李倩也对着我说："她是那个女孩吧？"

不过我一看沙发，李倩洗澡前不知什么时候把内衣脱了丢在了沙发上，我到卧室了根本就不知道，我都不知道自己该怎么向刘可敏解释了。

刘可敏一气之下说："江枫，你混蛋。"说完，提起包就夺门而去了。

李倩有些不好意思地说："对不起，江枫，你不是说她今晚不回来吗？"

我笑了笑说："没什么。"不过我心想：刘可敏为什么要和我生气，难道是因为我违犯了同租条约吗？

李倩很快穿好了衣服，从洗澡间走了出来，也对我说："不好意思，江枫，没想到给你带来了麻烦。"

我笑着说："没事的，我们之间也没有什么。"

李倩对我说："看得出，她很在乎你，你好好珍惜吧！"

李倩也借故离开了，留下我一个人在屋子里。想来想去，我拨打了刘可敏的电话，可电话那边却传来一个女人机械的声音，原来她关机了。

我发了一条短信，希望她中途开机的时候能够尽快收到，不知为什么她的离开让我十分担忧，我也不想就这样失去她。

可等到凌晨一点钟，她还是没有开机。我一个人躺在沙发上不知不觉就睡着了。

37 分手是因为你爱我

仅仅过了一天，我的心情剧烈恶化。刘可敏的手机一直处于关机状态。上班前我跑到她所在的部门问了一下，她们却说刘可敏还没有回来。我想：她肯定是提前赶回来，不料却碰到这种事，我想解释她也没有给我一个机会，何况发生这种事，确实很难解释清楚。

坐在办公室里，看吴运才现在有些骨瘦如柴，真是觉得痛心，任何事做得过火了都会留下后遗症，即便是和女人亲热也一样。吴运才现在的体魄就很好地说明了这一点，可他还是一脸无所谓的表情，看来性对男人来说，一旦迷上了，就好比是服毒和赌博一样，是很难戒掉的。

今天不是很忙，坐了两个多小时，我站起来伸了一下懒腰，便去了洗手间。

路过前台，看见一个女的向文娟打听什么，我没有注意，就走过去了。不过文娟看到我时却说："江枫，晚上宁远请你吃饭。"

那个女的迅速回过头，我们四目相撞，都惊呆了。

原来她就是林一梦，在我梦中无数次出现的林一梦，曾经我们躺在一个床上现在却形同路人的林一梦。

文娟看见我们的表情，也慢慢地站了起来，不动声色地看着我们。

我轻轻地说了声："原来是你。"

林一梦有些憔悴地说："你怎么会在这儿？"

我心想：要不是因为你，我也许就从来不会在这儿，但我奇怪的是她怎么也会在这儿。

文娟也惊讶地说："原来你们也认识？"

我看了她一眼，没有说什么，心想何止是认识，半年前我们还在同一张床上睡觉同一个锅里吃饭呢。

林一梦站在那里，不知道该跟我说什么，就是目不转睛地看着我。文娟察觉了她的这种表情便说："林小姐，林总现在在开会，一会儿就结束，你要不等等吧。”

林一梦没有回答她的话，却对我说：“为什么一直不和我联系？”

我心里有些难过，但还是微笑着说：“你不是也很忙嘛，所以我就……”

文娟怕我们站在服务台前面就这样聊天，要是被公司领导看到了影响不好，就对我们说：“要不你们到旁边的会客厅坐坐吧。”

我们到了会客厅，谁也没有说什么，只是沉默着。

沉默了一会儿，林一梦突然问我：“你在这儿上班？”

我点了点头，也对着她说：“你怎么会来这儿？”

她淡淡地说：“我爸爸在这里工作，所以我过来看看。”

我惊讶地问：“你父亲？”

说了半天，原来林一梦的父亲就是林总，说出来我觉得这又是一个荒唐的笑话。要不是我和林一梦分手，我天天竟然和未来的岳父大人共事，这似乎是上天跟我开了一个国际玩笑，不过现在却变成了一个不大不小的惩罚。

我不知道该说什么，对林一梦说：“你继续等吧，我还要去上班。”

林一梦突然对我说：“江枫，下班后我等你，好吗？”

我既没有拒绝也没有答应，但最终还是不自然地点了点头，便回到了办公室。

文娟看我走出了会客厅，紧跟我身后，问我到底怎么回事，我只是说认识她，便敷衍过去了，同时告诉她晚上有事不能陪宁远了。

下班后，我走出了公司的大门，远远地看到了林一梦站在大街旁。

林一梦看我走出了公司大门，走过来对我说：“我想和你一起说说话。”

我看了她一眼，心想现在都成了陌路人，还有什么话可说，但也没有拒绝。

我们继续走，谁都没有说话，林一梦提议说：“要不我们去海边吹吹风吧？”

她对这个城市的熟悉程度丝毫不亚于我，看来以前我根本就不了解她，要不然相处三年我不会不知道她竟然有一个在国企当领导的父亲，她到底还有多少故事从来没有向我提起过呢，似乎都是一个又一个的秘密。

到了金沙湾海边，我们沿着海岸边漫步，海风吹来，我的心却有些凄冷。

走了一段路林一梦问我：“你最近还好吗？”

我淡淡地回答道：“还好，你呢？”

“我也好。”不过她声音压得很低。

“我和他分手了。”看我半晌没有说话，林一梦接着说。

“哦，是吗？为什么？”

“没有为什么，就是觉得不合适。”

我不知道说什么了，我从来就不相信一个比她大十几岁的男人能给她真正的幸福，不过一切都是她自己的选择，我又能说什么呢？我觉得连安慰她都是一种虚伪，毕竟是她曾经为了那个男人而背叛了我。

“你是不是还在恨我？”林一梦问我。

我看了看海，轻轻地说出两个字：“没有。”

林一梦突然停住了脚步对我说：“江枫，对不起。”

她的眼眶明显有些湿润，眼睛中透出一种无助和绝望的目光，我也不知该怎样面对她的道歉。

林一梦扑到我的怀中，哭着说：“对不起，江枫，我恨我自己。”

我轻轻地拍了拍她熟悉又陌生的肩膀，但一直没有说话，面对她这种举动，我既感到悲哀，又有种说不出的无奈，也有那么一点点感动。

林一梦渐渐地停止了哭泣，站在我面前擦干了眼泪，我也很想紧紧地抱住她，把一切都彻底忘记，可刘可敏的影子突然出现在我的脑海中。

我们在海边走了差不多一个小时，一路上沉默多于闲聊，两个曾经相爱的人又走到了一起，却以沉默和无言相对。走得有些累了，我们便从海边搭车到康顺大街，在一家饭馆吃晚饭，她还是那个吃相，有些挑剔却又贪吃。或许，她还是一样的美丽，一样的性感，但总是感觉这些与我无关，我所能够记住的只是和她在一起时的样子，其他的一切我都不想有任何的回忆。

走出了饭店，她说要去酒店订一个房间，我顺便问道：“你父亲不是在这儿吗？”

林一梦有些生气地说：“我不想去他家，我只想过来看看他。”

原来，林一梦是在单亲家庭中长大的，林总和她的母亲在她十岁时就离婚了，她跟着妈妈过，妈妈又给她找了一个后爸。林总另娶妻生子，又组成了另外一个家庭。这些我从未想过，我原以为和她在一起三年，我对她的一切都了如指掌，可现在才发现我根本就不了解她，也从来没有理解她内心的痛苦。当林一梦亲口把这一切告诉我时，我开始有些自责。

我有些责怪地说：“那你怎么从来没有告诉过我呢？”

林一梦看了看我说：“告诉你那些有用吗？那是我永远的伤痛。”

我也沉默了，跟着她走进了一家酒店。

前台小姐问：“先生，请问开情侣套房吗？”

我朝她瞪了一眼，心想不问清楚，有这样没大没小说话的吗，提高了嗓门说：“单人房。”

前台小姐听了，看了我一眼低下头说：“不好意思。”

拿着房卡进了门，把房卡插在插槽中，房间里的灯亮了，看来房子还不错，房间内布置得很温馨很舒服。

林一梦把包丢在桌子上，坐在了床上，我坐在靠桌的椅子上，我们就这样默默地坐着。

我想：与其两个人这样尴尬，还不如我趁早离开。于是站起来说："你早点休息吧，我回去了。"

林一梦看我要走，有些央求地说："我要洗澡，有点怕，你等我出来再走吧！"

我犹豫了一下，轻轻地点了点头，打开了房间里的电视。

不一会儿，洗手间传出林一梦洗澡的声音，我的心里却是一片凄凉。我想：人与人之间，只有彼此珍惜才能长相厮守，如果错过了，即便曾经再亲密，也会反目成仇或熟视无睹。

林一梦从洗手间走了出来，在我眼前的还是我们曾经生活在一起的熟悉情形，要是以前或许我就跑过去抱起她，然后……可现在我和她之间似乎有一道墙，任何努力都无法跨越。

我站了起来，轻声说："已经晚了，我要走了，你早些睡吧。"

林一梦堵住了我的路，逼着我问道："你是不是还恨我？"

我躲开了她的眼神，说："没有，你不要想那么多。"

林一梦继续问我："那你为什么不看着我。"

我抬起头看了看她，说："没有。"

林一梦有些恳求地说："那你留下来陪我，好吗？"

我从来没有想到她会提出这样的要求，我有些吃惊，吞吞吐吐地说："这个，我……我不能，我还有事。"

林一梦突然抱住了我，她身上的浴巾也掉了，此时我竟然抱着赤裸裸的她。

她恳求地说："江枫，你留下来，好吗？就这一晚。"

我慢慢推开他，帮她捡起了浴巾，披在她的身上说："我真的不能，你早些睡吧。"

林一梦又紧紧地抱住了我，她不想让我离开她。接着说："你是不是又有女朋友了？"

我简短地回答道："没有。"

"那你留下来，好吗？就算我求你了。"

"你为什么叫我留下来？"

她的嘴堵住了我的嘴，她开始激烈地吻我，轻声地说："我需要你，知道吗?”

她这一吻，唤醒了我无数的记忆，让我想起我们在一起的每个夜晚，该是多么的美好和难忘，我渐渐有些沉醉。

林一梦有些忘情地吻我，但我的心里很矛盾。要是在当初，我可以疯狂地回应她，给她一个男人最深沉最激烈的爱，可是现在，我没有办法说服自己去接受她，也许这就是一个男人的自尊心所致。可在林一梦的亲吻中，我内心的那道防线也渐渐崩溃。

林一梦有些疯狂，她压在我身上脱掉了我的衣服，我却像一具僵尸一样，既没有反抗也没有接受，任凭她肆意侵占我。

我们俩的身体融合在一起了，她反应更加强烈，浪叫声响彻整个房间，我也被她的声音感染了，头脑一热，翻身起来压在她身上。

……

我们折腾了差不多两个小时，这是我们在一起持续时间最长的一次。完事后，林一梦躺在我身边流下了热泪，不知是因为幸福还是难过。

我帮她擦去了眼角的泪水，心里也有些难过。我想起了曾经答应过她的一句话：“无论怎样我都不会叫你为我而流泪。”

林一梦睁开眼睛看了我，用手轻轻地抚摸着我的胸膛说：“对不起，我爱你。”

我静静地躺在床上，没有说话。

林一梦对着我说：“你知道我为什么会离开你吗?”

我看了她一眼，等待她的回答。

“就是因为你对我太好了，你从来都是宠着我，爱着我……”

这也许是世界上最荒唐的回答，但是从她的眼睛里我相信，她说的是真的。

38 在爱与痛中挣扎

那一夜，我们在巫山云雨的缠绵中，在沉默与对话的尴尬中度过。

林一梦给我讲述了她离开我的每一分每一秒，那个比她大十多岁的男人没有给她想要的爱，她想对我说千万个对不起……我只是沉默，除了沉默我还能怎样呢？

早晨起床，我感到浑身无力，一阵酥软，也许是因为昨夜过度的亲热，我有些没精打采，在洗澡间冲了个冷水澡，好让自己尽快恢复精力。

林一梦看我从洗澡间走出来，帮我擦了擦身体，然后帮我穿好了衣服，这是我做梦都不曾想到的，一个曾经在我面前除了撒娇和撒野的女人，现在竟然会变得如此温柔。

我要出门了，她紧紧地抱住我说："我今天就要走了，你会想我吗？"

我还是淡淡地说："现在说这些有用吗？"

"有用，我想叫你回答。"

"也许吧。"

林一梦有些难过的样子，轻轻地说："谢谢你，祝你幸福。"

我也说："也祝你幸福。"

林一梦的泪水夺眶而出，但我还是义无反顾地离开了。

刚到了公司大门口，刘可敏从后面赶上来问我："江枫，你昨天晚上干什么去了？"

我看到她有些惊讶，但很快又恢复了平静，轻轻地说："哦，我去了朋友那里。"

刘可敏看我没精打采的样子，很关心地问我："你生病了吧？"

我对着她很勉强地笑了一下，说了句"没事"，便坐电梯上楼了，留下刘可敏在大厅发呆。

我进了办公室，吴运才看我一脸疲倦，对着我说："兄弟，昨晚'练功'过度了吧？"

我看了他一眼说："少废话，哪会像你一样。"

吴运才反抗说："我怎么了？怎么说也算是良民一个。"

我有些轻蔑地说："就你良民，天下恐怕就没有什么恶棍了。"

吴运才说："兄弟，你今天好像不对劲啊，是不是受了什么刺激？"

我没有理他，打开了电脑登上了QQ。

吴运才给我发来了一条信息，打开一看是一段咬文嚼字的荤段子：

我家的宽带到期了，去电信营业厅续费。我们这里是一个月120元，一次性缴半年的送一个月，于是我准备缴半年。

可营业厅的服务小姐说："现在搞活动，一次'性交'一年的送3个月。"

可我那天只有400元，所以我坚持要一次"性交"半年。

那服务小姐小声说了一句："真不是男人！"

一次性交半年就不是男人了吗？一次"性交"多久才能算男人呢？

看了之后，我轻轻地笑了笑。

吴运才对我喊着说："兄弟，过瘾吧？"

这时，谢文娟走进办公室，听到吴运才的话也问："什么过瘾啊？"

吴运才嬉笑着说："美女，要不要也看看？"

谢文娟在吴运才的电脑上看了一会儿，羞红着脸和吴运才又打斗起来，陈军突然喊："林总来了。"

一切瞬间又恢复了正常，文娟和吴运才都装作认真工作的样子，等他们发现是陈军故意吓他们，文娟又把进攻的目标对准了陈军。

打斗结束，文娟才走到我旁边说："宁远叫你晚上一起吃饭，来不来你自己看着办！"

我笑了一下说："你们小两口是请我，还是要挟我？"

文娟斜着眼睛看了我一下，说："怎么那么多废话？"

"看来宁远管教不严，越来越不像淑女了。"我低声说。

文娟瞪了我一眼，没有说什么就走了出去。

过了一个小时后，林一梦发来了一条短信："江枫，谢谢你陪我。我知道我现在没有资格说爱你，但是我还是很爱你。我走了，会一直想你的，祝你幸福。"

我拿着手机看了四五遍，手指在键盘上敲了四个字："一路走好！"

下午下班后，文娟和我一起走出了公司，搭上了一辆的士便直接去饭店，在出租车的反光镜里，我看到刘可敏站在路旁看着我们。

我在饭店见到了路宁远，问他有什么事非要请我吃饭。

路宁远还是很平静地说："其实也没有什么，就是叫你过来喝酒吃肉，难道这也需要什么理由吗?"

我对着他们说："你们小两口可别耍什么花样?"

文娟笑着说："请你吃饭还这样说我，真是好心当成驴肝肺。"

我对路宁远说："你这老婆，现在还很活泼，看来你的火候还不够。"

宁远明白了我的意思，连忙掩饰道："兄弟，不说这个，不说这个。"

文娟也似乎有些明白，但她不知道具体指什么，只是傻傻地看着我们。

宁远冲着服务员喊道："美女，拿瓶白酒来。"

服务员拿来一瓶浏阳河，路宁远又要了两个大杯，一瓶酒就这样被我们俩瓜分了。

文娟可能不知道我们的酒量，以为我们疯了，在旁边劝道："你们没事吧，哪有这样喝酒的?"

路宁远拦住文娟说："我们老家喝酒前，开场都要喝一碗的，这算什么?"

我们俩也不管她怎么劝，端起酒杯就干了一大口。

路宁远这时才开始说他为什么请我，原来是叶丽娜得病住院了，所以想叫我到长沙看一次，本来他想去，关键是叶丽娜想见我，他去也没有用。

路宁远说完，看了看我，接着说："兄弟，去不去你自己决定，我只是征求你的意见。"

我一听是叶丽娜生病住院了，心里的确有些难过。我从心底里爱她，就像一个哥哥爱一个妹妹一样，可我们之间的事远非那么简单，这些只有我们知道。她现在生病了，怎么说我也要去看她，哪怕只是看看。

路宁远见我不回答，举起了酒杯和我又干了一大口。我酒量不错，如果心情好，喝上一斤白酒都不会有什么问题，可心情一糟糕，不到二两就醉，所以半斤白酒下肚，我已经找不着北了。

我迷迷糊糊好像回到了家，而且看到了刘可敏，后来的事都不记得了。

凌晨一点钟，等我惊醒时，发现刘可敏拿着毛巾热敷我的额头，我想问她发生了什么事。

她微微一笑说："醒来了，没事。"

我看了她，有些疼爱，她好像也消瘦了好多，便说："我没事，你怎么还不睡?"

刘可敏说："你都醉成这样了，我能睡吗?"

就冲着她这句话，我真想痛哭一场。作为一个男人怎么能这样，让自己心爱的女人牵肠挂肚，自己却这样烂醉如泥。

刘可敏看我醒了，扶着我走进了卧室，我躺在床上，她坐在旁边继续看着我。

我轻轻地说："累了吧，要不你也躺下来休息一下？"

她迟疑了一下，但还是乖乖地躺在了我的身边，我从身后抱住了她，她没有反抗。

我们就这样安静地睡了一个晚上，没有争吵，有的只是沉默。

第二天醒来，我走到客厅一看，刘可敏已经做好了早餐。

我笑着说："有劳您了，真是不敢想象。"

刘可敏说："洗漱完了，赶快吃饭，不然就要迟到了。"

我看了看她，说："OK，Thank You！"

刘可敏看我滑稽的样子，笑出来声，但没有说什么。

我们吃完早餐，一起去上班了，路上我一直想：刘可敏今天怎么变得这么温柔，难道她有脱胎换骨之术，从刁蛮烈女一下变成了贤妻良母。

在前台碰见了文娟，我还没有开口说话她就奚落我："丢死人了，丢死人了！"

我有些莫名其妙，难道喝醉了酒就丢人吗？我问她："怎么回事？"

文娟卖起了关子，"你真想听？"

我来气了，说："少废话了，赶快说。"

文娟呵呵一笑说："你昨天喝醉了，我和宁远把你送到家，你知道你说了些什么吗？"

我开始有些担心，难道我说的话被刘可敏听到了，急忙问："我说什么醉话了？"

文娟说："你口口声声地说：'我爱刘可敏'，什么'克星'啊之类的糊涂话，刘可敏都感动得哭了，你不知道吧？"

我还是有些不放心，继续问文娟："我难道没有说别的吗？"

文娟也奇怪地看我，反问道："难道你还有什么想说的吗？"

我确定没有说出让刘可敏伤心的话，便对着文娟一笑说："没有。"然后就快步走进了办公室。

下班后，刚走出公司大门，刘可敏就站在门口等我。她这么一个大美女，往那里一站，简直就是一朵娇艳的花，出门的所有男人大概都看得两眼发呆。不过，她却径直走向我，惹得无数男人向我投来既嫉妒又羡慕的目光。

刘可敏靠近我，抓住我的衣袖说："给你一次将功补过的机会，今晚给我做辣子鸡和红烧鱼。"

在众目睽睽之下，她这样拉着我，确实让我满足了虚荣心，但我也不能就此屈服，便说："原来这又是一场骗局，我还以为你改头换面重新做人了呢?"

刘可敏说："怎么样? 谁叫你上当呢?"

我笑着说："天底下像你这样的女朋友少见，我可真是冤了。"

刘可敏嘟囔道："谁是你的女朋友?"

我嘿嘿一笑说："你就别不承认了，你不信做个调查看看?"

"什么调查?"刘可敏有些奇怪的样子问我。

"你随便向周围的人问问，他们有九成以上都会认为你是我的女朋友?"我对着她调侃道。

"是吗?"刘可敏向周围看了看，有些半信半疑地问。

我笑着说："要是你亲我一下，就会有十成人都会这样认为。"

刘可敏甩开了我的胳膊，装作生气地说："谁稀罕呢!"

39 爱在另一座城市

晚上，我给刘可敏做了丰盛的晚餐，算是我昨晚为她带来麻烦的一次小小补偿。刘可敏吃得比较多，吃完摸着肚子走进了卧室。

我在厨房里收拾了一下碗筷，就坐在沙发上打开了电视，除了足球比赛、游戏选秀、广告，就是韩剧，我想电视台怎么这么低俗，好像除了这些就没有什么可播放的一样，我一气之下关了电视。

刘可敏从房间里走了出来，坐在沙发上对我说："江枫同志，和你商量个事怎么样？"

我看她一脸诡笑，心想肯定没有什么好事，便说："那要看你商量什么事了？"

刘可敏说："我背有些痛，你帮我按摩怎么样？"

心想：这是天大的好事，任何一个男人或许都不会拒绝的，但我还是装作平静的样子说："我的背也有些痛，要不你也给我也按摩一下？"

刘可敏骂道："什么都这么斤斤计较，真没劲。"

我急忙说："好，好，我帮你按摩。"

刘可敏趴在了沙发上，我坐在旁边帮她按摩，两只罪恶的手开始伸向了她的身体。

在她的背上按了按，问她："舒服吗？"

刘可敏轻声地说："真舒服，你以前是不是常给你女朋友按摩？"

我发誓道："绝对没有，你是第一个。"

刘可敏没有再多问什么，好像很享受的样子。我便从背上向下按摩，到了她的腰上，看着她翘起的屁股，我很想摸一摸，手也慢慢地靠近了。

刘可敏突然说："我背痛，你按什么地方啊？"

我解释说："背部痛，说明其他部位的关节也麻痹了，所以最好全身按一下。"

刘可敏听我胡搅蛮缠，没有说什么。于是我就在她大腿上、小腿上、脚上按，最后还是把手放在了她的翘起的臀部上，我轻轻一按，刘可敏感觉有些不自在，身子晃动了一下。

我终于满足了自己小小的欲望，便停止了按摩，说："现在舒服了吧？"

刘可敏翻身起来，羞红了脸看着我，说："可以了，要不我帮你按摩？"

她在我身上一按，我就感觉浑身奇痒无比，狂笑出声来，她终于发现了我致命的弱点——怕痒。所以后来的日子里，刘可敏在我防不胜防的时候，突然在我身上一摸，我立即宣告投降。

我们俩在房间里闹腾了一会，我对刘可敏说："我明天要去一次长沙，中转的机票已经订好了。"

刘可敏问我："什么事？"

"宁远有个朋友生病了，我帮他去看看，顺便也办点事。"我淡淡地回答。

刘可敏点了点头，过了一会又问："什么时候走？"

我有些不确定地说："大概就这两天吧。"

"需要几天？"刘可敏虽然装作不大关心，但从她的问话中，我知道她还是很在乎，因为她的表情是藏不住任何秘密的。

"两三天吧。"我简短地地答。

我们俩突然沉默了起来，坐了一会儿便各自回卧室睡觉了。

第二天早晨，我坐上了去长沙的飞机，在广州转机，感觉广州的气息还是那样，可我有些难过。

飞机上人不多，我坐在靠窗的位置，可以看到云层，感觉自己就像浮云一样，从一个城市到另一个城市飘来飘去。

很多人对空姐这个神圣的职业都有一种憧憬，可当坐在飞机上时都有大跌眼镜之感慨，传说中的空姐其实也不过如此。记得有人说："吸引男人的办法就是让他一直得不到；吸引女人的办法正好相反，就是让她一直满足。"之所以很多人对空姐都充满幻想，大概也是因为得不到的原因吧。可能是我运气不好，每次坐飞机见到的空姐都长得不好看的，看了也没有什么好胃口。不过，相比而言，服务态度还是值得肯定的。

在一个多小时的旅程中，我喝了一杯咖啡，是一个空姐亲手递给我的，算是也和空姐近距离接触了，虽然长得不怎么样，但看起来还是比较顺眼，要鼻子有鼻子，要脸蛋有脸蛋的，化了淡淡的妆，就外表而言让人感觉很舒服。

下了飞机，走出黄花机场，搭了一辆的士，然后直奔叶丽娜的学校。

车在路上驰骋，我也渐渐回到了大学时代，这个我曾生活了四年的城市，多多少少留下了一些美好的记忆。

我打开手机，看到刘可敏发给我的短信："我不知道你去干什么，我也不想知道，但我希望你早点回来，你要记住，在这个城市，一直有个人等你回来。"此时的我，多少有些感动，只希望能够尽快回到我们的那个家。

我本来想直接去叶丽娜住的医院，但我不知道她具体住什么地方，便拨通了她的电话。

"喂，你好。"电话那边有个女孩很礼貌地说。

我看了看电话，没有拨错号码，难道叶丽娜忘了我的电话。

"你好，请问这是叶丽娜的手机吗?"等了几秒钟，我还是很礼貌地问。

"哦，那你等等。"电话那边传来一个女孩叫叶丽娜的声音。

"喂，你是哪位?"叶丽娜在电话那边问我。

"是我。"我想她应该能听出我的声音。

"江枫哥。"叶丽娜惊讶地喊出了我的名字。

"你怎么给我打电话了？你好吗？你在哪儿啊?"叶丽娜接连问了几个问题，我都不知道该回答哪一个。

"你在哪儿?"我直接问她。

"我现在在宿舍啊，江枫哥，你呢?"叶丽娜回答。

"你不是住院了吗?"我反问道。

"早就没事了，你现在在哪儿啊?"叶丽娜有些着急地问。

"我在车上。"我想给她一个惊喜。

"哦。"叶丽娜拉长了声音，听得出她有些失望。

"要是没事，你到你们校门口接我吧。"我装作平静地说。

"啊？你来我们学校了，真的吗，江枫哥?"叶丽娜高兴地喊，我的耳膜都有些受不了。

"是的，我现在只要五分钟就到你们学校门口了。"我肯定地回答道。

"那好，你等我。"叶丽娜高兴地说。

叶丽娜或许因为着急，连电话都没有挂断，我听到那边"砰砰砰"响个不停，隐隐约约传来叶丽娜的声音："我要穿什么衣服呢?"随后传来一群女生的声音，大家叽叽喳喳闹个不停，我就挂断了电话。

我下了车，站在叶丽娜学校的门口，看着这些新世纪的天之骄子进进出出，不禁想起我的大学时代，那却是一段灰色的记忆。

遥想当年，我也算有志青年，发誓要混出个名堂来，风风光光地回到母校，然后走在红地毯上。可几年过后，我的母校就在离我不远的地方，我却不想靠近半步，那里有我太多美好的青春记忆，也有我太多难忘的成长伤痛，我不知道怎样去面对它，所以我只有静静地望着它的方向，惆怅又悲叹。

叶丽娜看我站在校门口发呆，向我喊道："江枫哥。"飞奔过来，就给我一个热情的拥抱。

也许是因为我们俩的举动引起了众多青年学子的注意，目光从四面八方齐刷刷地射过来，我有些不好意思。我想：可能更多的是叶丽娜的美貌吸引了他们的视线，像她这样貌美如花的女孩，在她们学校应该也能排到前面。也许有很多人都心里暗暗地骂道："又一朵鲜花插在了牛粪上。"

叶丽娜在我怀里说："江枫哥，我想死你了。"

我提醒了一下叶丽娜，说："别人看着我们，你不怕人家笑话吗？"

叶丽娜依旧抱着我说："让他们去看吧，我才不怕呢。"

我哄了她两句，她终于松开了手，然后拉着我的手直接去附近闻名的堕落街。

堕落街，是长沙河西大学城附近的一条小街，在我上大学的时候，早就闻名于世了。记得当年曾有青年才俊写下了这样的词句："湘江水，水如明镜，清碧秀，融通四海；堕落街，藏污纳垢，脏乱差，有容乃大。"不过曾经的堕落街也改名换姓了，但是曾在此醉生梦死的人都还是喜欢叫"堕落街"，或许那样更为亲切。

叶丽娜拉着我的手，穿行在狭窄的街道上，时不时都有和迎面而来的摩托车相撞的可能，但几次还是彼此轻易地躲过。

我对着叶丽娜说："娜娜，你走慢点。"

她对着我笑了一下，温柔地说："好的，江枫哥。"

叶丽娜带我去了一家比较干净的店面，我们刚坐下来，老板就很热情地招呼我们，这让我有些回家的感觉。

点完菜，叶丽娜傻傻地看着我不说话，我笑了一下说："你看我干什么，是不是很陌生？"

叶丽娜抓住我的两只手说："别动，江枫哥，我好像有些记不清第一次见你的样子了。"

我看了她一眼，有些埋怨地说："果然，你不记得我了。"

叶丽娜很认真地说："江枫哥，是真的，我天天想起，但是我就是想不起你的样子，你说为什么啊？"

我笑了笑说："那是因为你根本就没有记住我。"

叶丽娜有些着急地说："不是的，不是的，我说的是真的。"

看她有些较劲，我也让步了，笑着说："你现在看清了吧，不要说从这里走出去就忘了我。"

菜上来了，老板招呼了我们便离开了。我有些饿了，狼吞虎咽地吃了起来，可叶丽娜却看着我吃。

“你今天怎么看着我啊，我记得你以前好像不是这样的。”我有些好奇地问她。

“我今天不饿，我就想看着你吃。”叶丽娜一脸幸福地说。

我笑了笑，说：“你最好别这样看我，不然我就吃不下了。”

她给我夹了好多菜，但自己却只吃了几口。

吃完饭，叶丽娜带着我去她们学校玩，其实早在数年前我就逛遍了她们学校的每个角落，这次算是旧地重游，却有另一番感受。当初，我们寝室的几个哥们像猎人一样半夜三更在这里捕猎，现在我却和一个貌美如花的女孩手牵手走在这里，这种感觉是不同的。

走了一圈，我们便在一张石凳上坐下来，周围都是三三两两的情侣，看来这里是大学情侣的聚集地。

叶丽娜的头斜靠在我的肩膀上，过了一会儿说：“江枫哥，你抱抱我好吗？”

我本想拒绝，因为我爱的是刘可敏，这样对她不公平。可不知为什么每次和叶丽娜在一起，我都不知道该怎样拒绝她。她的可爱、温柔和美貌汇集在一起，简直是无懈可击，即便是一块坚冰，也不知不觉都融化掉了。

我抱着叶丽娜，心里却想着刘可敏，这样似乎对叶丽娜又不公平，我心里泛起团团矛盾。

叶丽娜轻轻地说：“江枫哥，你是不是有什么心事？”

我急忙掩饰道：“没有，没有什么。”

叶丽娜温柔地说：“江枫哥，我不想和任何人争抢你，我只想属于你。”

我轻轻地在她的额头上一吻，说：“休息一下，不要乱说了。”

叶丽娜突然流出了眼泪，啜泣地说：“江枫哥，你知道我多么想你吗？”

我抹去了她的眼泪，轻轻地说：“我知道，对不起，是我不好。”

叶丽娜泪流满面，声音有些颤抖地说：“不，是我不好，我想让自己不去想你，可是我办不到，真的……”

我只是紧紧地抱住了她，让她继续发泄自己压抑的心情。

过了差不多半个小时，叶丽娜停止了哭泣，我也帮她擦干了眼泪，对着她说：“你看，美丽的脸蛋上有两条河流过。”

叶丽娜拍打着我的胸膛说：“江枫哥，你讨厌，你笑话我。”

40 恋爱规则

当天下午，我和叶丽娜又一起去岳麓书院，这个号称千年学府的地方，我少说也去过十次了，但这次是第一次和一个女生一同去。叶丽娜听了更加高兴了，拉着我的手四处乱逛。我想当年那些老夫子看见我们打情骂俏，一定会气晕过去。不过，在这个年代，这又算什么呢？恰同学少年，风华正茂，何不意气风发，追求挚爱呢？在亭台楼榭之间，在文房寺碑前面，都留下了我们的脚印。

我们走来走去，直到感觉有些累了，便坐在靠水的楼梯上休息。

叶丽娜的头又靠近了我，我便说：“娜娜，你要注意形象，这是千年学府，谈情说爱是会受到老夫子的指责的，何况有很多游人，要是把他们的见闻讲给别人或拍下来贴在网上，那我们俩不是成了众人批驳的对象了？”

叶丽娜笑着说：“我怎么就没有想到呢，古时候的人难道就不谈情说爱了吗？”

我对她的问题有些好奇，但也不知道古人到底是怎样谈情说爱的，便猜测道：“孔夫子不是说‘食、色，性也’吗？说不定他们谈起来更疯狂，比如说你看李后主和纳兰的诗词，句句情深似海，生活中他们也一定是痴情人。”

叶丽娜点了点头说：“我想也是，要是古人不谈情说爱，那不是太寂寞了？他们一天还能干什么呢？”

我笑着说：“这个还真要问问古人，要不你去朱熹老前辈那里问问，当年他在这里讲学，一定知道，说不定他就告诉你了。”

叶丽娜知道我逗她，开始撒娇地说：“江枫哥，你帮我去问问，好不好？”

我看她可爱的样子说：“你叫我问什么啊？”

叶丽娜想了想说：“你就问朱老先生，他们当年是怎么谈情说爱的？”

本来是说着玩的，她却真叫我去问朱熹。

我们一起到了朱熹当年讲学的地方，幸好里面没有人，我走过去轻轻地问道：“敢问老先生，您当年是怎样谈情说爱的，小生不才，可否指点一二。”

叶丽娜站在我身后学电视剧中古人的声音说："孺子不可教也，不可教也。"

我们看到有游客走了进来，便仓皇而逃，等跑出了岳麓书院的大门，叶丽娜上气不接下气地说："江枫哥，你真逗，这要是叫别人知道，非笑死人不可。"

我也笑着说："还不是你的鬼点子，害得我也得罪了朱老前辈。"

叶丽娜缓了缓气说："说不定朱老前辈还夸你敏而好学，多思善问呢？"

我也说："但愿他老人家不计小生过，就等于我在菩萨前烧高香了。"

叶丽娜拉起我的手说："江枫哥，别傻了，他怪谁也不能怪你啊？"

我有些奇怪地问："为什么？"

叶丽娜哈哈一笑说："你傻啊！"

等我反应过来，她已经跑远了，我急忙追了过去。

我们俩玩了整整一个下午，等吃饭的时候我已经有些疲惫不堪了。可叶丽娜同寝室的姐妹却打电话赖着脸皮要叶丽娜请她们吃饭，理由是叶丽娜告别了单身生活，和她们已经不是一个阶层的人，这是她们寝室的"恋爱规则"。而且叶丽娜死守秘密，从未坦白交代，所以罪加一等，所以要去她们学校附近最好的餐厅吃，叶丽娜挂了电话征求我的意见。

我笑着问她："你看要不要请？"

叶丽娜说："我也不想请，但是她们说我不请叫我以后就别回寝室了，这群馋嘴。"

我看叶丽娜怕我不答应有些委屈，便爽快地说："请，这有什么，不就是一顿饭吗，大哥我请。"

叶丽娜红着脸说："她们当你是我的男朋友，所以才叫我请她们的。"

我哈哈一笑说："这有什么难的，我就假装一次好了。"

叶丽娜看了看我说："你不怕你女朋友吃醋吗？"

"我还没有呢。"我又突然想起了叶丽娜给我写信说有个男孩子喜欢她，我差点都忘了这回事。便问："你不是说有个男孩子喜欢你吗？"

叶丽娜嘿嘿一笑说："我不喜欢，早就分了。"

我点了点头说，便说："那你打电话，说六点半她们准时到枫叶餐厅。"

叶丽娜说她们寝室有五个女孩，所以我就提前陪她去就近的超市买了些零食，以便好好招待这些祖国的花朵们，怎么说我也算半个白领，也不能给叶丽娜丢脸，那样我就太失败了。

六点三十分，我和叶丽娜已经在枫叶餐厅准备好了，可她们还没有来。我便打开两瓶啤酒倒在五个杯子里，叶丽娜很奇怪地问我："江枫哥，你干什么，她们还没有来啊？”

我笑着说：“等会你就知道了。”

差不多六点四十的时候才看到五个美女走了进来，见了叶丽娜就亲热起来了，把我倒晾在了一边，叶丽娜向她们介绍道：“这是我大哥，叫江枫。”

五个大美女七嘴八舌地笑叶丽娜：“长得好帅啊，是男朋友还是大哥啊，你要说清楚啊。”

听了这话，我心里美滋滋的，于是也笑着说：“美女们好！”

她们打完招呼，便坐在了座位上，这下子才轮到我开口说话了。

“各位美女，我这千里迢迢地过来请你们吃饭，你们倒是一点面子都不给啊。”

五个大美女不明白我说什么，面面相觑，连叶丽娜也惊住了。

我故意看了一下表，解释说：“你看我是请你们六点三十分到这里吃饭，现在超了十多分钟，原本按规矩超一分钟一杯，但你们都是大美女，惩罚太重天理不容，所以各位就把我倒在杯子里的酒干了。”

她们都笑了，其中一个对着叶丽娜说：“娜娜，你要注意点，看来你家这位可不是一般人呐，我们姐妹都被他套住了。姐妹们，认了吧，喝！”

于是，五个大美女都一口干了，我笑着说：“看来你们不但长得漂亮，这酒量也不错。”

其中有一个看来也是死撑着，喝完脸马上变得通红，我看了都想笑。

“美女们，吃什么，随便点，今晚我请客。”我继续说。

“真的？”她们几乎异口同声地说。

“这还有假，你们尽管点菜就是了。”我慷慨地说。心想大学生的消费水平也不会很高，何况在这家也不怎么样的餐馆。

又一个美女对着叶丽娜说：“我们可要好好地宰了，你不要心痛。”

叶丽娜有些难为情地说：“你说什么呢，等回去我再收拾你。”

一个坐在叶丽娜对面的长发女孩说：“我们的娜娜，平时对那些黄毛小子不屑一顾，原来早就心有所属。”

叶丽娜红着脸说：“孙梅，你不要乱说了，好不好？”

孙梅问她旁边的姐妹：“我乱说了吗？”

她们几个异口同声地说：“没有。”

我看形势不妙，便借口去洗手间避难了，等我又再次出现在她们面前时，她们已经吵翻了天。

她们看我到了，也稍微收敛了一下。叶丽娜对着我撒娇说：“江枫哥，她们欺负我。”

我笑了笑说："谁叫你不老实，受欺负是应该的，是不是？"

"是。"她们回答。

叶丽娜对着我说："你也坏，我不理你了。"

菜上来了，美女们都顾不着瞎闹了，拿起筷子狼吞虎咽地吃起来。

我劝道："美女们，多吃点，不够就加菜。"

不过，看着她们吃饭的样子，也是一种享受。虽然跟很多美女一起吃过饭，但从来没有像今天这样令我开心，在大学求学的她们，或许吃一顿饭也算是一种幸福和期待。

吃完饭，我付了账，才三百块，这和我预期的相差甚远，所以出了餐厅顺便给她们买了很多零食带回去吃。起初她们不肯带，在我的坚持下，她们还是带了回去。

临走时，她们都和叶丽娜说了句悄悄话，便笑着离去了。

看着她们离去的身影，我不知为什么竟然有些难过，我很希望她们能够找到一个真心实意关心和爱护她们的人。

叶丽娜有些妒忌地说："人家都走远了，是不是舍不得，要不要我给你叫回来？"

我转眼看了看她："她们刚才跟你说什么了？"

叶丽娜明显有些掩饰地说："没有说什么啊。"

我又看了看她说："我发现你现在变得古怪精灵多了，有什么话都不和我说了。"

叶丽娜朝前走了两步，看起来似乎有些不好意思地说："这些丫头，还能说什么话，就是那些话了。"

我明白了她的意思，没有继续再问下去。

"江枫哥，今天谢谢你了，又让你破费了。"叶丽娜对着我说。

"娜娜，你这是怎么了，你再说我就要生气了。"我确实不喜欢叶丽娜这样说，何况这都是我心甘情愿的。

在叶丽娜学校附近找了一间住宿的，条件不是很好，一看就是那些老板专供大学生情侣而设置的，不过我已经很满意了。

我们在房间看了一会儿电视，我便对叶丽娜说："娜娜，要不我送你早些回去吧，太晚了你们寝室门就关了。"

叶丽娜看了我一眼，有些不情愿地说："那好吧。"

这时，我的肚子微微有些胀痛，可能是刚才啤酒喝多了，所以便说："要不你稍等一下，我上完厕所再送你。"

我从洗手间走出来，叶丽娜拿起了包，我们便来到校园里。一路上，沉默多于对话，我也不明白叶丽娜到底为什么突然不高兴。送她到寝室楼下，叶丽娜和我站了一会儿。

临走时，她说："你手机有人发来了短信。"

看着叶丽娜离去的背影，我怅然若失，心里一阵痛，突然感觉有些对不住她。

回来的路上，我打开手机一看，原来是刘可敏发来的短信。

"色鬼，你怎么连个信都没有，我把我们的家打扫了一遍，迎接你早些归来。路上小心，回来的时候提前告诉我。"

看了她的短信，我内心一阵温暖，不过想起叶丽娜离开的背影，我又一阵难过，内心又陷入了某种莫名的矛盾之中。

41 谁亵渎了爱情

回到房间，关了门，我一个人躺在床上看电视，长沙本地的电视节目办得还不错，我看得有些投入。这时，隔壁房间里传来的声音打断了我的注意力，我把电视声音调低，原来是隔壁房间正在进行性生活，女人的浪叫声让我有些心慌意乱。

回过神来，我竟然觉得自己有些龌龊，我什么时候开始有偷窥的癖好了，不过又一想，即便我不想听也没有办法，女人性快乐发出的声音无孔不入，直接传到了我的房间里。我实在忍不住了，便去洗澡了。

大约五分钟后，我从洗澡间走了出来，隔壁房间也安静了，我又打开了电视。

“砰砰砰”，一阵敲门声，我感到很奇怪，半夜三更谁会来敲门呢，不会是入室抢劫吧？我第一反应就想到了安全问题。早在上大学时就听说，堕落街一带治安很混乱。

我警惕地问了一声：“谁啊？”

没有人回答，还是“砰砰砰”一阵敲门声，我做好了准备，便慢慢打开了门。

我从门缝里看到原来是叶丽娜，我有些意外，但也不至于太过惊讶，在这里认识我的人也只有她了。

叶丽娜站在门口，好像没有进门的意思，我有些奇怪。

“娜娜，你怎么了，怎么不进来？”我平静地说。

“你要我进来吗？”叶丽娜淡淡地问。

“你怎么了，来了还说这个干吗，快进来。”我拉叶丽娜进了门。

“我们寝室的女生不让我进门，所以我就来了。”叶丽娜给我解释道。

我把她拉进了门，便说：“这么晚了，你过来怎么不告诉我一声，一个人多不安全。”

叶丽娜突然扑入了我的怀中，轻声啜泣地说：“江枫哥，对不起，我有些离不开你。”

从心底里，我承认我爱叶丽娜，只是我不知道该把她放在一个什么样的位置去爱，这是我最大的困惑。她是一个让我无可挑剔的女孩，所以我一直对叶丽娜有愧疚之感。可当我抱着叶丽娜时，却有一种强烈的负罪感。

叶丽娜在我怀里哭了一阵，情绪稍微好转，我们俩便坐在床上看电视。

就在这时，隔壁房间里那个女人的叫声又传了过来。他们也够疯狂的了，才隔了不到半个小时又进行床上大战了，看来也是年轻气盛之辈了。

叶丽娜向我看了看，有些不好意思地低下了头，我只有把电视的声音调高点，以干扰隔壁女人的声音。

叶丽娜说：“你调大声影响人家睡觉。”

我又调小了，拿着遥控器不停地换台，这样可以转移人的注意力。

叶丽娜从我的手中夺过遥控器，关掉了电视，隔壁房间女人的浪叫声清晰可见，偶尔也能听见男人的呻吟声。

叶丽娜背着身对我说：“你不想要吗？是不是有了家，就对我不感兴趣了？”

我急忙说：“娜娜，你听我解释，我……”

叶丽娜转过头打断我的话，直接问我：“你想要我吗，就现在？”

面对她的逼问，我实在有些无奈，哄她说：“娜娜，你不要这样，我知道我对不住你，但你……”

隔壁房间女人的呻吟声更加大了，听声音她似乎要达到高潮了。

叶丽娜很快脱掉了外衣，她穿着黑色的胸罩，黑色蕾丝边内裤。她的皮肤很白，在黑色的映衬下，显得更加性感、迷人。

她轻声啜泣地问：“我是不是很贱？”

我站在床边抱住了她，轻轻地说：“我不容许你这样说，我是爱你的。”

叶丽娜紧紧抱着我，啜泣着说：“那你为什么会拒绝我？”

隔壁房间的呻吟声仍然继续，也许是我受了刺激，突然疯狂地吻叶丽娜，然后把她压倒在床上……

叶丽娜在我的身上疯狂着呻吟着，热情回应着我的碰撞……

大约四十多分钟后，在她急促的呼吸声和歇斯底里的浪叫声中，我们一起到了天堂。

……

叶丽娜抚摸着我的胸膛温柔地说：“江枫哥，对不起，是我诱惑了你。”

我虽内心有些愧疚，但我不想让叶丽娜难过，抚摸了一下她的脸说：“我不要你这样说，是我不好。”

叶丽娜紧紧地抱住了我，两个赤裸裸的身体又纠缠在一起……

第二天早晨，十点钟我才醒，睁开眼时，看到叶丽娜正对着我温柔地笑。

我摸了摸她的脸说："你笑什么？"

叶丽娜对着我说："江枫哥，你睡觉的样子好可爱。"

我伸手抱住了她，她乖乖地躺在我的身边。

躺了一会儿，我说："娜娜，今天晚上我就要回去了，你要照顾好自己，再不能生病了。"

叶丽娜半天没有说话，然后问我："是不是想她了？"

我听她有些嫉妒，便说："我和她只是认识，你不要想那么多了。"

叶丽娜突然对我说："江枫哥，你也不要想那么多了。我说过，你只是我的情人，我不管你那么多。"

她说完，立马起床，看得出她还是很在乎，但她却用自己的大度来掩饰这一切。

我在床上闭着眼睛躺了一会，心里很不是滋味，心想我到底有什么好，要什么没有什么，却让她为我如此付出。看来，人与人之间本就有一种神秘的东西，是任何力量都无法抗拒的。

起床后，我们洗漱完毕，好像一晚什么都没有发生过似的。

叶丽娜又如同一个小妹妹一样拉起我的手说："江枫哥，我带你去坡子街玩，那里有好多好吃的，可好吃了。"

我用手指刮了一下她的鼻子说："你可别忘了，我可是在这个城市生活了四年多呢。"

叶丽娜这才想起我也是在长沙读的大学，不好意思地说："江枫哥，我一直以为你从来没有来过这里。"

我牵起她的手说："走吧，不过我也想去看看，好久都没有去了。"

坡子街，也是长沙的美食街。东西走向，西接湘江大道，东接黄兴南路步行街，是长沙繁华的地带。凡是在长沙生活过的人，应该说没有人不知道坡子街。坡子街的美食闻名长沙，火宫殿的臭豆腐扬名天下。坐落在长沙坡子街中段的火宫殿是一家颇具经营特色的风味名店，其小吃不仅在国内享有盛誉，而且在国外也有一定影响。据说，毛主席在学生时代就曾多次在火宫殿用餐。

我和叶丽娜在坡子街吃小吃，又在黄兴南路步行街散步。路过一家服饰专卖店，叶丽娜拉着我走了进去。我看叶丽娜在一件新款流行休闲套装前面停留了好久，她也试穿了一下，看起来挺合身的，不过一问打完折也要六百多，叶丽娜最终选择了放弃。按理来说，叶丽娜是不缺钱的，但她在吃穿上从来不奢侈，这一点是我比较喜欢的。

走出店门有二十多米，我对她说："娜娜，你先在这里坐一会儿，我想去趟洗手间。"

叶丽娜说："这附近好像没有，前面有 KFC，去那里吧。"

我急忙说："这里我熟悉，你在这等我，不要动。"

我又返回了那个店，看见有一个女生正想试穿那件衣服，我急忙跑过去说："对不起，这件衣服我买了。"

那女生看了看我，似乎有些不愿意，我向她很绅士地微笑了一下，她递给了我。

我付了账，拿着衣服走到叶丽娜面前，对她说："娜娜，送给你。"

叶丽娜看了看惊讶地说："江枫哥，你怎么这样，这衣服好贵。"

我笑着说："没有关系，就当是我送你了，穿着好看就是了。"

叶丽娜当着数百人的面在我脸上亲吻了一下，我反倒有些不好意思了，拉着她的手迅速离开了。

我们又在沿江风光带坐了一会儿，吹吹风，聊聊天，这一天就过去了。

晚饭后，在叶丽娜学校树荫下的石凳上又坐了一会，很快就到六点钟了，我坐的飞机是八点多钟起飞，必须提前一个多小时赶过去。

叶丽娜紧紧抱着我，哪怕是多待一分一秒，对我们来说都是难能可贵的。我终于明白了分别原来是如此的伤痛，对叶丽娜来说，或许这不仅仅是分别，有可能将是永别，她常这样对我说。

叶丽娜在我怀中忧伤地说："江枫哥，我怕你走了就再也看不到你了。"

我安慰她说："怎么可能？只要有时间我随时来看你。"

叶丽娜又问我："她会同意吗？"

我不知道该怎么回答，爱情毕竟是自私的，这个世间也许再没有第二个人如叶丽娜般甘愿付出，虽然我知道她也渴望拥有。

叶丽娜对我说："只要她允许，我愿意做你永远的情人。"

她说了这句话，我也有些难过，似乎我永远是一个索取者，却从来没有去奉献。

在叶丽娜的泪水中，我离开了她的学校，心里一阵难过。原本她要送我去机场，但是我怕她晚上不安全，就坚持没让她去。

一路上，穿过霓虹灯装饰的美丽星城，我的心却如刀割。

飞机起飞前，叶丽娜发来一条短信："江枫哥，一路走好。离开了这座城市，你就把一切忘了吧，包括我。你有你自己的路，不要因为我的存在，带给你忧伤和沉痛，我只希望你过得好，也祝你和她幸福。"

泰戈尔说："生如夏花之绚烂，死如秋叶之静美。"既然生，便与夏花一样的绚烂；既然爱，便要付出所有的情感。可我呢？生在这个世上，活得了无生趣，爱得一塌糊涂，这到底对得起谁呢？除了林一梦伤害了我，我所遇见的女人，大都是集善良、聪慧和美貌于一身，可我到头来还是不知该如何去追求真爱。我并不想滥情于世，亵渎圣洁的爱情，可事实上，我却一次次和爱情背道而驰，我走了一条连自己都不想走的爱情路。

在飞机上，我没有心情看空姐了，也没有喝咖啡，差不多都是闭着眼睛度过的，直到飞机中转，折腾了好久才降落在湛江西厅机场，我的心似乎还在叶丽娜生活的地方。

古人词云："叹年华一瞬，人今千里，梦沉书远。"可感叹那时光飞逝有什么用呢？问题的关键是我没有抓住美好的时光，如今一眨眼的工夫，我和叶丽娜又分隔千里，我们又成了最熟悉的陌生人，音信断绝，留下的或许只是或美好或悲痛的记忆。

42 谁收留了谁

出了机场，打了一辆的士，看着这个美丽又破碎的海边城市，却又是另一种心情，复杂又简单，痛苦又快乐。美丽是因为它的传说，破碎是因为无数人的梦在此坠落。

到了楼下，看到别的楼房里透出灯光，只有我住的房间一片漆黑，突然心生一阵凄凉。记得看过这样一句话，至今记忆犹新："家，是有一盏灯始终为你亮着。"在这座城市，我连一个属于自己的家都没有。即便有了家，又有谁能为我点亮那盏灯呢？

"哪里有爱，哪里就是我的家。"其实是我对家的一种精神寄托，可我清楚地知道，我不可能永远活在一个纯精神的世界里，人永远离不开现实。

"走到哪儿，哪儿就是家。"目前，我只能这样安慰自己了。

摸着漆黑的楼道，终于走到了家门口，我轻轻地打开了门。客厅里是黑的，但刘可敏的房间里透出了一丝光线，难道她在家，我心里顿时有些高兴起来。

我走过去敲了敲门，屋内传来一阵打翻桌椅的声音，我奇怪她在里面干什么，又敲了两下门。

"你是谁？"刘可敏可能把我当成入室抢劫的罪犯，所以有些警惕地问道。

"是我。"我答道。心里偷偷笑了笑，这丫头也真是的，来这里难道还会有第二个人吗？不过，一个人的时候，我也会有这种警惕性。

刘可敏听出了我的声音，便打开了门，她的手里拿着挂衣服的铁杆，我一看她那模样，笑出了声。

刘可敏丢下了手中的铁杆，扑过来抱住了我，在我耳边说："你吓死我了，回来怎么不提前告诉我一声？"

"告诉你，你也不会去接我。"我答道。我也抱了抱她，她只穿着睡衣，感觉她的胸前有些柔软，心里有一阵奇怪的感觉。

刘可敏继续抱着我撒娇地说："我到现在都没有吃饭呢！"

我装作很关心地说："怎么可以呢？你要是瘦了，这以后怎么嫁人呢？"

刘可敏用粉拳拍打着我的胸膛说："你讨厌，谁说我要嫁人了？"

"好，好，你永远不嫁人，当我房中小蜜总可以吧？"我继续笑着说。

刘可敏装作生气地说："想得美！"

"要不要我下楼去给你带些东西吃，你总不能不吃饭吧。"我建议说。

刘可敏看了看我，有些不信地问："真的吗？"

"不就是走一趟路吗，有必要用这种眼神看我吗？"我说完，便又走出了门。

来到大街上，很多烧烤店铺前面都坐满了人，这个城市的夜生活是如此热闹，想来我好久都没有参与到其中了。但又一想：家中有一个美若天仙的女人，谁还愿意到大街上喝酒排忧解愁呢？

要了五个鸡腿，十串牛肉，十串鱿鱼，五串韭菜，差不多十五分钟才烤好，我顺便在小店里买了两瓶啤酒和一瓶王老吉，就急着赶回了家。

正准备拿钥匙开门，刘可敏就打来了电话，我挂断了，开了门喊着说："好了，快过来吃。"

刘可敏跑过来看我买了很多东西，问我："你怎么买这么多东西，是不是想把我养胖后就看我笑话了？"

我说："如果要保持身体，就不要吃了，看着我吃。"

刘可敏撅起小嘴说："你想得美，反正我也不管了。"一手拿起一串牛肉，一手拿起一个鸡腿就吃起来。

刘可敏看来是真饿了，一下子吃了三个鸡腿，其余的也差不多都比我多吃了些，还喝了两杯啤酒。酒足饭饱后，便得意地说："何以解饿，唯有鸡腿、牛肉和美酒也！"

我笑着说："要是曹操大人听到你这么篡改他的诗，不是气晕就是笑傻了。"

刘可敏惊讶地说："这话是他说的吗，那我以后就不说了。"

吃完后，刘可敏走进了卧室，不过今天她没有关门，我看见她一个在房间里打蚊子，一跳一跳地像个猴子一样滑稽。

我躺在沙发上打开了电视，有个电视台正在播《幸福在哪里》。我心想：幸福到底在哪里呢？也许就是在生活一点一滴的感动中，幸福是看不见、摸不着和听不到的东西，但是心却能感受到。

刘可敏突然喊："大色鬼，过来帮我一下，蚊子好多啊。"

我走进刘可敏的卧室，闻到一股茉莉清香，感觉很舒服，心有些醉。

"你是不是想叫我对你也色一下，怎么吃饱喝足了就这样称呼我。"我有些抱怨地说。

“你敢？”刘可敏拿着一本书对着我说。

“这有什么不敢的，关键是我愿不愿意的问题，像你这样，我手一挥就可以降服你了。”我有些吹嘘地说。

刘可敏顺手抓起一把笤帚对着我说：“你有本事就来试试。”

我看了她一眼，不屑一顾地说：“有必要那样吗？”

趁她不注意，我一把抓住她手中的笤帚，然后把她顺势推倒在床上。刘可敏想起来反抗，我急忙去抓她的手，却不知她的手一分开，我整个身体便压在了她身上。

刘可敏气有些粗，睁大了眼睛看着我，我明显地感到她胸部随着呼吸一高一低。

我对着她说：“服了吧？”

刘可敏看着我说：“不服。”

我心想：刘可敏莫非是向我暗示什么，难道她接受我对她进行侵占，我开始胡思乱想了起来。

刘可敏发现我的手放松了，用力一翻，便压住了我，骑在了我的身上。

刘可敏开始在我身上乱拽乱摸，我浑身有些痒，开始笑了起来，也没有力气和她斗争了，看来她抓住了我这个致命的弱点。

刘可敏跨在我身上继续攻击我，我实在有些难以忍受，便用力将她一推，翻身又压在了她身上，开始实施报复性攻击，但是我却不知道从何下手。

刘可敏一反抗，我不小心用手抓住了她的胸，时间稍微多停留了几秒，刘可敏的反抗立刻停止了。

我看着她红彤彤的脸蛋说：“你服了吧？”说完，我也有些不好意思，我躺在了她的身边。

刘可敏轻声骂道：“色鬼。”然后翻身背对着我。

我躺了一会，有些开玩笑地说：“大克星，要不你做我的女朋友得了，反正你也没人要。”虽说是有些开玩笑，主要是怕她拒绝我有些不好意思，所以就先试探一下了。

刘可敏沉默了几秒钟，然后问我：“做你的女朋友有什么好处吗？”

我想了想说：“比如说，下雨了我可以接你，你病了我可以背着你去医院，你饿了我可以给你做饭，你被人欺负了我可以替你摆平等，总之好处多的是。”

刘可敏突然转过头来说：“那你可不能欺负我。”

我突然翻身起来问：“这么说，你同意了？”

刘可敏笑着说："那你今天就把这个屋子的蚊子全部赶走，一只也不剩。"

我突然来了激情，对她保证说："这有什么，我保证蚊子不咬你一口。"

刘可敏躺在床上指挥着我，我就在屋子里和蚊子战斗了半个多小时，终于将所有的蚊子赶尽杀绝。

我坐在她床边说："这下你满意了吧?"

刘可敏对着我一笑说："赶快去洗澡，你身上有汗味。"

我心想：晚上不会睡你的床上，有这个必要吗？便试探性地问："这个没必要吧?"

刘可敏对着我说："你要陪我说话，要是不愿意就算了。"

我急忙说："愿意，愿意，我这就马上去洗。"

急忙冲进了洗澡间，好好地洗了一下，洗完也擦了香水，这样或许更能引刘可敏上钩。

我又重新来到刘可敏床边，看到刘可敏在看一本书，我便对她说："这下子总可以了吧?"

刘可敏看了我一眼，乐呵呵笑了，接着又说："给我读文章?"

我说："不会吧，你这要求算是几星级服务啊?"

刘可敏无所谓地说："你要是不愿意就算了。"

我又服从地说："只要你做我女朋友，我什么都愿意。"

我拿起了书读了一篇一千多字的短文，想征求她是否要继续读下去，刘可敏对我说："今天饶了你，我有些累，想睡觉了。"

我急忙问道："那我干什么啊?"

刘可敏转过头来对我说："当然睡觉了。"

我开始有些结巴地问："关键是……我睡哪儿?"

刘可敏简短地说："随你。"

这下子却让我犯难了，我不知道该怎么选择，坐在床边看着她。

刘可敏低声说："关了灯，睡吧。"

我顺手关了灯，但并没有想离开，可我也不敢和她睡在一起。

刘可敏说："搂着我睡吧。"

我急忙躺下，搂住了她，一只手却在黑暗中摸到了她的胸。

刘可敏抓住我的手推开，语气很强硬地说："你给我老实点。"

我能闻到刘可敏身上散发的香味，也能听见她均匀的呼吸声，让我有些意乱情迷，但却不知不觉进入了梦乡。

在梦中，我看到了林一梦赤裸着身体朝着我笑，我看到叶丽娜拉着我的手哭，我似乎也看到了刘可敏向我招手……

醒来时，天已经亮了，刘可敏不见了，我急忙翻身来，难道这是一场梦，不过看到的是刘可敏的床，我确定这不是梦。

刘可敏在客厅里对着我喊："懒鬼，起床了，快要迟到了。"

我急忙从床上跳下来，忙碌的一天又开始了。

43 冲动的惩罚

十多天终于过去，又到翘首以盼的周末了。

刘可敏下班前打电话给我，叫我一个人回去吃饭，告诉我她想回一次家。我心里有些失落，因为我的生活中已经不能没有她了，可她往往在我最需要的时候突然告诉我，她要离开了。

最近，由于杂七杂八的事太多，所以好久都没有去过以前的宿舍。大概一个多月前曾经去过一次，却碰到吴运才和李美大白天在房间里缠绵，所以坐了几分钟就出来了。不过自从离开后，多少有些怀念那个自己曾住过的地方，毕竟那里是我来这个城市的第一个落脚点，大概我也多少有些怀旧。

下班后，就和吴运才一起去宿舍，都乱聊些关于女人的话题，看来吴运才最近又有一番新的感慨了，对周围的按摩店的女子如数家珍。据吴运才介绍，每个按摩女都有一个牌号，可以提前打电话订好，到时候直接过去就行了。我曾经亲历过订餐订房的事，却从未听过有预订按摩女一说，足见现在的按摩业发展之快，服务已经达到了一定的水准。

吴运才为了给我证明他所讲的全部是真的，在路上就给他常去的一家按摩店打电话，价钱和女人都谈好了，晚上到时直接过去就行了。然后向我炫耀道："你看，现在多方便。"

我对他说的这些不怎么感兴趣，突然间觉得即便是天天在一起，其实我们也是两路人。到了宿舍一看，李美穿得很性感，坐在我曾经睡过的床上，好像在剪脚指甲，吴运才走过去在她身上摸了一把，她只是扭动了一下身子，再也没有什么反应。

我刚一靠近门，就感觉整个房间飘着精液的味道，我感到有些恶心，便马上退了出来。

我对着吴运才说："兄弟，搞得太多了吧，整个房间都变味了。"

吴运才在客厅悄悄地对我说："这个小女人真厉害，有时一天要几次，我都有些吃不消了，我想换换胃口了。"

我思索了一会儿说："兄弟，玩可以，但千万别过了头，身体吃不消倒是自己的事，可碰上有的女人就倒霉了。"

吴运才无所谓地说："现在女人还不都是那个样，平时装得像淑女，可一到床上，那就变成荡妇了。"

我不知道该说什么，看来我们的价值观完全不同，至少在对待女人方面有严重的分歧，所以聊了没几句，我便打道回府了。

在回家的路上，路宁远打电话过来，听得出情绪很激动，大概是受了什么刺激。他约我到酒吧去坐坐，但我不怎么喜欢那地方，便叫他到家中。

我在家等了差不多十分钟，路宁远蓬头垢面地来了。我看他这模样确实有些意外，急忙问："兄弟，你这是怎么了？"

路宁远没有说什么，一进门便躺在沙发上，说："有烟和酒吗？"

我看了他一眼说："烟没有，酒有。"

他目光呆滞，像是从战壕上下来的士兵，有气无力地说："拿……酒来。"

我撬开一瓶啤酒，递给了他，说："有什么事就说，不要憋在心里。"

路宁远突然有些激动地说："你叫我怎么说，她妈的竟然给我戴绿帽子，你叫我怎么说得出口。"

我一听这话，大概也明白是怎么回事了，一定是谢文娟做了什么对不起他的事，才让他如此痛苦。

我轻声说："咱们是兄弟，有话就直说了。"

路宁远很痛苦又无奈，最后他竟然哭了起来，一口一声地骂谢文娟是"婊子"、"骚女"等之类的恶心话。

事情的经过大概是这样的：前几天，谢文娟的前男友来找她，谢文娟就陪他吃饭，也可能是两个人旧情复燃，所以他们便在一起过了一夜，本来这事就这样神不知鬼不觉地过去了。

可事情往往就是那样凑巧，他们住的酒店和路宁远的公司有一些业务往来，正好路宁远去办点事，结果他在酒店的电梯里撞见了他们。他一看自己心爱的女人竟然和一个陌生的男人在一起，于是自尊心受挫，很想结束这一切，但是他又十分爱谢文娟，于是，他只有不断地折磨自己了。

我才想起，难怪今天路过前台的时候，我看见谢文娟神情恍惚，好像故意躲避我的目光，也许是她心情不好，所以我也没有多问，看来确有此事。

我沉默了，不知该怎么安慰他，假如有一天我爱的女人也这样，我也许比他更激动。我也从冰箱里拿出了一瓶啤酒打开，和路宁远干了一口，我们两个大男人就这样躺在沙发上喝闷酒。

这时，电话响了，我一看是谢文娟打来的，我怕路宁远听见受刺激，便走到了阳台上接通了。

谢文娟急切地问："江枫，你知道宁远在哪儿吗？我四处找，都没有找到。"

我有些生气地说："在我这儿，你到底怎么回事？"

谢文娟着急地说："江枫，你也知道了，是我不好，但我也是……"

我打断了她的话，问道："但你也不能那样，你知道……"

谢文娟沉默了一会说："江枫，是我不好，你帮我劝劝他吧。"

"不要跟我说了，你要是认为错了就直接来和宁远亲口说。"我说完，便挂断了电话。

路宁远没有说话，继续喝酒，看来他内心承受着巨大的痛苦。

有人敲门，我以为是谢文娟来了，打开门一看，原来是刘可敏。

我有些意外地问："你怎么来了？"

刘可敏一脸疑惑地问我："我怎么就不能来？"

路宁远看到刘可敏走了进来，拿着纸巾擦干了眼泪，也稍稍坐好了一点。

刘可敏愣住了，用很惊讶的表情看着他，我急忙拉她进了她的房间，把一切告诉了她。刘可敏这次没有发表任何言论，毕竟出轨的是她们女人，她也有些哑口无言了。

我又听到了敲门声，知道谢文娟来了，便急忙去开了门。

谢文娟看来也哭过好多次了，脸上还有流过泪的痕迹。

路宁远看都没有看她一眼，谢文娟走过去坐在沙发上，低声地说："对不起，宁远。"

路宁远突然怒吼道："你给我滚！"

谢文娟突然也哭了起来，路宁远继续躺着一动不动。

刘可敏看了看，示意我拉他们去我的卧室，我便对他们说："你们不要这样，有话去我卧室好好说。"

看他们走进了我的卧室，我便来到了刘可敏的房间里，我们两个都没有说话，只是静静地坐着。

我的卧室里传来路宁远的怒吼声和谢文娟的哭声，刘可敏对着我说："他们为什么要这样？"

我看了一眼刘可敏，轻声说："谁也不知道。"

过了大概有半个小时，吵闹声停止了，却传来另一种声音。听谢文娟的浪叫声，就知道他们正在进行一场肉体的较量，这个世界男人与女人的斗争，斗到最后最有效的解决手段往往就是"肉搏"了。

刘可敏低声问我："他们在干什么呢？"

我看了她一眼，白净的脸蛋上泛起了阵阵红晕，大概她也知道他们在干什么，便说：“你说他们还能干什么呢？”

大约有三个多小时，听声音，他们至少做了不下三次，而我和刘可敏就躲在隔壁的房间里等待他们和好的结果。

我的卧室门终于打开了，路宁远走了出来，在客厅里对着我说：“兄弟，对不起了。”

我拍了一下他的肩膀说：“没事了吧，和好了没有？”

路宁远有些难为情地说：“和好了，不然你说我怎么办？”

我对着他说：“兄弟，和好了就不要想那么多了。”

路宁远想要离开，看他们刚刚和好，所以我也就没有挽留。

他又走进卧室拉着谢文娟出来了。离开的时候，我看到谢文娟走路都有些摇晃，大概是路宁远把所有的痛苦都发泄到她的身体上了。

44 你早就侵犯了我

每天晚上，我抱着刘可敏睡觉，算来大概也有半个月的时间了，可说心里话我总感觉缺少了什么。她给我最大的权限就是抱着她睡觉，要是我想越轨一点，她就提前用拳头警告我，以致让我有些性压抑了，和她睡在一起都没有非分之想了，因为想了也是白想。我内心的感觉是幸福的，可下面的家伙却常常在痛苦中度过。

但在今晚，也许是因为受了他们的影响，所以我也开始有些不老实了。

刘可敏背对着我，也许感觉到了，故意向我靠近了一下，我的下身和她的身体紧紧地贴在一起。如果不是隔着衣服，我想应该和她那里只差不到10毫米的距离了。

刘可敏突然对我说："你是不是很难受？"

我心里一慌说："哦，是，不……不是。"说完了，我也不知道自己到底表达了什么意思。

刘可敏转过身对着我说："对不起，但是我怕，我还从来没有那个……"

我十分惊讶地问："难道你还是处……"我最终还是没有问出来，我怕刘可敏骂我有"处女情结"。在这方面，可能很早就受到了一些宣传的影响，很多人都感叹，现在在幼儿园都很难找到处女了，何况是一个二十多岁美貌如花的女子，要真还是处女除非她心理有问题。不过听到刘可敏这么说，我也感到有些震惊，为她二十多年能够守身如玉感到有些不可思议。

刘可敏动情地看着我，大概想从我的眼神里找寻到一丝安慰。

我轻轻地吻了一下她，表示我是爱她，并能够理解她的一切行为。我发现，当自己真正碰到一个爱的人时，性往往就排在第二位。

不过，我下面的那个家伙可不听我的话，恨不能一下子从裤裆里跳出来。

刘可敏也轻轻地吻了一下我，于是我们的唇便紧紧地贴在了一起，随后我开始挑逗她，毕竟在这方面我算是有丰富的经验了。

刘可敏闭着眼睛很享受的样子，可能这一生她也是第一次接受一个男人如此的挑逗，所以不费吹灰之力，她就哼哼唧唧地叫了起来。

当我的嘴移到她的两个“小山”上时，虽然隔着衣服，但是我在凸起的地方轻轻地咬了一口，她便有些难以忍受地叫了一声，这更加激起我的欲望，我开始有些疯狂地揉弄起来。

大概有七八分钟，刘可敏低声说：“我热，难受。”

我也知道时机到了，便对着她轻声说：“我帮你脱了，好不好？”

她一边轻声呻吟着，一边点了点头，看来她也想让我拥有她。

我脱掉了她的衣服，用手在她身上轻轻抚摸，她的呼吸变得急促，呻吟声更大，我也有些控制不住了。

我的嘴凑近她耳旁，轻轻地吻了一下，温柔地说：“亲爱的，我想要你。”

刘可敏沉醉在享受中，并没有回答我的话，而是继续呻吟着，“我热，我好难受……”

当我渐渐地进入刘可敏的身体时，她突然惊叫了一声说：“我痛……”

过了不到一分钟，大概她已经适应了我的身体……

最后，随着她的叫声，我们一起到了快乐的天堂。

也许，是因为时间太久，在最后那一秒钟我有些眩晕了。

床单上留下一滴殷红的玫瑰花，那就是刘可敏今生给我的最好礼物。

我们俩都已大汗淋漓了，我抱着她轻声说：“对不起，亲爱的。”

刘可敏转过头对着我含情脉脉地说：“你会永远爱我吗？”

我贴着她的耳旁说：“我会永远爱你，爱你一辈子的。”

刘可敏突然流泪了，我却有些慌张地问：“怎么了？是不是不舒服？”

刘可敏感动地说：“这是我第一次听见一个男人对我这样说。”

我安慰她说：“我也希望这是最后一次，我永远属于你，你也永远属于我。”

刘可敏紧紧地抱住了我的腰，我抚摸着她光滑富有弹性的肌肤，轻轻地吻了又吻。

我们这样静静地躺了一会儿，刘可敏对着我说：“你知道我为什么会喜欢你吗？”

对于这个问题，其实我一直很疑惑。

“说起来是缘分，但更重要的是你忧郁的眼神深深吸引了我，别的男孩子都会宠着我，会把我当一朵娇艳的花一样欣赏，可你却总是敢耍弄我，敢惹我生气……”

听了她的话，我确实很感动，紧紧地抱住了她，想给她我最温暖的怀抱。

刘可敏继续说：“第一次在车上，你多次侵犯了我，当时我真的很生气，当我发现你在睡梦中都流泪时，我的心软了，我知道你不是故意的，你一定遇到很心痛的事，那时我突然想永远守在你身边，叫你不要受伤……再后来，原本我们可能就成为陌路人了，但是却发生了那么多次巧遇，更让我相信了缘分，渐渐地，我也就离不开你了。”

刘可敏讲完，我在她嘴唇上亲吻了一下，她微微笑了。

不过，有个问题一直在我脑海中回旋，我一直都不知道为什么刘可敏叫我“色鬼”，难道就是因为第一次在车上我侵犯了她。于是，我便问：“宝贝，当时我真的不知道，你告诉我到底侵犯你哪里了？”

刘可敏有些害羞地说：“你说还能是哪里？”

我也明白了她的意思，用手抓了她柔软的胸，一放到那里我就永远不想再移开了。

刘可敏轻轻地说：“好了，从第一天见到你就是你的了，你还不够吗？”

我亲吻了一下她，说：“当然了，我永远都不够。”

可能是因为我的吻太用力，她有些忍不住呻吟了几声……

直至彻底疲惫，我抱着她静静地睡觉。刘可敏可能因为也太累了，不久就睡着了。我抚摸着她的柔滑细腻的肌肤，被浓浓的幸福所包围着。这时我才发现，原来人太幸福了，往往也很难入眠。

45 有钱最快乐

加班加点了几夜，我终于做完了宣传册，然后约黄经理到一家酒店交付，顺便也约了谢大哥，主要是想感谢一下他。

黄经理看了宣传册，很满意地说："不错，这比以前做得好多了，从色彩和版式上都比较完美。"

看完后，他从包里拿出一万块钱。本来我只花费五千块的东西，他却给了我一万，这的确有些如天上掉馅饼一样。但我这人也不想白拿别人的钱，何况是谢大哥推荐的，我便说："黄经理，是这样的，要不了那么多。"

黄经理笑着对我说："就冲你的真诚，我给你一万。你要知道，你为我可节省了不止这些钱，这以后我们公司常会做这些，我也不至于被几个黄毛小子糊弄了。"

谢大哥笑着说："既然黄经理这么说，小江你就拿着吧。"

我对着黄经理说："那就恭敬不如从命了，不过以后要是还有这样的事，我免费为你做。"

黄经理高兴地说："小江兄弟，你真够义气，就这么点钱，也没有什么，你做得真的很不错，以前我花了很多钱做的效果比你的差多了。"

黄经理这么一说，我和谢大哥都乐呵呵地笑了。

这次黄经理请客，我和谢大哥也都喝了不少。出了酒店的门，和他们告别之后，我感到很兴奋，一路上哼个不停，结果不小心撞了一个剽悍少妇，她开口就骂道："没长眼，神经病。"

不过，我这一高兴，也就有些忘乎所以了，随她去骂吧，不能叫她的"破口"影响了我的心情。

晚上一进门，刘可敏在客厅正打扫卫生，我走过去抱起了她，直接向她的卧室走去。

刘可敏在我的怀里挣扎着说："大色狼，你想干什么?"

我有些淫笑着说："你说我还能干什么呢?"

刘可敏求饶道："你放过我好不好，我身体受不了了。"

我吻了一下，轻声地说："是真的吗？"

刘可敏抱住了我，有些撒娇地说："你坏。"

我温柔地说："那我就坏到底了。"

……

也许是今晚太高兴了，而且刘可敏也很享受的样子，更加助长了我的欲望和激情，差不多折腾了一个小时才完事。

我从身后抱着刘可敏轻声问："亲爱的，舒服吗？"

刘可敏对我抱怨道："我都累死了，你抱着我睡觉，好不好？"

"不好。"我回答道。

"我就知道你占了便宜就不听我的话了，以后你就别想了。"她狠狠地对我说。

"因为我有好事要告诉你。"我装出神秘的样子。

刘可敏睁开了眼睛，看了看问道："你中奖了？"

"不是靠运气，我是用自己的实力赚钱了。"我笑着对她说。

"赚多少？"

"你猜？"

"一千？"

"不对。"

"两千？"

"还不对。"

刘可敏看了看我，笑了一下说："那就是五百了。"

我掐了一下她的脸蛋说："你怎么越猜越少了呢？"

刘可敏也许有些累，所以又微闭着眼睛对我说："那你就告诉我行了吧。"

我贴着她的身体说："是……一万。"

刘可敏睁大了眼睛，惊讶地说："什么？一万。"

我想她不至于如此惊讶，所以有些奇怪地问道："是的，怎么了？"

刘可敏抓住我的手说："你是去偷的还是抢的？"

我笑了一下说："怎么可能呢？那像我吗？"

我把经过向她讲述了一遍，刘可敏听我不是偷也不是抢，似乎比我还高兴。我终于明白：一个男人赚到钱拿到自己心爱的人面前，原来是一件如此幸福的事。

我们俩晚上躺在床上核计了一下，却不知怎么把这笔意外之财花掉。我认为赚钱就是为了消费，何况这算意外之财，应该尽快花掉，不然放在腰包里也不舒服。

第二天早晨，我和刘可敏一起去寸金桥公园游玩。远离都市的喧嚣，只享受二人的甜蜜浪漫之旅。

寸金桥公园坐落在市城区西侧，因邻近寸金桥而得名，寸金桥桥名含中华国土寸土寸金不容外敌侵占之意，以纪念1898年当地人民抗法斗争的英雄事迹，公园中心广场屹立着抗法英雄的塑像，算是本市最大的亚热带园林式公园。

公园内人虽稀少，可环境优雅。有碧波荡漾的平湖，有高低起伏的山坡，有绿草如茵的草坪，有青翠欲滴的丛林，层次有序，错落有致。楼台、亭榭、曲廊、幽径点缀穿插其间。我们携手漫步在公园，真有些心旷神怡，园内美景也让我们流连忘返。

在一片竹林丛中，我们坐在一个石凳上，周围十分隐秘，看来是小情侣亲热的好地方。果不其然，我看到了一个装安全套的小塑料袋，看来在这个石凳上也许有无数的人都激情和狂欢过。

刘可敏坐在我的腿上让我抱着她，大概恋爱的女人最喜欢的就是心爱的男人抱着她、宠着她，也许这就是爱她的具体表现。

我对着刘可敏问："亲爱的，你知道什么叫'寸金'吗？"

刘可敏思索了一下说："就是很短的时间了。"

我说："不完全对，寸金是很珍贵也很短暂的时间，不是说'一寸光阴一寸金'吗？比如我现在抱着你，也可以说寸金，因为太美好以致让人感觉随时有可能失去。"

刘可敏笑了一下，说："真的吗？我就知道你油嘴滑舌，是不是很多纯情女孩子都被你骗过？"

我装作认真的样子说："怎么可能？怎么说我也算是一个良民。"说完这话，我也开始有些暗自羞愧了，良民二字是需要加引号的。

刘可敏又问道："那你为什么骗了我？"

我反问道："我骗了你吗？"

刘可敏用手指捏住了我的鼻子说："你说是不是你骗了我？"

我张开了嘴巴说："那也是你叫我骗你的啊。"

刘可敏依然不依不饶，我便在她身上摸了一下，她就瘫软在我的怀里，我亲吻了一下。

刘可敏躺在我怀里说："亲爱的，我怎么老是觉得你随时就会离开我呢？"

我笑着说："那你是得了爱情综合征，说明你现在也开始在乎我了。"

她认真地问我："那你就不怕我离开你吗？"

我又亲了一下她说："当然怕了，我每天都离不开你，看不到你我就心慌。"

刘可敏对我说："你要永远爱我，我现在什么都给了你。"

我没有说话，又轻轻地吻了吻她。

离开了寸金桥公园，我们打的去了城市广场，虽然距离有些远，但那里比较热闹，还有一个原因就是刘可敏想去澳门街风味美食城。

地处城市广场的澳门街美食城，是一家汇集东南西北中、港、日、韩、越、泰、印及东南亚各地方风味菜式的饮食连锁店，集天南地北的各式风味佳肴、耳目一新的高雅就餐环境、星级优质的服务、科学新颖的管理模式和浓厚的商业气氛为一身。

到了澳门街，果然非同凡响。至少有很多好吃的东西让刘可敏兴奋不已，她一下子点了十多种小吃，南北风味都有，我们美美地吃了一顿，接着便开始逛商场。

看来看去，刘可敏也没有打算要买衣服，我便对她提议，叫她多选购几件衣服，我来买单。刘可敏虽然从小就生活在优越的家庭环境中，但是从来没有奢侈的习惯，所以一看到很贵的衣服就放弃了。

在一家专卖店里，刘可敏对一件长裙比较感兴趣，但一看打完折竟然要八百多块钱，刘可敏拉着我的手说："算了，这里的衣服太贵了。"

我看她比较喜欢那件衣服，只是嫌价钱太贵，所以便说："你先试穿一下，不合适再说吧。"

店员也帮我劝她，所以刘可敏就勉强同意了。

刘可敏穿上长裙，站在我面前，像一个高贵的公主，看来价钱和衣服还是成正比的，好衣服可以让人变得更加漂亮的同时，还可以增加人的气质。我走过去对她说："亲爱的，你穿着太漂亮了。"

刘可敏看来对这件衣服还是比较满意的，但对我说："价格太贵了，没有这个必要。"

我对她说："为了你的美丽，我看完全有这个必要。"

刘可敏去换衣服了，我对店员说："就要这件了。"

店员很高兴地把我领到收银台，不到三十秒就交款拿货了，等刘可敏出来时一切手续已经办完了。

刘可敏对着我说："江枫，你疯了，那么贵的衣服你也要。"

我对着她说："我不是正好赚了一大笔钱吗？不要担心，只要你穿着漂亮。"

店员对着我夸赞刘可敏说："看来你女友很会持家啊，祝你们幸福哦！"

刘可敏走出了店，对我说："你告诉我，是不是那个女人又给你灌了迷魂汤？"

我拦住刘可敏说："乱说什么啊，我给你买鞋子去。"

刘可敏对我说："还要买鞋吗？"

我笑着说："当然了，不然你拿什么鞋子配这样的衣服呢？"

我们转了好几家店，终于挑选了一双五百多块钱的鞋子。刘可敏一路上絮叨个不停，总是嫌鞋子和衣服太贵了。

回到家，刘可敏穿着新买的衣服站在我面前，我走过去轻轻地吻了一下，赞叹道："宝贝，你穿这么漂亮，我都有些不敢碰你了。"

刘可敏笑着说："少甜言蜜语，不敢碰就别碰了。"

我抱起了她说："可是不碰你也忍不住，那就不客气了。"

说完，我抱着她进了卧室……

46 荒唐与尴尬

不知怎么回事，最近荒唐的事一件接一件地发生，我甚至认为自己是不是“撞鬼”了，很多事想躲也躲不过去。

有一次，一个远在千里之外的朋友给我还钱，但他那里只有建行，可我却没有建行的卡。他住的地方很偏僻，打钱也要赶几十里的路，所以我就想到建行办张卡，出门的时候幸好带了身份证，一想也就签个表花几分钟时间完事了。

柜台小姐用甜美的笑容对我说话，但她具体说了些什么，我却没有太注意。

我签完了表，银行卡也开好了，柜台小姐很礼貌地说：“先生，你还需要缴纳二十五元钱的卡费和年费。”

一听是二十五元，我没有说什么。于是，我把手伸进裤兜里，一摸才知道出门的时候忘记了带钱包，我便在衣服上的所有口袋里摸了一遍，终于找到了二十元钱，我微笑着递了过去，摸了半天，又找到了四个一元一个五角的纸币，可数了数还是差五角钱，这下子无论我怎么找也没了，口袋里已经翻了好几遍了。

柜台小姐微笑着对我说：“先生，还差五毛钱呢！”

我很勉强地笑了一下，不好意思地说：“美女，不好意思，出门时我忘了带钱包了。”

柜台小姐看了看我说：“先生，你不会跟我开玩笑吧，后面还有好多人排队呢！”

我很真诚地说：“美女，我忘了带钱包，就这些钱了，你看能不能办理，要不我过会儿还你也行。”

柜台小姐看我真没有带钱，也和我开玩笑地说：“看来我又要为你出五毛钱了。”

我急忙说：“谢谢，要不我一会儿取了钱再还你？”

柜台小姐笑着说："五毛钱就算了。"

我很真诚地说："我绝对没有和你开玩笑，一会儿取了钱就还你。"

柜台小姐笑了，没有再说什么。

等了差不多十多分钟，钱终于到了，我取了几张百元大钞，又排队等候了十多分钟，终于轮到了我。

她看到是我，笑了一下说："先生，您这人真有意思。"

我笑了笑说："我实在不好意思，今天出门太仓促了，所以就闹出这档子笑话。"

我把这个故事告诉了刘可敏，她嘴巴一撅说："你肯定是看见人家长得漂亮，所以就故意调戏吧。"

我看了看刘可敏，无语了。

又有一次，刘可敏来例假，好像这边的人把女人的例假叫什么"大姨妈"，我也是第一次听说，感觉有些怪怪的。心想要是在家乡，这不又要闹出很多笑话来。她便叫我去超市给她买卫生巾，一个大老爷们，做这种见不得人的事，确实有些伤风败俗。

刘可敏威逼利诱了一番，看没有什么效果，便开始要挟我。她对着墙壁上的布娃娃发誓，倘若我不去，说明我不爱她，这还只算语言上的否定，重要的是以后如果我想占她便宜，那就根本没有这个可能。我一想：倘若那样，后果可不堪设想。为了让自己的小家伙不至于太委屈，所以现在我只有委屈一下自己了。

宿舍附近只有一个沃尔玛超市，那里面每天人来人往，想要钻空子也很难。我一个大老爷们硬着头皮在摆放卫生巾的地方周旋了好久，看到有无数女人大大方方挑选她们心爱的东西，那一刻我想作为一个女人是多么的光荣和伟大。

我站在一旁的化妆品柜台旁等待时机，等了差不多有二十多分钟我终于看见没人了，急忙走过去，刚要去拿自己早就看好的牌子，可突然从旁边走过来一个售货小姐，笑着对我说："先生，这是女性用品。"

"哦……啊……"我急忙像老鼠一样从旁边窜过去，心里却把刚才的那个售货员骂了不止一百遍，真是闲着没事问这个干什么，这不是偏偏叫我难堪吗？

可就这样走了，我也太失败了，不就是拿一包卫生巾吗？有必要这样畏畏缩缩吗？这还算什么男人呢？我开始不断地问自己。

终于说服了自己，我又硬着头皮走了过去。

我这次豁出去了，管她怎么看，反正她也是女人，心想我一个男人有必要怕她吗？

刚才的那位女售货员看到了，估计也知道我是专程来买那个的，便笑着对我说：“先生，你需要什么牌子的？”

我心想这女售货员也太不专业了，连话都不会说，什么叫我需要，我一个大男人用得着吗？便硬着头皮说：“不是我用。”

女售货员听后微微笑了一下说：“是女朋友吧？”

我点了点头。心想我怎么就这么倒霉，偏偏遇到了个这么多话的售货员。

反正已经不要脸了，还怕什么，我便问：“哪个最好用？”

女售货员终于开始向我介绍了，在每一个品牌的卫生巾前面给我详细介绍各种功能，也许这体现了她良好的服务态度，可惜她却弄错的对象，这好比是对着一位盲人介绍灯光是多么明亮，我一个男人即便知道这些，恐怕这辈子也买不了几回。

我看她很热情地向我推荐，恨不得叫我把所有的卫生巾都买回去，完全忘记了我是一个男人，便冷不丁地冒出一句：“你用什么牌子的？”

女售货员愣住了，随后说：“我用……”她没有说出口，脸泛起了阵阵红晕。

我看了看，笑了一下，拿起一包卫生巾拂袖而去。

为了掩饰尴尬，我买了很多零食，把卫生巾藏在购物篮的最下面，专门找了一个人少的收银台，又等了差不多十分钟才轮到我。

收银员是个女的，大概也是二十三四岁的样子，长得还算漂亮，她把我选择的物品一件件刷条码，最后拿起卫生巾朝我看了一下，大概是怕我拿错想确认一下，便问：“先生，这是您的吗？”她把卫生巾拿在手里举得很高，生怕别人看不到似的，结果周围的人都朝我看来。

我一下子低下了头说：“是的。”

付了账，提起塑料袋撒腿就走，没走过五步。女收银员急忙喊：“先生，你的东西忘拿了。”

我回头一看，她手里拿着我刚才买的卫生巾摇晃，原来她刚才没有装塑料口袋里。

我走过去说了声谢谢，周围的人都露出不怀好意的笑。

她帮我装到塑料袋里，我便迅速离开，走出沃尔玛，我才缓过了气，都不知刚才自己是怎么从众目睽睽之下走出来的。

回到家，我对刘可敏有些生气地喊道：“拿去！”

刘可敏发现我一脸阴云密布，所以走过来抱住我温柔地说：“亲爱的，怎么了？谢谢你。”

我看了看她，不知道怎么向她说，便有些抱怨地说："我最近怎么这么倒霉?"

刘可敏在我脸颊上亲了一下，说："怎么了，有什么就告诉我。"

我直接说："以后买卫生巾这些事不要找我了。"

刘可敏看我真有些生气，便急忙哄我说："对不起，是不是叫你难堪了，以后我保证不会再难为你了。"

听她这么说，我的气也消得差不多了，便把经过向她讲了一遍。

刘可敏听后，捧腹大笑了起来，可我却坐在沙发上生闷气。

47 签约闹剧

最近，我们都为公司和政府签约的事而忙活，作为新闻策划人员，自然就是搞一些宣传了，具体到每天的工作就是坐在办公室写宣传稿，提前半个月就开始向各大报纸发稿做宣传工作，不过很多细节也怪有趣的。

原先我以为那些报纸上的文章都是记者亲自去采访撰写登上去的。但到了这家公司，却发现我的想法是那么的幼稚。即便是这家国有企业，还是需要出钱买版面，然后叫人写一些好话发上去，糊弄普通老百姓。这一切的背后，全部是弄虚作假，“有钱能使鬼推磨”，看来这句话还是有一定道理的。以前，从书本上学到的那些崇高的人生理想，在实际生活中简直就是天方夜谭。当很多人都惯于用一种虚假的信息来虚张声势时，真实离我们越来越远。

签约当天，我负责到现场拍照，主要是为签约后撰写一些新闻宣传稿作准备。

签约现场设在某五星级酒店的会议厅，应该说是这个城市最高档的地方了。

签约在早晨十点钟举行，我和吴运才、陈军三人八点钟就到了现场。我也算见了一次大世面，看来公司人员确实没有白忙，整个酒店的会议厅全被公司承包下来，里面挂满了公司的宣传资料和横幅，而且设有信息化体验厅，都是一流的信息技术装备。据说今天到场的都是领导，而且也会有电视台、电台和报社的记者前来现场报道，可见这次活动有一定的影响力。

因为我去得太早了，领导都还没来，在现场最惹眼的要算这家公司一流的女服务人员了。她们穿上漂亮的职业装，面带微笑站在那里，是男人都想过去套几句近乎，我想那也是一种天性和本能。

昨天晚上，刘可敏告诉我，她今天也要到现场当讲解员，可我找了大半天，却依旧没有发现她，自从她出现在我生活中，我就对别的女人失去了兴趣。

陈军看见那么多光彩照人的美女，直流口水，感慨万千地说：“哇塞，都长得这么漂亮，一个个都是美女……”

吴运才听了更是语出惊人，好像美女都是他的敌人一样。他开口有些讥讽地说：“美女有什么了不起的，演A片的都是美女，做小姐的没有丑鬼，是二奶的都有姿色，当婊子的绝对够靓。”

我听了，不得不佩服吴运才对女人有如此深刻的研究，我想他要是专门研究女人和性，一定大有发展前途。

陈军一听，有些埋怨地说：“你说什么，这不是破坏我心中美好的梦想吗？让我对美女都开始有些怀疑了。”

吴运才笑了一下说：“站一边去，你懂什么啊，就知道看胸大的女人，看你那点出息。”

我怕他们吵架，便在中间说：“赶快过去，李成伟好像到了，过去看看我们要做什么。”

果不其然，李成伟安排我们去签到处拍照，说要记录下这神圣的一刻，我一听心里都有些酸。不过，这是我们分内的工作，也只好认了。

看着那些领导一个个走过来，我们就端起相机咔嚓咔嚓拍个不停。不过，当我在数码相机里查看照片时，看到的更多却是那些站在领导旁边的美女。

时间差不多快到了，我们也进了会场。我环绕了会场一周，终于看见了刘可敏，不过我还是不敢确定。直到我离她有两米远，我才真正确定是她，原来她化了妆，看起来更漂亮。我一向讨厌化妆的女人，不过看到刘可敏此时的模样，我开始有些改变自己的想法了。心想：这要不是在会场，我一定跑过去抱起她就走，这么个美人儿让别的男人看来看去，想起来我心里都有些不舒服。张小娴说：“男人都想看别的男人的女人，却不想别的男人看自己的女人；女人都想让别的男人看自己，却不想让自己的男人看别的女人。”至于谁看谁，恐怕这永远是一种矛盾，但凡人都有这种私心，所以我也一样。

刘可敏看到了我，朝我礼貌地笑了笑，向我展示了一下她作为讲解员的礼仪。

我正要走过去和她说几句悄悄话，这时却走来一个男的，刘可敏便向他热情地讲解信息化发展动向。我看了一眼，就知道这种男人绝对是大色狼，一定是想借这个机会老牛吃嫩草，所以我假装拍照站在旁边。

这个男人脸皮也真厚，看见我拿着相机对着他，便故意向刘可敏靠近了一下，意思是叫我为他们拍照。可我一按快门“咔嚓”了一下，照片上却只有刘可敏一个人。

拍完照，他便开始和刘可敏聊天，聊到最后竟然要刘可敏的电话，我想他终于露出了真面目了吧。

我走过去装作很礼貌地说："这位先生，您有什么问题可以直接问我们经理，讲解员是不能随意告诉别人电话的。"

他看了我一眼，一句话没说便离开了。

刘可敏有些担心地说："你怎么可以这样呢，要是他去投诉就麻烦了。"

我对她说："你怕什么，你就说他心怀鬼胎，想借此机会占便宜。"

刘可敏有些怨气地说："你能不能不管我的事？"

我对着她说："别的男人占我女人的便宜，我能不管吗？"

刘可敏看我认真的样子，又露出了甜美的微笑说："这还差不多。"

我正想和她多说几句，签约的领导到了，她便对我说："你赶快离开，不然他们看到就不好了。"

领导终于来了，看来不迟到几分钟就显示不出自己是领导一样，所以很多大会小会，领导往往是最后一个到场，第一个离场，这似乎已经成了一种惯例。

据说这次签约将是几十个亿的合作项目，所以公司不惜花重金来隆重举办。从座位牌看，这个城市里有头有脸的人差不多都到场了。

吴运才在我旁边悄悄说："现在要是有人扔个炸弹，就把这些贪官污吏全部炸死了。"

李成伟看我们窃窃私语，走过来问："你们说什么呢？"

我心中一团怒火：我们说什么有必要告诉你吗？你算老几，但是我没有骂出口。

吴运才淡淡地说了一句："没说什么。"

李成伟走了，吴运才对着我说："他妈的，欠揍吧，管这么多。"

几个领导上台讲了一连串的废话，然后就是举行签约仪式，我们拍了几百张照片，这个会议就结束了。几百人组织策划了一个月时间，邀请了将近上千人出席会议，据介绍花费了将近三十万的签约仪式却举行了不到三十分钟，这似乎有些滑稽，但这个世界上的事往往就是如此，雷声大雨点小。

我初步统计了一下，领导从进门到离开现场，差不多只有二十来分钟，就为了这二十几分钟，花掉三十万元值吗？会议结束后，我听见有人也开始议论纷纷，但大多都是背地里说闲话、见了领导却装得像孙子一样的人。

我到了信息化体验区，刘可敏见到我抱怨道："真没劲，搞了大半天就几分钟结束了，人家根本就没有来体验。"

我对她教诲道："现在知道什么叫腐败了吧？"

我们正说着话，突然有人喊："大帅哥，好久都不见你了啊。"

我回头一看是雪儿，她今天打扮得也很漂亮，尤其是她胸前的那两座小山，看了就让人不想移开视线。

我笑着说："美女啊，我也好久没有看到你了。"

雪儿笑着说："你骗走了我们的小敏，就不理我们了。"

我也笑着说："你这是什么话嘛，她如此冰雪聪明，我怎么能骗到她呢?"

雪儿取笑道："看，真会说话，变相夸小敏了。"

刘可敏对着雪儿说："不要乱说了，吃饭去吧。"

这次签约花费三十万元，其中有一部分大概就是吃饭钱，所有服务人员安排在酒店就餐，这算是对他们辛苦一个月的犒劳。

原本，我想和刘可敏一起去吃，可我们不在同一个部门，安排的房间不一样，所以我也只能认同组织了。何况，在这个公司里，我们三个人又有另外特殊的关系，有饭吃就已经很不错了，根本连抱怨的资格都没有。

我们三个和李成伟安排在同一桌，有两个女人，差不多是这个公司最丑的女人了，其他的都是男人，大家好像不怎么熟悉，所以气氛不是很好。刚坐下没多久，李成伟就对着我们三个开始训导了起来，说拍照要从多个角度深刻挖掘，把这次签约活动做一个深度报道，然后撰稿发到各大报刊上，文章标题要醒目，一定要起到很好的宣传效果。

我心想：标题要醒目，其实也很简单，就直接写"×××三十分钟签约仪式花掉三十万"，这样绝对可以引起广大市民的关注，可问题是不能这样写，因为这里不能打假，而且还要写一些子虚乌有的东西糊弄老百姓，这是我最为头痛、可又不得不去面对的事情。

吃完饭，今天的工作算是结束了，我打电话约刘可敏在酒店门口集合，然后我们一起坐公司班车回家了。

48 和你在一起

一进家门，刘可敏一屁股坐在沙发上，然后开始指挥我干这个干那个的，我虽有些心不甘情不愿，但是也拿她没有办法，只有忍气吞声了，谁叫我是男人呢？男人往往都是“站着理亏，躺着肾亏”。

两个人在一起生活久了，刘可敏现在好像也不怎么害羞了，竟然当着我的面换内衣内裤，我忍不住想要占些小便宜，每次都被她以“流氓”和“色狼”等罪名制止了我的进一步行动。

今天刘可敏化了妆，我发现她更美丽更性感了。当她换衣服的那一刻，我看到她那私密的地方，忍不住过去抱住就是一阵狂吻，开始她还有些拒绝，不过也只是象征性地抵抗了一下，然后就束手就擒了。

大概是今天见了很多美女，压抑的心情没法释放，把所有的欲望全部发泄在刘可敏的身体上。在我汗流浃背的奋战下，刘可敏也享受了两次高潮的快乐。

当我离开她身体的那一刻，她酥软在床上，口里喃喃地说：“小老公，你太棒了，累死我了。”

本来我也有些累，但是一听她的鼓励，我又打起了精神，对她嬉笑着说：“要不要再来一次？”

刘可敏有些害羞地转过身，带着挑衅的语气说：“来就来，谁怕谁？”

一听这话，怎么说我也不能示弱，不然这以后就太没有面子了，我翻身起来准备继续“战斗”。

刘可敏看我来真的，急忙求饶道：“你还是放过我吧，我真的不行了。”

我嘿嘿笑了一下，也就放弃了，主要的原因是我身体透支太严重了。

我们俩紧贴着赤裸裸的身体躺了一会儿，刘可敏转过身对我说：“亲爱的，你给我讲个故事，好不好？”

我想了想，也没有什么故事可讲，我原本就是一个健忘的人，所以一时半会也想不起什么故事来，便笑着说：“你听好了，那我就给你讲个故事。”

刘可敏有些高兴地问："故事叫什么名字啊？"

我故意装着思考的样子，然后对她说："小马过河。"接着便讲了起来，"从前，有一匹小马……"

刘可敏急忙劝道："打住，打住，这故事就不用讲了。"

我停住了，笑着说："那我也没有什么故事可讲了。"

刘可敏抱怨地说："男人都不是好东西，把我骗到手就这样了，那当初怎么不是这样子的？"

我急忙纠正她的语言错误，"你这话有毛病，按照你的意思那就是所有男人都骗了你，你也不能骂这么宽吧"？

刘可敏有些强词夺理地说："怎么着，我就喜欢，你能把我怎么样？"

我没有再说什么，在她身体上吻了一下，她刚刚产生的愤怒也被我的温柔及时化解了。

刘可敏又对我说："那你就给我唱首歌吧？"

我想了想，说："那我就给你唱《让我拥抱你入梦》好了。"

这次刘可敏没有拒绝，所以我就唱了起来。

刚唱了几句，她好像有了灵感一样，打断我唱歌说："亲爱的，你为我写一首歌怎么样？"

我笑了笑说："你也太高估我了吧，我可是从来没有写过歌的。"

刘可敏撒娇道："求求你了，我就要。"

她一撒娇，我真是没辙了。有人说："会撒娇的女人是无懈可击的，任何强大的男人都将被征服。"

于是，我下床找了一支笔和笔记本，然后爬在床上，为她写下了一首不像歌的歌：

一路上，不要怕，不要累，有我相随你身旁。
人生路，天也大，地也广，今生我为你流浪。
曾记否，那些年，你和我，相伴相随到天涯。
月光下，油灯前，一个人，还能有什么感动？
今生今世，无论天涯海角，我陪你到永远！
一年一岁，无论山多高路多远，
我和你永远一起走；
一年一岁，无论山多高路多远，
我和你永远一起走，直到老去……

写完了，我想这或许算不上真正意义上的歌词，但绝对是这个世界上独一无二的创作。大概这个世界上不会有第二个人和一个赤裸裸的女人躺在一起写歌，我也算是破纪录了。

刘可敏看了之后，露出了满意的笑容，说："还不错，这首歌叫什么名字呢?"

我又想了想说："就叫《和你在一起》怎么样?"

刘可敏高兴地吻了我一下，说："亲爱的，谢谢，就叫《和你在一起》吧!"

我开始讨价还价了，便说："我为你写了歌，那你多少也要为我奉献一些吧。"

刘可敏慷慨地说："随你，想要什么都行。"

"真的?"我的手伸向了她的身体。

刘可敏看我又想占有她，急忙说："这次饶了我吧，记在账本上，下次一定给你。"

我哈哈一笑说："真的? 那就一言为定了，到时候可不能抵赖。"

刘可敏抱住了我说："好了，好了，我都是你的。"

在床上折腾了好久，也确实感觉有些累了，于是，我们相拥着睡着了。

在睡梦中，我好像在为刘可敏唱刚才写的歌，但是她好像什么都听不到……

49 爱情如钟摆

一个人静下心来，掐指一算，我们生活在一起也有将近半年时间了。

在这段时间里，可以说每天都在快乐中度过，难道我们真的就会这样一辈子幸福地生活在一起，连我自己都有些不敢相信。我总认为，最美好的东西往往最容易失去，可能是因为太怕失去，以致让我有些怀疑这一切的真实。

生活中的我们，常常会这样地感慨：欲望得不到满足时痛苦不堪，欲望得到了满足就会倍感无聊。生命和爱情犹如一个钟摆，在痛苦和无聊之间摇摆。

一天三餐，都是大鱼大肉，过得不亦快哉。每天过得真是有人所说的“上今天的班，睡昨天的觉，花明天的钱”的堕落奢靡生活。我发现，人要坚持一种好习惯很难，但有了坏习惯，往往就一发不可收拾。

每日生活在惶恐之中，常常感觉暴风雨即将来临，这种宁静而快乐的生活似乎就是一种假象，终有一天会被彻底破坏。

最近，由于每天忙，我也没有注意，吴运才的性伴侣又换了。

吴运才已经对李美不感兴趣了，三言两语便一脚踢了。李美毕竟只是一个黄毛丫头，吴运才说搞多了也就没有兴趣了，这是我意料之中的事，可他对一个姓孟的少妇情有独钟，却完全出乎我的意料。

少妇姓孟，具体叫什么，吴运才也不知道，我自然就更不知道了。反正就是为了床笫之欢，上床结束了谁也不会想起谁，关系单纯得除了上床做爱再也没有什么瓜葛。据吴运才介绍，认识孟，是他有一次去酒吧玩，酒喝多了，迷迷糊糊就和她发生了一夜情，双方都比较满意彼此在床上的表现，于是就为了上床而“私订终身”了。

看来在性这方面，这女人的功力和技术还是可以肯定的，所以才让吴运才每天神魂颠倒，以致元气大伤，整日昏昏沉沉。有一次竟然在上班时间都打呼噜，要不是我及时叫醒，他可能这个月又白干了，说不定还有被炒鱿鱼的可能。在这家国企里面，我们这些新闻策划代理人员，可以说除了靠能力吃饭外没有任何身份，说白了就是一个黑户口，帮别人弄虚作假赚钱罢了。如果发生上班睡觉这等事，自然也就没有商量的余地了。公司某领导三令五申地说，情节严重者作开除处理，具体怎么处理，恐怕也要看领导当天的心情了。

有人说："婚外恋在文艺作品里是一个故事，在现实生活里却是另一个事故。"为了避免事故发生，为了兄弟义气，我很早就提醒过吴运才，叫他要适可而止，最好收敛点，毕竟人家是有夫之妇，弄不好找上门来就不好办了。

据说少妇孟的丈夫也是江湖上的人物，正因为去了外地，所以孟忍耐不住独守空房的寂寞，才红杏出墙，叫吴运才上了她的床。

可吴运才被少妇的一套床上绝技所彻底征服，向我发下毒誓，即便死在床上，他也心甘情愿。如此而来，我只希望孟的丈夫永远不要发现，这样或许可以避免一场事故。

50 让时间去遗忘

时光飞逝，光阴荏苒。

时间如白驹过隙，不知不觉中我来这个城市已有十几个月了，可一切好像就发生在昨天。

时间长了，我们也进入了情感综合征高发期。我和刘可敏各自的缺点也都暴露了出来，不是她嫌我袜子太臭，就是一天唠叨个不停，这往往是我最受不了的。尤其自从我和刘可敏有了身体接触后，缠缠绵绵过了几个月，两个人的新鲜感也都没了，大部分的快乐常常只停留在床上。离开了床，她不是抱怨就是唠叨。我本性是一个放荡不羁的人，却常常感觉自己如同关在笼子里的鸟一样，失去真正的自由生活，这是我最怕的，却又是我每天不得不去面对的。

暴风雨终于来了。两个人在一起的生活，差不多就是三天一大吵，两天一小吵，有人说这样才算是生活，但遗憾的是这并不是我所想要的。

一天下班，我提前回到家做晚饭，可等我把饭做好都摆在茶几上，然后打电话给刘可敏，她却告诉我要陪一个高中同学吃饭，我有些生气，但也没有说什么。

可后来，我等到十点钟都不见她的人影，我有些担心，其间她也没有给我一个电话，我打了两次电话，她都匆匆挂断了。我觉得事情有些蹊跷，于是一个人下楼等她。

当我到附近的居民小区内的公园时，却发现她竟然和一个男的坐在一起，看起来关系也非普通朋友。当时我就有些愤怒，如果是早些年我肯定把那男人打得头破血流，然后用暴力维护自己的爱情。可我又一想，天天睡在自己身边的女人变了心，能怪罪别人吗？要怪也是怪我太爱她了，以致她出轨我似乎都说不出一个过错来。

我没有过去打草惊蛇，心想：随他们去吧。

回来的路上，我又想起了林一梦，是那个我曾经很爱很爱的女人给我上了人生最重要的一堂爱情课。作为一个男人，绝对不能对女人千依百顺，否则迟早有一天会遭到女人无情的背叛。当然，这可能是我偏激。

一个人回到家，没有开灯，我躺在沙发上沉思，心却在流血。

差不多快十二点了，刘可敏终于回来了，她打开灯，看我一个人坐在沙发上，抱怨道："你干吗这样，像鬼一样，吓死人了。"

我心里有些难过，只淡淡地问道："你干什么去了？"

刘可敏明显有些心虚地说："我吃完饭，家里有些事，就过去看了一下。"

说完，就直奔卧室，显然她想躲避我的问题。

我放大了声问："家里什么事？"

刘可敏支支吾吾半天都没有回答，看来她压根没想到我会问这么多问题，于是对着我说："江枫，你什么意思？"

我突然来了气，自己做了亏心事，却反过来质问我，便站起来说："你什么意思？"

刘可敏看我生很大的气，大概知道情况不妙，于是放低了声音说："我没有什么意思。"

我怒吼道："你干吗骗我？当我是白痴，是不是？"

刘可敏也针锋相对地说："谁骗你了？"

我心里所有的愤怒全部爆发了，最怕自己被人骗，却不知骗自己的就是自己身边最亲近的女人。

我喊道："你到现在还不承认？你是不是把撒谎当成本领，刚刚骗了另一个男人，现在又来骗我？"

刘可敏没词了，对着我大声地说："你管得着吗？你凭什么管我，我有权利和自由去爱别人。"

我听了这话，犹如五雷轰顶，一下子倒在沙发上。心想：我凭什么啊，我和她只不过是男女朋友，我有什么权利质问她？这一切，谁都没有对谁承诺，分手不就是一句话的问题。但是，她怎么可以骗我，怎么可以和我在一起的时候又去爱另一个男人呢？这样的女人不是我所想要的，我有些崩溃了。

我在沙发上躺了一会儿，心情稍微平静了些，对刘可敏说："你走吧，永远不要再回来。"

刘可敏也许没有想到我会作出这样的决定，在客厅里愣了一会儿，然后冲进了卧室，不到十分钟时间，便把所有的东西装在一个大皮箱里，然后拖着箱子走出了门。

我突然觉得，这样的女人简直太可怕了。

昨天她还和我睡在一起缠绵，今天却为了另一个男人义无反顾地离开了我。这样的女人，不值得我去爱和珍惜，只是我的心在痛，在流泪，在流血。

大概有一刻钟，她发来了一条短信，上面写着："我们分手吧！"

我看了看短信，迅速删除了，就当这是一场梦，梦醒了，什么都没了。

两个人的感情就像织毛衣，建立的时候一针一线，需要大把大把的时间和精力才能完成，小心而漫长，可要拆除，却只那样轻轻一拉，就彻底分开了。

曾经，支撑我生活的是罗素所说的"对知识的渴求，对爱情的渴望，以及对人世苦难发自肺腑的怜悯"。可现在却发现，那些想法太过幼稚，太过理想。现实比我所想象的要复杂得多，而我常常用一种孩子的心态去生活，所以我只有四处碰壁，只有让自己受伤。

一个人在沙发上躺了整整一个晚上，冰箱里所有的啤酒和饮料都被我喝完了，然后我不断地问自己："这个城市，还有什么可值得我留恋呢？"

直到清晨，东方渐渐有了亮光，我却睡着了。

这一睡，就睡了一整天，直到晚上一阵敲门声惊醒了我。

我以为是刘可敏，便急忙去开门，打开门一看，原来是路宁远和谢文娟。

他们看了看我，异口同声地说："你怎么了？"

我定了定神，想了又想，原来我的生活中已经没有了刘可敏。

路宁远急忙过来扶住我说："兄弟，你怎么了？"

谢文娟也着急地问："江枫，你怎么了，倒是说话啊！"

他们往屋子里看了看，大概也明白了怎么回事。

谢文娟着急地问我："可敏，干什么去了？"

我对着她说："以后在我面前永远不要提起她。"

我们三个人都沉默了，屋子里的气氛很沉重。

过了一会儿，路宁远拍了拍我的肩膀说："兄弟，到底怎么回事？"

我平静地说："也没什么，就是分手了。"

谢文娟在旁边问："总有个原因吧？"

我淡淡地说："没有。"

我不想向任何人说我最爱的那个女人背叛了我，这是任何一个男人都不想面对的事。这种痛苦和无奈，或许只能藏在心中，让时间去遗忘吧。

51 她的名字叫“莫痛”

晚上，路宁远约我去酒吧，我就跟他一起去，没有原因，就是为了放纵自己，觉得一个人这样活着太累，何必把自己潜移默化地放在“正人君子”一类，怎么过都是生活，我也想彻底堕落一下。

在酒吧里，我一个人坐在一个阴暗的角落里用酒精来麻醉自己，即便我怎么努力，还是不能和那些在酒吧里纵情高歌的人成为同类，我想就这样堕落下去，可依旧没有勇气。我只有把所有的痛苦埋在心中，然后自己去深深地咀嚼，直至麻木。

酒吧里，可以说一切东西应有尽有，女人和赌博，饮酒作乐，冒险奇遇。据说来这个酒吧消费的人都是些比较有档次的。而我所理解的档次，也就是卡一大堆，钱一大堆，情人也一大堆的那种。我厌恶那些男人贪婪的眼神，也憎恨那些女人纵情的姿态，所以我只有坐在阴暗的角落里，对这一切冷眼旁观，有些嗤之以鼻，有些淡然，有些不大理解。

昏暗的灯光下，一股催人堕落的糜烂气息溃散在空气中，弥漫着女人的香水味和烟味，让我有些窒息。来到这里，我才发现不是放松，而是一种折磨，于是我便走了出来。

路宁远看我出来了，便紧随我身后，走出酒吧大门对我说：“兄弟，你怎么了？”

我平静地说：“没事，你回去陪文娟吧，我要回去了。”

路宁远还是有些不放心，关心地问：“真的没事吗？”

我强笑了一下，说：“能有什么事，我有些累了，想回去好好睡一觉。”

看着路宁远的背影消失在夜色中，我却没有回家，一个人在大街上闲逛。

路过一家按摩店，按摩女在店门口招揽顾客，我站在前面迟疑了好久，还是离开了。我不知道要去哪里，就这样一直静静地走着。

我突然很想在这个城市里游逛一个晚上，便在大街旁拦了一辆的士。

上车后，我斜躺在后座上，一个女司机问我：“先生，你要去哪儿？”

我说出了两个字："随便。"

她半天没有说话，然后又问了一遍，我有些愤怒地说："听不懂啊，是不是怕我不给钱？"

我从钱包里拿出了两张百元大钞伸手递了过去，有些耍赖地说："今晚，这车我包了。"

她没有接钱，继续开着车，问我说："心情不好？"

我没有回答，闭上了眼睛躺着。

车走了一会，她突然说："原来是你。"

我睁开了眼，她怎么会认识我呢？但是车内漆黑一片，我看不清她的脸。便问："你是谁？"

她轻笑了一下说："我是出租车司机。"

心想：这不是废话吗？又问道："你怎么认识我？"

她淡淡地说："上次你坐过我的车，你大概也忘记了吧。"

我突然想起来了，上次她还递给我一张卡片，常说那句"有事找我，随叫随到"的那位女司机。难怪刚才的声音如此熟悉，心情不好也没有心思去琢磨这些。

我有些不好意思地说："哦，是你，我想起来了。"

女司机笑了笑说："谢谢，你还能记得，不容易。"

我有些道歉地说："刚才，对不起。"

她一边开车一边问我："你想去哪儿呢？"

我还是简短地回答："随便。"又补充了一句："哪里好玩就去哪里吧。"

女司机再没有说什么，我也闭上了眼睛，不知不觉睡着了。

这一觉竟然睡了将近一个小时，直至她把我叫醒。

她问我说："你坐车不会是为了睡觉吧？"

我揉了揉眼睛问道："这是什么地方啊？"

她介绍说："这里是海滨大道，已经转了一大圈了。"

我看了看车窗外说："哪里好玩就带我去哪里吧。"

女司机想了想说："我也不知道哪里好玩，还是你自己决定吧。"

我想了半天，不知道有什么地方可以容纳我，原来我对这个城市的夜晚如此陌生。便说："那就随便吧，往繁华一点的街道走走看。"

在人民大道上我透过车窗看到一家麦当劳店，突然叫她停车。她把车停靠在大街边上，又看了一下计价器表的显示，然后给我找钱。

我对她说："钱就不用找了，要是你不介意，就和我一起去吃夜宵，我请客，吃完了再拉我回去。"

她迟疑了一下，跟着我下了车。

我们走进了麦当劳，一看里面只有七八个人，嘻嘻哈哈地笑个不停。很多座位都是空的，我们便找了一个光线好的角落的位置坐下，我对着她笑了一下，问她想吃什么。

她也笑着说了句：“随便。”

我走到了柜台前，点了两个大套餐，一共花了八十元。要是在平时，一个大套餐也许够我们两个人吃了。

我来到座位上，却发现座位上空无一人，我看了看都没有看到她的影子，心想，难道她想耍我，但又一想，她也没有必要那样做。

我一个人坐着发呆，一会儿她来了，原来她去了洗手间。

她笑着说：“我洗了洗手，开车的手不干净。”

我们俩面对面坐着，我却不知道要说什么，突然觉得有一些尴尬。

正好服务员送餐过来，她一看我点了很多，惊讶地说：“你怎么点这么多?”

我笑了一下说：“你挑着吃吧，不想吃的就别吃。”

我端过一杯咖啡，按照平时的习惯，都要加牛奶和糖，可这次我什么都没加，现在的心情就像咖啡，越苦越好。

两个人又沉默一会，她问：“是不是失恋了?”

我看了她一眼，心想她观察能力够强的，便说：“你怎么知道?”

她喝了一口可乐说：“看你那么痛苦，猜的。”

我痛苦吗？我自己都有些怀疑。

“是不是很爱她?”

“不知道。”

她沉默了一会儿，我继续喝着咖啡。

“想听听我的故事吗?”她问我。

“只要你愿意讲，我就愿意听。”我回答。

“我也曾爱过一个男人，可是……”她慢慢地讲给我听。

她是湖北人，为了一个她很爱的男人，两年前来到这个海边城市。由于两个人读的书不多，也没有什么手艺，所以干过很多事也都没干多久。最后，他借钱租了一辆车，当了这个城市里一个默默无闻的出租车司机，她在超市当了服务员，虽然两个人的生活过得很简朴，但也很温馨很踏实，因为他爱她，她也爱他。

可在现实生活中，爱往往很脆弱很短暂，她爱的男人有一次晚上出车，发生了车祸，永远地离开了她，连一句话都没有留下就撒手人寰。

为了爱，也为了那个离她而去的男人，她也当了一个出租车司机，就这样一干已经有两年了。

故事不算很长，但是我听了却很难过，有种想哭的冲动。

她讲的时候很平静，但是眼泪还是流了出来，我相信她至今都没有从悲伤中走出来。

最后，她告诉了我："人这一辈子，有的事由不得自己，但是我们可以选择自己想过的生活。"

她的这句话，让我从痛苦中惊醒了。我想，失去了一个女人，但我不能就此沉沦下去，我还是要面对我自己的生活，何况我失去的或许只是一个不值得我去爱的人。

我们俩坐了将近两个小时，离开麦当劳，又重新来到大街上，我看到头顶的星空和都市的繁华，心情也稍微放松了些。

她送我到楼下，我说："我还不知道你的名字呢?"

她笑了一下说："我原名叫莫彤，就叫我'莫痛'吧。"

我主动介绍说："我叫江枫，谢谢你。"

她还是那句话："有事找我，随叫随到。"

我笑了一下说："谢谢你陪我，'莫痛'。"

她的车消失在我的视线中，我却站在原地默默地祝福她，希望她幸福。

回到家，我撕下了贴在门上的不平等条约，还有我曾写的"哪里有爱，哪里就是我的家"，然后用毛笔又写了"莫痛"两个字贴在了墙上。

痛过这一夜，我想也该从痛苦中走出来了。

52 辞职风波

接下来的一个月里，我每天过着两点一线循规蹈矩的生活，简单却也充实。我的心是麻木的，强迫自己用一种寂寞的生活方式去忘记痛苦，去怀念美好的过去。

痛苦是短暂的，只要不被痛苦吞噬，我就离美好的生活最近。

每天出门前，我都要看看贴在墙壁上的那两个字“莫痛”。然后对着镜子笑笑，我的一天就开始了。

在这一个月时间里，刘可敏曾给我发过短信，但我一看都删了。失恋就像破碎的镜子，即便是重新组合起来，也很难找到当初的美好。我是一个轻易不选择的人，正如我轻易不放弃一样，但只要我放弃了，就从不回头。

早晨上班的路上，我远远地看到刘可敏走在我的身后，但我加快了步伐，不想看到现在的她。随后，刘可敏又发来一条短信，本来我的手机里已经没有她的号码了，但是那些数字还是让我永不能忘记。我想不看彻底删除算了，但却不小心打开了，信息很简单，只有一句话：“我下个月就要结婚了。”

我看了觉得好笑，是向我炫耀还是想要说什么呢，我懒得去思考了。何况我和她之间已经毫无瓜葛，她结婚与我有什么干系，我对着手机默默地想。

进了办公室，吴运才高兴地说：“兄弟，你写的言论文章获奖了。”

我凑近看了一下，看到我写的一篇文章的确获得了公司报纸的优秀奖，仔细一看，可是署名的却是李成伟。

我问吴运才：“怎么署名是李成伟?”

吴运才说：“这个你还不知道，我们现在的工作职位就是‘枪手’，当然只能署别人的名字了。”

我突然来了气，骂道：“不就是一份工作吗？大不了不干，这不是明显侵犯我的权利吗?”

吴运才解释说：“兄弟，不要火气太大，我们能有什么办法呢?”

可能是最近压抑太久了，所以心里的怒火一下子全部都冒了出来，便说：

“我去问问他。”

吴运才忙拉我，但是被我甩开了。

我走进综合部办公室，对着李成伟喊道：“我写的文章为什么署的是你的名字？”

李成伟看我火冒三丈的样子，有些难为情地说：“这是公司的规定。”

我一下子来火了，骂道：“你他妈的放狗屁，你们公司规定叫你们弄虚作假糊弄别人，这是侵权，你知道吗？”

公司综合部办公室里的人都站了起来，都一脸茫然地看着我和李成伟。

李成伟低声说：“你声音放低点好不好，要是领导听见了就不好了。”

我大声喊道：“听见又怎么了？弄虚作假不怕，你还怕这个？”

李成伟坐在自己的座位上，默默无声地看着我，可能也是羞愧和愤怒的原因，脸上青一块红一块。

我骂道：“老子不干了，你给我记住，这事我和你没完。”

我回到了办公室，吴运才和陈军都对我有些抱怨地说：“你怎么可以这样，这样影响不太好。”

我对着他们愤怒地说：“滚开，你们能容忍他，但我不能，我是来工作的，不是被人当玩具一样玩来玩去。”

他们一看我愤怒的样子，都沉默了，坐回自己的座位上。

谢文娟听见我大声呵斥他们，急忙跑进办公室关了门对我说：“江枫，你怎么了，不要这样大声好不好？”

我对着她说：“我不干了，一会儿就走人。”

不一会儿，我的手机响了，原来是我们公司总部打来的电话。我心想：他妈的消息够灵通的，我在这破地方干了十多个月了也没有一个电话，就算是没事问问也好。出事了还不到十分钟，电话就打来了。

我接了电话，是公司的副总，我直接说：“我不干了。”

他也许还想劝我，但我直接挂断了电话。

过了半个小时，谢文娟走进来对我低声说：“林总叫你。”

我大摇大摆地穿过综合部办公室，直接走进了林总的办公室。

林总关了门，微笑着对我说：“小江，怎么回事？”

我本来也想发泄一下情绪一走了之，但是看他面带笑容，何况也是林一梦的父亲，也是有可能成为我未来岳父大人的他，所以心情就稍微平和些，把所有的经过大概向他讲了一遍。

林总听后点了点头，便问：“那你是怎么想的？”

我对着他说：“我没怎么想，今天就离开这里。”

林总又点了点头，思索了一会儿说："就没有其他解决的办法了?"

我语气十分坚定地说："没了，今天我就离开这里，谢谢您的关心。"

林总脸上虽然有些不悦，片刻之后他突然问我："小江啊，以前你和我女儿是不是朋友?"

我也感到很奇怪，难道林一梦把这事告诉了他，便放低了声音说："这事你也知道了。"

林总说："她说你对她很好，可你们怎么分手了?"

我想了想说："这个嘛，你最好去问她。"

林总对我笑了笑说："你大概也知道，我和女儿还是有隔阂，不过她曾告诉我叫我多多关照你。"

我想了想说："大概是我对她也不够好吧。"

林总没有再说什么，对我说："小江，你能力是很不错，从很多方面都可以看得出，而且是一个很有个性的年轻人，不过有时这样对你自身的发展也不好。"

我有些感激地说："谢谢您还能这么说，不过这里并不适合我。"说完，我便站了起来想向他告辞。

林总也站了起来握了一下我的手说："小江啊，以后有什么需要帮忙的就找我，我也希望你和梦梦能来我家做客。"

走出了林总办公室，我到了综合部，直接走到李成伟办公桌旁对他说："兄弟，以后注意点，不要再做这种见不得人的恶心事了。"

来到办公室，我看了看，除了一个水杯，没有什么是属于自己的。

吴运才对我说："兄弟，你就这样走了?"

我对他笑了一下说："不，我们还要庆祝一下!"

吴运才用拳头砸了一下我的胸膛说："兄弟，那晚上我去找你吧。"

谢文娟也冲进了办公室，用手推了我一下说："江枫，你真的疯了吗?"

我依旧笑着反问道："我疯了吗?"

他们看起来都很无奈的样子，也许他们认为我这样做有些不可理喻。

我对他们说："我走了，有时间我们就庆祝一下。"

走出了公司的大门，我回头望了望这个所谓的国企，感慨万千。我不知道怎样去评价它，但我确定这里并不属于我。

我心里默默地说："再见了。"

53 今天你最牛

我一个人在大街上走着，看着这个城市里漂亮的女孩子，突然觉得她们是那么的美丽，可我把一天大半的时间都耗费在那个只有两平方米的方格里，到头来还是混得不像个人样，我彻底厌倦了这种平淡无奇的工作，尽管有人羡慕也有人妒忌，因为在那里工作的人都是这个城市的“白领”。

而我，从一个正儿八经的“白领”转变成一个无业游民，前前后后只有不到半个小时的时间，是我太冲动了吗？是我太鲁莽了吗？是我太自大了吗？

这个社会消息就是灵通，还不到半个小时，电话一个接一个打来了，都是为了我离职，有劝慰的，有问原因的，有感到可惜的，有为我打抱不平的，以致我都有些应付不过来，最后干脆把手机关了。

我在商场里逛了一个多小时，有些累了便回家，又看到墙壁上的那两个字，我会心地笑了笑。

一个人躺在床上，想睡也没有瞌睡，回想刚才发生的这一切，比梦还短暂，可我一点儿也不后悔，因为只有我自己知道这绝对不是冲动，而是我很早就已经作出的选择，只是等到了现在才兑现而已。

一觉醒来，已经到了下午五点钟，我打开手机一看，着实让我大吃一惊。竟然有五十几条短信，这比我以前一个月收到的短信都多。我看了看，都是些认识的同事和朋友发来的。

信息社会就是便捷，很多消息复制粘贴就了事了，大概也是一个传一个，差不多认识我的人都知道了这件事。

我挑了几条看了看，有一条是谢文娟发来的，说我已经成了公司的新闻人物了，李成伟也被领导找去谈话了，说不定有可能也会被公司做自动离职处理。我心想：真是活该。平时把老子当窝囊废，动不动就找很多理由变相折腾，这下子他后悔了吧。

有两条信息是路宁远发来的，他没有提我辞职的事，只是叫我晚上在家等他一起喝酒。看着短信我沉思了一会儿，心想：知我者，还是路宁远也。

我起了床，洗了个冷水澡，身心也舒服多了，躺在沙发上发呆。

有人敲门，我打开了门，看到是路宁远。

路宁远走进门，看了看，然后问我："兄弟，有酒吗？"

我从冰箱里拿了两瓶冰啤酒打开了。

路宁远喝了一口酒说："是不是刘可敏的原因？"

我想了想，他有这种猜测也合乎情理，毕竟我和刘可敏分手也不久，倘若和刘可敏还在一起，或许我会忍气吞声地继续混下去。不过，这或许只是辞职的间接原因，并不是直接原因，更不是主要原因。

我慢慢地喝了一口酒，很肯定地说："不是。"

路宁远再也没有多问，他直接问我："以后打算怎么办？"

我确实没有想过这个问题，我一向是做一天和尚撞一天钟的人，对未来没有太多的奢望，只要能过下去就行。人这一生，知足点最好，我觉得自己是最容易满足的人。

"没想过。"我淡淡地回答。

吴运才打来电话，叫我下去一起吃饭喝酒，我和宁远便一起出了门。

等我们到了酒店，他们正在大侃我今天的"光荣"之举。看我走了进去，吴运才把我请到上席，然后笑着说："兄弟，你可来了，今天你最牛。"

我举起酒杯，哈哈大笑说："谢谢各位兄弟姐妹这么看得起鄙人，就这么点小事也牛了一回，也算值了，所以我先干为敬。"

吴运才举起杯对我说："祝我们的牛人牛气冲天、牛上加牛。"

我急忙打住了他的话说："牛上加牛，这不是多生了一个牛嘛，计划生育也不允许啊，有一个牛就行了。"

他们一听，哄堂大笑了起来，都说这话有道理。我斜着眼一看，就连那个女服务员也笑弯了腰。

在别人看来，这是应该痛苦的一天，可我却用最快乐的方式度过了。即便是和我一同喝酒高歌、一口一声地说"祝贺辞职"的我最亲近的朋友同事，他们也许都很难理解。

在他们的脸上，我看到了疑惑，看到了自己的幼稚可笑。

吃了饭，喝完酒，我们来到大街上。我有些微醉，把其他的朋友都打发了，就和吴运才一道往回走。

吴运才凑近了我的耳朵说："兄弟，要不要今晚去放松一下，我发现了一个地方，女的都很年轻漂亮，技术也是一流的，一定包你满意。"

我拍了一下吴运才的肩膀问道："兄弟，你是不是去多了，那个少妇还不能让你满意？"

吴运才笑着说：“那女人是不错，但就是老了些，多了没感觉了。”

我劝吴运才说：“兄弟，听我句真话，这方面还是要节制点，不然真毁了你。”

吴运才冷笑了一下，却反过来批驳我说：“兄弟，不是我说你，你就是太好了，女人才会离开你。黄世仁不是说过了吗，女人就是墙上的泥壁，剥了一层又一层。”

一听他这话，我无语了。我对着吴运才痛骂了一句：“女人搞多了，弄不好搞死你。”

吴运才急忙拍了一下我的肩膀说：“兄弟，我知道你今天心情不好，我听你的就是了，这还不成吗?”

我们俩在大街上晃悠了一阵子，便各自回家了。

54 最后的告别

昨晚，我踏踏实实睡了个安稳觉，再也不用担心上班迟到，这样的生活实在太惬意，我迷恋上了自由的人生。

大概十点钟起的床，刷了牙，洗了脸，然后坐在客厅的沙发上，打开了电视。也许是心情好的原因吧，竟然发现有那么多好看的电视剧，我开始对电视台有了期待，也改变了我过去总认为如今的电视台除了播放一些垃圾节目糊弄观众外，就是瞎折腾的偏颇看法。

一看就到了中午，关了电视，我正对着墙壁上“莫痛”二字发呆的时候，刘可敏发来了短信。她问我辞职是不是因为她，还想约我晚上见个面，想跟我聊聊。

我没有回短信，反正这事和她没有关系，也不打算和她见面，我此刻不能和一个我很爱的但却背叛了我的女人重新坐在一起，还要装作若无其事的样子，并且说些“做不了男女朋友就做普通朋友”这类无聊的话，这点我办不到，既然分了何必提这些呢，都已经不重要了。

晚上六点钟，刘可敏打来了电话，我没有接。但她又接连打了两次，我便接了。

刘可敏在电话那边说她已经到了我楼下，叫我赶快下去，还没有等我回答，便匆匆挂了电话，也许她怕我拒绝。

我趴在窗台上看了，她果然已经在楼下了。看来我这次不得不面对了，过了十分钟我才到楼下。

如果是平时，她或许又是一大堆的抱怨，可这次她说：“你下来了，我们去找个地方坐坐。”

我们来到大街上，打了一辆的士，直奔我们第一次去的城中村西餐厅，一路上彼此默默无语。

到了西餐厅，我们还是坐在那个曾经坐过的座位上，甚至连方位都没有变。我也奇怪那家西餐厅好像生意不怎么样，每次去里面都没有什么人。

刘可敏坐下问我："想吃点什么，今天我请客。"

我淡淡地说了句："随便。"

刘可敏今天确实穿得很性感，把我平时用手蹂躏的那两座小山露出了有四分之三，看不到的地方我闭着眼睛都想得到，但是不知为何我没有一点欲望，心是麻木的，且十分平静。

刘可敏没有再多问，直接点了几个菜，服务员走后我们都默默地坐着。

过了好久，我们都没有说话。刘可敏也许觉得有些尴尬，便说："你怎么突然离职了？"

我简短地回答："不想干了。"

刘可敏又问道："是不是因为我？"

我看了她一眼，十分肯定地说："没有。"

刘可敏有些关心地问我："那你以后怎么办？"

我看了桌上的一碟凉菜，顺口说道："凉拌。"

刘可敏脸上微微露出了笑，但瞬间便消失了，看来女人的脸永远是善变的，就像天气一样。

聊了几句，我们又沉默了。

刘可敏轻轻地说："再过二十几天我就要结婚了。"

我点了点头，没有说话，继续喝茶。

刘可敏问："江枫，你是不是恨我？"

我猛地放下了茶杯说："你找我来就是跟我说这个的吗？"

刘可敏吃惊地看着我，轻声说："不是，就是想……"

我站起来对着她说："对不起，我没有心情陪你聊这个。"

离开的时候，在桌上丢了一张百元大钞。直到后来我也没有想通自己为什么会有那样的举动，也许是一时的冲动，也许是死要面子，当时的心情很复杂。

我走出了西餐厅，直接给路宁远打了一个电话，便直接奔向了酒吧。

喝了两个小时的酒，狂欢了一夜，直至身心彻底疲惫，才回家睡觉了。

55 死亡与嘲弄

刘可敏结婚前一周的黄昏，李倩约我去一家小酒楼喝酒聊天，反正一个月的时间我每天都闲得慌，所以就去了。

我正和李倩聊得来劲，我的手机响了。

我一看手机是陈军，心想：到这个城市将近一年时间，陈军好像从来就没有给我打过电话，即便是忘了拿钥匙也只是发一条短信，所以觉得有些奇怪。

李倩看我有些忧虑，笑着说："是女的吧？没事，你接吧。"

我也笑了一下说："不是，是我一个同事。"

接通了电话，陈军在电话那边大声说："江枫，运才发生车祸了。"

我有些着急地说："怎么了？在哪儿？现在怎么样了？"

陈军听起来有些担忧地说："在市医院急救科，你快赶过来吧。"

我没有多问什么，直接说："好的，你等我。"

挂了电话，我就急着要走，李倩急忙问道："又怎么了？"

我急忙说："我一哥们儿发生车祸了，我要赶过去了。"

说完，我就从酒楼跑了出来，拦了一辆车，便直奔市医院。

大约二十分钟我到了市医院急救科门外，看见陈军一动不动地坐在那里，我感觉大事不妙，便着急地问陈军："运才哪里去了？"

陈军默默不语，眼眶里的泪花在闪动。

我抓着陈军的胳膊说："你倒是说话啊，怎么了？"

陈军有些哭泣地说："运才走了，送到太平间了。"

我一听懵了，大脑里似乎有血往上冲，我一下子蹲在了椅子上。

过了一个多小时，陈军给我讲述了发生的一切。

他们吃完饭，有说有笑地准备回家，路过经常回家的那条小路上，路两旁绿树成荫，晚上往往是犯罪的高发地带。他们俩走在街边，按理说应该不会被车撞到，可不知不觉从身后冲来一辆轿车，好像故意冲着他们来似的，所以运才就被撞飞了，差不多有两米多远，但肇事车辆很快就逃离了，不过我还是看到了那辆车的车牌号。

我急忙问：“那你告诉警察了吗？”

陈军说：“我早就说了。”

我狠狠地说：“他们迟早要受到报应的。”

后来，这事就完全交给了警察办理，可无论结果怎样，其实已经都不重要了，吴运才再也不会复活了。

三天后，有了结果，撞吴运才的车是和吴运才曾经发生一夜情的那个少妇的男人指使干的。本来他也是因为女人背叛了他，所以想教训一下吴运才就行了，可当时车速太快，就那样断送了一条性命。

剩下的事我也不想去问了，人命都没了，惩罚有什么用呢？吴运才就这样永远地离开了这个世界，无论怎样努力，这都是不能改变的事实了。

我和陈军在收拾吴运才的遗物时，在一个抽屉里发现了有二十几张彩票，有几张是最近买的，我便装进了口袋。

我一个人回到家，难以接受这种残酷的现实，吴运才的离去对我的触动太大了，我突然觉得生命如此珍贵，稍不留意，就会立刻离我而去。

我打开了电脑，想起口袋里还有吴运才的彩票，我一张一张地查，看彩票的出售地址，我想象着吴运才买彩票时和小姑娘调侃的样子。可有一张彩票上，是吴运才出事前的第三天买的，我竟然发现中了奖。我有些不敢相信自己的眼睛，但对了十几遍，我才确定是中了二等奖。

第二天我和陈军去兑奖，当现场有人问我们中了奖有何感想时，我和陈军都热泪盈眶。我说：“这个奖是一个已离开我们的兄弟的，或许是上天想给他一份回报和礼物吧。”

过了两天多，吴运才乡下的父母也来到了这个城市，当我把那三万多块钱的奖金亲手递给他们时，二老只是默默地流泪。

我不知道这是对生命的嘲弄，还是吴运才临终前对亲人的一种回报，我的手在抖，心在痛。

吴运才的离世给了我很大的打击，让我突然觉得生命是如此的脆弱。思考了很久后，我决定离开这个城市，去寻找属于自己的生活。

结　尾

一天夜里，我登录了邮箱，看到叶丽娜发来一封信，已经在那里搁置了十几天。

叶丽娜在邮件中这样说：

“江枫哥，我听宁远哥说，你和她分开了。我听了，既难过，又多少有些高兴。难过是因为我不想看到你痛苦和忧郁的眼神，高兴是因为我觉得我又有希望重新和你在一起了。希望你别说我自私。如果你累了，困了，就来我这儿吧，我在这个城市一直等你……”

看完信，我觉得对叶丽娜实在太亏欠了，突然决定去她的身边陪伴她，陪她一起快乐，陪她一起生活，陪她去寻找爱情。

我把离开的日子选择在了刘可敏结婚的那天，或许是对自己这一年来对这个城市的记忆的一种完美的告别吧。

来到这个城市，除了几个知心的朋友，就数谢大哥对我的帮助最大。我这人一向是“有恩必报，有仇必报”的，所以有一天我约了他，痛痛快快地喝了一场酒，算是和他告别。

临行前的一天晚上，也就是刘可敏结婚的前一天晚上，我和路宁远提了一箱啤酒，坐在金沙湾海边的沙滩上，喝了整整一个晚上。

路宁远曾问我：“在这一年中，这个城市给你最深的记忆是什么?”

我想了好久，也不知怎么回答。过了许久，我才轻声说：“或许就是那些痛吧，当然也有你们带给我的快乐。”

第二天，是十一点多的飞机，我很早就把所有的东西都收拾好了。一个人坐在沙发上，面对着墙壁上的那两个字——“莫痛”沉思了起来。

手机响了，我一看是一个陌生的号码，我就接了。我想：这也许是离开这个城市前接的最后一个电话了。

可一接通，原来是林一梦打来的。

在电话里，她告诉我，刚到这个城市，正想来找我。我告诉她，我就要离开。在一个不属于自己的城市里，人生或许就是这样，有些人要来，有些人却要走。

她沉思了一会儿说：“那好吧，我送送你。”

我原本想就这样悄悄地离开这个城市，正如我一个人悄悄地来到这个城市一样，不留下一点思念的痕迹。可林一梦却执意要送我，这是我做梦也没有想到的。生活中有些意外，想躲避都是无法躲避的。

在大街上，我和林一梦见了面。她和以前比起来，似乎更有女人味了，也懂得嘘寒问暖了。看来离开我之后，她的确有了很大的改变。

林一梦对着我问：“你就不能留下吗?”

我笑了笑说：“我已经决定好了。”

我和林一梦坐在驶往机场的的士上，偶尔也说几句无聊的话，但更多的时候却是沉默。

就在快要到机场的时候，刘可敏发来了一条短信：“我会永远记住你的，我知道你很爱我，但是我需要一个家，请原谅我的自私和无情，我想说三个字……”

没了下文，我不知道她到底要说“我爱你”、“我恨你”，还是其他的话，或许这永远是一个谜了，这是她的聪慧留给我的悬念和最后的回忆。

我想了想，回复了一句话：“祝你幸福，永远!”

下了车，我和林一梦面对面站着，也不知道要说什么，两个人都有些尴尬。

就在我离开的时候，林一梦突然扑过来。我们紧紧地抱了抱，算是最后的告别。

她在我的耳旁轻轻地说：“江枫，对不起，我永远爱你。”

我拍了拍她的肩膀，对她说了两个字：“保重!”

就在我转身离开的那一瞬间，我看到林一梦泪流满面，但我还是坚定地转身离开了。

飞机起飞的前几分钟，我给叶丽娜发了一条短信，只有三个字：“我来了!”